love song of betrayal

潘明新⊙著

中国青年出版社

（京）新登字 083 号

图书在版编目（CIP）数据

背叛情歌 / 潘明新著 . —北京：中国青年出版社，2012.3
ISBN 978 – 7 – 5153 – 0564 – 6

Ⅰ . ①背… Ⅱ . ①潘… Ⅲ . ①长篇小说 – 中国 – 当代
Ⅳ . ① I247.5

中国版本图书馆 CIP 数据核字 (2012) 第 017292 号

背叛情歌

作　　者	潘明新
责任编辑	侯庚洋
策划编辑	一　航
文字编辑	吕　晶
视觉指导	李俏丹
版式设计	谢　滨
出　　版	中国青年出版社
社　　址	北京东四十二条 21 号
邮政编码	100708
网　　址	www.cyp.com.cn
发　　行	中国青年出版社
电　　话	（010）57350370
经　　销	新华书店
印　　刷	三河市世纪兴源印刷有限公司
规　　格	700 毫米 ×1000 毫米　1/16
字　　数	150 千字
印　　张	13
版　　次	2012 年 3 月北京第 1 版
印　　次	2012 年 3 月北京第 1 次印刷
书　　号	ISBN 978 – 7 – 5153 – 0564 – 6
定　　价	19.80 元

本图书如有印装质量问题，请与出版部联系调换
联系电话　（010）57350337

目录
CONTENTS

Chapter 01	晚娘来得不晚	001
Chapter 02	置之死地而后生	016
Chapter 03	怀　春	029
Chapter 04	被甜蜜包裹的噩梦	039
Chapter 05	世界不是一个人的世界	047
Chapter 06	改　变	059
Chapter 07	记忆了两个人的痛	075
Chapter 08	夺　爱	084
Chapter 09	欢喜冤家	101
Chapter 10	梅开二度	120
Chapter 11	此恨绵绵有绝期	132
Chapter 12	赌注背后	150
Chapter 13	柳暗花明	171
Chapter 14	恩将仇报	182
Chapter 15	情定末日	193

Chapter 01
晚娘来得不晚

1

雪，在冬日早晨妩媚阳光的照耀下，折射出璀璨夺目的光芒，放眼望去，如珍珠粉般铺盖如洋。在它柔软白皙的楚楚外表中，掩藏了它昨夜在怒吼寒风的怂恿下，肆无忌惮地想要征服大地的野心。

风，现已离它远去，或已无力承受它贪婪的身躯去征服另一座城市，把它无情地抛弃在这片静悄悄的大地上，撕毁了那份战略联盟的合同。它无力地躺在那里，等候阳光无情的审判。它在垂死挣扎，在挣扎中等待，等待人们的觉醒，它要用它美丽而短暂的残骸来证明，它曾经来过。

小村，在雪的覆盖中，遮掩了它本来简陋的面目，像一座废弃了的古城，安详地坐落在空旷的天地间，寻不到一丝生命的迹象。偶尔一声公鸡的啼鸣声划破长空，打破死一般的沉寂，赋予这座村庄以活力。

柯米，正踏着积雪朝这个觉醒中的村庄走来，对眼前一望无际、银装素裹的童话般的世界视若无睹。白雪般的脸蛋被冻得泛起一层层红晕，朦朦胧胧地层叠，看着却是更加的娇嫩润泽。她双手插在身上那件天蓝色的羽绒服衣兜里，低着头心事重重地走着，晶莹剔透、水灵灵的眼睛蒙上一层浓浓的忧郁。

遥遥望去，天蓝色的羽绒服摇曳在惨白的冰雪天地中，那样的夺目，像是大自然调出的一杯养眼的鸡尾酒。而柯米忧心忡忡的原因，正是身上这件羽绒服引起的。

她回想起她继母因怀疑她而愤怒的表情，是那样的令她讨厌，恶心。她不禁蹙了蹙眉头。

柯米不姓柯，姓王，叫王柯米。虽然她取了一个男性化的名字，却长着一副令一般女人望洋兴叹的容貌。

她母亲死得早，是因为生她弟弟柯词难产而死的。在她九岁那年，她父亲又为他们姐弟俩找了一个母亲，也就是继母。

继母叫秦琼花，嫁到他们家时还拖来一个小油瓶——一个跟她弟弟一般大的小男孩，到他们家时才两岁。那个小孩随了她继母前夫的姓，叫彭进海。彭进海的父亲是在一次工伤事故中丧生的，所以秦琼花到他们家时带来了一大笔抚恤金。

也正因为这笔巨额的抚恤金，抬升了她在王家嚣张跋扈的气焰。她来的时候，柯米家很穷。也正是那笔抚恤金让他们家很早就盖起了瓦房。也不知她父亲是因为觉得王家承了她很大的情，还是她父亲天生懦弱，估计最大的可能是怕这个女人抛弃他吧，反正王家的大权，基本上落在这个女人手里。她就是这个家的女主人，这个家的武则天。

在柯米懵懂的记忆里，继母刚到她家那年，对他们姐弟俩很好，给他们买了好多衣服，还经常对他们嘘寒问暖，她也曾感动过。待她继母在这座陌生的村庄渐渐熟悉后，便开始慢慢地露出了她的狐狸尾巴，爆发出她的本性。

自此以后，他们姐弟俩再也不记得秦琼花何时对他们仁慈过，所记得的就是对他们的非打即骂。而他们的父亲对这种情况也无能为力，毕竟这日子还得过下去。直到她上了初中以后，她的生活才稍微平静了些，再也没被她继母打过，因为她懂得了反抗。可死罪能免，活罪就难逃了，冷嘲热讽还是少不了的。她的弟弟柯词就没那么幸运了，每个星期她从学校回到家，她弟弟都要扑在她的怀里哭个半天。

三年前，柯米就已经初中毕业了。她当时的成绩非常好，考上了县城最好的高中，秦琼花却再也不愿在她身上投资了，她被迫辍学在家。原来她打算一毕业就出去打工，脱离这个令她厌恶至极的家。偏偏她又不放心弟弟，怕自己走了以后，柯词在秦琼花的淫威下更没有好日子过，所以她才决定在家里一直留到现在，帮忙做做农活。

今年夏天，柯词已经开始读初中了，又是住在学校，所以她打算过完年就离开家，出去打工。

由于昨晚发生了不愉快的事，柯米今天早饭也没吃得下，一大早就往乔印明家走去。她要到他那里找能证明自己清白的证据。乔印明是她初中的同学，长得很帅气，在学校时对她非常关心。在她最困难的时候都是他一直在帮助她。她对他一直心存感激，但她不知道这能不能成为爱上他的理由，能不能把他算为自己的男朋友，这是她内心一直踌躇不定的事。他初中毕业以后就去了北京，每次她给他回信，总觉得自己是在敷衍他。

他昨天刚从北京回来。她身上这套羽绒服就是他给她买的。听他说，这是名牌。

2

村口有一口池塘，已快被冰雪填满，深深地凹了下去，像一口巨大的锅。池塘边有一棵大树，树叶早已凋零殆尽，只剩下沾着积雪的光秃秃的树枝和几只想伺机寻找食物的麻雀。麻雀在树枝上不安分地跳跃着，抖动着积雪飘飘扬扬地往下落。

柯米在离大树一丈开外的地方停住脚步，捋了捋额前的刘海，把手放在嘴边呵了两口热气后，重新插进了衣兜里，朝池塘边上的那户人家走去。

推开院子大门时，正看见乔印明的父亲在清理院子里的积雪。见到柯米，乔父站直身子，咧开嘴笑道："是柯米呀！早饭吃过了没有？"

柯米饿着肚子笑道："吃过了，大叔！乔印明有没有在家呀？"

乔父笑道："在家，在家，还在床上睡呢。"说着，扭头向屋内叫道，"印明，你还不起来，柯米来找你了。"

乔印明的奶奶听到响声，从厨房走了出来，手里正拿着一棵大白菜剥着菜皮，挂着一脸慈祥的微笑说道："闺女，冻着了吧！赶快到厨房来烤烤火，奶奶刚把火引上。"

柯米笑道："谢谢你，乔奶奶！我不冷。"

"脸都冻红了，还不冷！要不你到印明屋里去坐坐，别在外面冻着了！"

老年人总喜欢唠叨几句。

柯米应了声后便向屋里走去。

乔印明正在床上穿着衣服，见柯米进来，喜道："柯米，怎么这么早就过来了？早饭还没吃了吧？"

"不想吃！"柯米应道。

"怎么了，是不是你继母又欺负你了？"乔印明边穿衣服边说道，随即又补充了一句，"对了，我给你买的这件羽绒服，是不是很暖和呀？"

柯米见他又炫耀给她买的羽绒服，不由多了几分反感，不悦道："要不是你这件羽绒服，我也不会被我后妈骂。"

"我拿我自己的钱给你买羽绒服，关她什么事？有本事她也给你买一件！"乔印明这时已经站在地上穿裤子了，嘴里嚷嚷道。

柯米在靠墙边的椅子上坐下后说道："可她不相信，硬说是我偷她的钱买的。"

乔印明穿好衣服，用手简单地捋了下凌乱的发型，在床边坐下来，不平道："什么？她太不讲理了吧？"

柯米委屈地说道："昨天她藏在枕头里的五百块钱不见了，刚好我回去穿了这件羽绒服，所以她硬说是我偷她的钱买的。"

"那你怎么不跟她说，羽绒服是我给你买的。"

"说了又怎样，她就是不信，她说我肯定跟你串通好了。我看她的钱多半是被彭进海偷去了，柯词他是不会做出这种事情的。"

乔印明注视她片刻，说道："你哭过？"

柯米把头扭向窗外，没有回答。

好一会儿，柯米又开口说道："我来就是想向你要这件羽绒服的发票。你不是说这件羽绒服是在北京的专卖店买的吗，那发票上面肯定有专卖店的地址。假如我偷了她的钱，我不可能跑到北京去买吧！我要把发票拿回去，向她证明我的清白。本来我昨晚就想过来了，但昨晚刮那么大的风，就没敢过来。"

乔印明心里猛一咯噔，等她说完，才稍微恢复一点思路，僵笑道："柯米，真对不起，发票已经让我给扔掉了！"

柯米见说，顿时急得眼泪汪汪的："你怎么能把发票扔掉呢？我来的时候跟我后妈说，我要把证据拿回去。现在我空着两手回去，她肯定更认定是我偷了她的钱！"

"你先不要急呀，你又没偷她的钱你怕什么？"乔印明也没有了方寸。其实他并没有把售货凭证扔掉，只是他不好意思拿出来而已。这件羽绒服只是在普通小商场里买的便宜货，骗柯米说是专卖店买来的，是名牌。他知道柯米没见过世面，肯定分辨不出来的。

柯米没有做声，头垂得低低的，双手来回搓动着。她该怎样去面对她的继母呢？她现在好像真的变成了一个贼。她有点害怕回家，一想到秦琼花无情的奚落，她便不寒而栗。

乔印明见这样下去也不是个事，便起身说道："那这样吧，还是我陪你回去吧。我就不信她还真这么无法无天了。"

"算了，我后妈的性格你又不是不了解。你要是把她惹火了，肯定也会把你骂个狗血喷头。"柯米小声说道。

乔印明经她提醒，才想到秦琼花的凶悍，还是有所顾忌，也不敢贸然前往，但他又不肯放下面子，嘴硬道："我可以跟她讲道理呀！我就不信她一点道理不讲。"

柯米苦笑道："她要是讲道理，也不会发生这种事了。"说完，她站起身来，沮丧着脸说道，"既然你把发票扔掉了，那我也该回去了，柯词还在家里等着我。"

乔印明咬了咬嘴唇说道："柯米，真对不起！都怪我给你买了这件羽绒服，让你惹了这么大的麻烦。"

柯米强颜笑道："这怎么能怪你呢！你给我买衣服，我应该感谢你才对。就我后妈那种人，你就是不给我买羽绒服，她也会找其它理由来冤枉我的。"

乔印明也从床边站了起来，道："那你现在打算怎么办？"

"还能怎么办，回去再说吧。不好意思，打扰你了。我走了。"柯米说完便朝门外走去。

在院子里，乔印明的父亲正用车把堆好的积雪往院子外推去。柯米出了门便说道："大叔，您在家里忙，我先回去了。"

乔父把车子放下，掸了掸袖子上的雪，说道："怎么刚到这边就要走了。在大叔家吃过早饭再走。"

"不了，大叔，我家里还有事。"柯米边走边说道。

乔印明也已站在屋子门口，叫道："柯米，要不在这里吃完早饭再走。"

"不了！"柯米说完就往门外走去。

等乔印明的奶奶把手擦干赶到厨房外，柯米已经拐出了院子大门，不见了人影。便问乔印明道："印明，柯米怎么走了呀？你干吗不把她留下来吃早饭？"

"她不吃我有什么办法。"

乔父站在那里问道："那她为什么刚到这边就走？我看她有些不高兴，是不是你惹她生气了？"

"我惹她生气干吗？是她后妈惹她生气的。"乔印明不高兴地说道。

接着他简要地把柯米刚跟他说过的事又说了一遍。

乔父听完，锁眉道："那你干吗不陪她一起回去？她一个人回去，秦琼花肯定又要让她难堪。"

"我不敢去，她后妈就是一个神经病，万一她骂我怎么办？那我岂不是白白地给她骂一顿。"

"她敢，她要是敢骂你的话，我过去把她的那张臭嘴给撕烂了。她还真吃了熊心豹子胆了。"乔父怒道。

"反正我不敢去，她后妈骂人的本事我是见识过的，整个村庄都能听见她的号叫声。"乔印明耸了下肩说道。

乔父无奈地摇头道："你真没用！我跟你说，过了这个村可就没那个店了。你要不把柯米哄得好好的，将来后悔的可是你自己。"

"对呀，柯米这闺女是挺讨人喜欢的，又漂亮，又乖巧。你不要好好的一个媳妇给你糟蹋了。"乔印明的奶奶插嘴说道。

乔印明没有理他们，转身又回屋了。乔父气呼呼地又推起积雪向院子外走去。

3

柯米又踏着积雪往家中走去，心情比来时更加糟糕。积雪在她运动鞋愤怒的挤压下，发出"咯吱咯吱"的抗议声。

这么多年，她对秦琼花的秉性太了解了。在她的脑海中，已十分清晰地浮现出她回到家后，秦琼花因想冤枉她而故意装出的那副愤怒的嘴脸。虽然她可以忍受她恶毒的言语，但她忍受不了她在村子里到处散播她的谣言。

已经快到家了，还没有想出一个可行的办法。她不知道自己为什么要去辩解，为什么要怕她，难道就为了一个强加给她的罪名？想到此，她又想起了在她印象里还很模糊的亲生母亲，她有想哭的冲动。如果她的亲生母亲还活着，她会受这么大的委屈吗？

她家没有院子，家里的大黄狗见她回来，欢快地摇着尾巴在柯米的腿间钻来钻去，它不知道它的主人此时的心情是何等的伤感。

秦琼花正坐在堂屋里织毛衣，抬头时，柯米已经走到门口。她嘴里"哼"了一声，阴阳怪气地叫道："哟，大小姐回来了！证据是不是找回来了？是不是在哪里随便捡一张有字的纸来糊弄我这个瞎子呀。"

"发票被乔印明扔掉了。"柯米进屋后就往东边那间房走去，她不打算跟她纠缠。

秦琼花听她说并没有把证据找回来，顿时来了精神，把毛衣放在身边的桌子上，扯高嗓门说道："我就说嘛！明明就是在镇上买的衣服，还说是在北京买回来的。现在的人真是不要脸，明明是偷的钱买来的衣服，还说是别人送的。"

本来柯米已经进了东边的那间屋，听秦琼花如此污辱她，委屈的泪水夺眶而出。她又重返堂屋，含泪道："我没有偷你的钱，你为什么要这样污蔑我？"

秦琼花"哼"了一声，道："你没偷钱，难道是我自己偷的？"

就在秦琼花说话的同时，正在保温猪圈里喂猪的柯米的父亲和在屋后上厕所的柯词都赶了过来。柯米父亲进门就和气说道："琼花，你就少说两句吧。钱肯定不可能是柯米拿的，有可能是你把钱放错地方忘记了！"

秦琼花从椅子上弹了起来，愤怒地叫道："你的意思是我冤枉你的宝贝女儿了？"说完，就坐了下去，倚着桌子，双手拍着大腿，神经质般号啕大哭起来，"老天爷呀！这日子是没法过了，你们王家一家人都在欺负我们孤儿寡母！我在你们王家做牛做马，像侍候老太爷一样侍候你们，没想到竟然落得如此下场，上天不公啊……"

柯米的父亲顿时慌了神，走到秦琼花身边，像一个做错事的孩子，战战兢兢地说道："琼花，你别哭呀，我又没说是你的错。"

秦琼花止住声，像是暂停了正在播放鬼片的影碟机。她指着柯米说道："不是我的错，那就是她的错了？"

柯米的父亲吓得没敢出声。

这时，柯词拉着柯米的手，小声说道："姐，你出来，我有话对你说。"

柯米刚想找个脱身的理由，就随柯词走出屋外。人刚走出屋外，背后那女人的辱骂声也随姐弟俩一起飘了出来："良心都让狗吃了，我一把屎一把尿地把你们拉扯大，你们却不知道知恩图报。不但偷我的钱，还到处去败坏我的名声……"

在屋墙的东面，姐弟俩背靠着墙，柯词对柯米说道："姐，别理这个疯女人。我告诉你一件事情。"

柯米虽点头答应着，但在秦琼花的辱骂声中，泪水再次婆娑了。她呆呆地看着柯词，似乎他想说的话对她已经不重要了。

柯词示意他姐把头低一点，附耳小声道："我今天早上从门缝里无意间看到了彭进海从他的课桌抽屉里偷偷摸摸地拿出一百块钱塞进口袋里，过了一会儿，就跟天柱两个人出去玩了。"

柯米眼中闪光，仿佛抓到了一根救命稻草，止住哽咽的嗓子，喜道："真的？"

柯词"嗯"了声，点头道："我亲眼看见的，我当时去叫他吃早饭，他背对着我，没看到我。他不可能有这么多零花钱，肯定是偷来的。如果他才拿出来一百，那他抽屉里应该还有四百，我们让秦琼花自己去看看。"

柯米这时已擦干了泪痕，不放心道："万一钱都已经被他花掉了，那我们岂不是给她骂得更难听了。"

柯词说道："姐，反正她已经认定是我们偷的了，那我们还不如跟她赌一把。"

柯米咬咬牙道："那好吧！"

姐弟重新返回屋时，那泼妇正坐在那里骂得过瘾："好心有好报，没有好心天知道。连我这样起早贪黑、辛辛苦苦赚来的钱你都偷，真是猪狗不如呀！我把你当亲生女儿一样看待，自己吃一口都舍不得，没想到你竟然恩将仇报，偷我的血汗钱呀……"

她一个人坐在那里，边织着毛衣边兴趣盎然、有滋有味地骂着，让人的感觉不像是在骂人，倒像在唱戏，更像在念她已熟读十余年的经文。

见到姐弟俩，泼妇提着嗓子骂得更凶了："现在人啊，连狗都不如啊，狗养大了还知道摇尾巴……"

"妈！"柯米打断她的骂声，"你不要骂了，我知道是谁偷了你的钱！"

骂声戛然而止，秦琼花抬头恶狠狠地盯着她说道："你又想打什么坏主意？又想把责任推到谁的身上？"

"我没有推卸责任。钱不是我偷的，是彭进海偷的。"

秦琼花站了起来，怒道："你欺负进海人小是不是？我告诉你，进海好欺负，他妈可不好欺负。"

这时，柯米的父亲从房间内走了出来。刚才他实在忍受不了秦琼花那些不堪入耳的肮脏话语，躲到房间里睡觉去了。虽然他也知道根本就睡不着，但用棉被捂住耳朵，感觉会好一些。现听到秦琼花又跟柯米吵了起来，连忙跑了出来，对柯米说道："柯米，没看到不能乱说！"

"我没有乱说，彭进海把钱藏在他课桌的抽屉里，不信你们可以去看看。"柯米气道。

秦琼花脸色大变，她知道柯米不是一个信口雌黄的人，凶神恶煞的神情在她的扭曲的面孔上迅速销声匿迹，焦急中反添了几许柔情。她有些慌神道："不可能，不可能，进海不会做这种事情的。"她边说边朝彭进海的房间走去。

其实她一开始就猜到钱八成是被彭进海偷去了，不过后来想想也好，免得每次多给他零花钱，让柯米的父亲觉得她过分偏心。让她没想到的是，他这个粗心的儿子会把藏钱的地方让柯米看到。自己白演了这么多戏不算，要是这件事让柯米姐弟俩传出去，对她儿子的影响可不好啊！

彭进海课桌的抽屉是锁着的，这让秦琼花略感宽心，她有足够的时间来颠倒黑白。

可上天今天好像故意跟她作对似的。就在她长嘘一口气的同时，彭进海正捧着一大把烟花爆竹，唱着不伦不类的爱情歌曲，屁颠屁颠一蹦三跳地踏进屋里。

他见全家人站在他课桌边，像见外星人一样盯着他。直觉告诉他，事情有些不妙。

此时每一个人都绷紧了每一根神经，柯米姐弟俩也没有十足的把握，只是在赌，像两个赌红了眼的赌徒。秦琼花也暗捏了一把汗，但也无计可施。虽局势很被动，但戏还得演下去。只有打肿脸充胖子，对彭进海说道："你姐说我的钱被你偷去了，就藏在这个课桌的抽屉里。你把抽屉打开，让妈看看。"

剩下的四百块钱确实还在抽屉里，这一点彭进海比谁都清楚。他知道打开抽屉会是什么样的后果，因为他亲眼目睹了昨晚因这五百块钱引起的轩然大波。他嗫嚅道："我没有偷，钥匙让我刚才给丢了。"

秦琼花稍稍宽心，总算她的儿子在危急关头还有点头脑，虽然理由很牵强，但已经足够了。她刚想让她的儿子回头去找，好让她有时间来扭转事件的被动性。没想到，上帝今天可能真的不喜欢她了。因为柯词这时指着彭进海的腰间说道："钥匙不是挂在这里吗？"

当时的学生，总喜欢把一大串钥匙挂在腰间，这已成为学校的一种时尚，一种潮流，虽然其中大部分的钥匙都是没用的或是捡来的。不知道他们为了炫耀什么，反正他们每每从身上拿出一大串钥匙，都觉得是一件非常有面子的事情。

这串经常让彭进海沾沾自喜的装饰品，今天却给他惹了不小的麻烦。在柯词站的角度，刚好可以从他敞开的外套里，看到挂在腰间的钥匙。

彭进海见状，扭头就跑，不料柯词早有防备。他刚跑出还没两步，就被后面冲过来的柯词从后腰抱住了，烟花爆竹撒了一地。他跟柯词虽然是同年出生的，但身高却比柯词矮了一大截，又比柯词瘦弱许多，柯词拿下他真可谓轻而易举。

秦琼花见戏实在是演不下去了，拖过柯词手里的宝贝儿子，打着他的屁股，故作生气地叫道："没想到钱是你这个畜生偷的，害得我冤枉你的姐姐，我的脸都让你给丢尽了……"

她演的戏柯米姐弟俩实在已经不想再看了，柯米拉着柯词的手向屋外走去。

4

接下来两天，秦琼花对柯米格外的和善，大概是她罪恶灵魂的深处，还有一点未曾泯灭的良知在为她感到惭愧吧。但对柯米姐弟俩来说，这种幸福时光是短暂的。十年了，他们都已经习惯了，她这种伪善的笑容如同丑陋无比的人却在深夜里戴着一副笑容可掬的面具，令人恐惧不已。

三天后，乔印明踏着清晨还未解冻的泥土来到了柯米家。柯米正在厨房里刷锅洗碗，听到有人叫她，在围裙上擦干了手，出来笑道："听声音我就知道是你，到大屋坐吧。"她家的厨房是跟主房分开的。

乔印明笑道："不坐了，你现在有没有空？要不咱们出去走走。"

柯米略一沉吟，道："那你先等会儿，我把锅刷好了就跟你出去。"

"没问题，要不要我帮你？"

柯米笑道："不用了，这种活又不是你们男人干的！你先到大屋去坐吧。"说完就向厨房走去。

见柯米还没有走远，乔印明又追加了一句："今天你父母没在家吗？"

"都去买年货了。"柯米头也没回地说道。

乔印明嘴角露出踏实的微笑。

柯米将厨房收拾好后，两人便沿着村里的中心路向村外走去。路两旁许多阴暗的角落里，积雪还没有消融，斑斑点点的像是点缀世界的花朵，煞是好看。

路上到处是冻硬的凹凸不平的脚印，就像搁在脚下的石子，存心戏弄着人的脚踝，颤颤巍巍地如同是走着崎岖的山路。

两人并肩走了一段路后，乔印明开口问道："柯米，那天你回来，你后妈没有为难你吧？"

"没有！钱是彭进海偷去的，她也知道了。"柯米不想多解释。

乔印明扭头盯着她问道："那她有没有给你道歉？"

"道歉？"柯米重复了一遍，继而苦笑道，"她这两天没有对我和柯词发脾气，已经很给面子了。"

"你不是说你过完年就要出去吗？要不你跟我去北京吧！"乔印明话锋一转，说到此行的目的。

柯米似乎早就考虑过这个问题，随即说道："不了！我跟你去别人会说闲话的。我已经跟我表姐说好了，过完年就跟她去江南。"

乔印明急道："谁会说闲话？如果你怕别人说闲话，咱们就结婚。"

柯米惊讶地看着他，不敢相信地重复了一遍："结婚？"

乔印明在这一点有点高估了自己。他一直以为柯米在家未曾相亲就是为了等他。因为在他们那里，青年男女十八九岁就开始忙着相亲谈对象了，那里的老人经常会说，女人过了二十就老了，这已成为一个不成文的规定。而柯米过完年都已经二十一了，却从未处过一个对象。他殊不知柯米没人上门提亲,都是让秦琼花在村里给她败坏了声誉,让那些媒婆不敢多这张嘴。

看着她惊讶的表情,不知道是不是因为高兴,乔印明点头认真地说道:"对,结婚。"

柯米也曾考虑过结婚这件事,但最起码不是现在,更何况她连乔印明能不能算她的男朋友都不能确定。她虽不知道爱情的定义,但她知道她对乔印明的感情最多徘徊在爱情跟友情的边缘。每次他给她打电话或写信,表达对她的爱慕之情,柯米不知道是该接受还是拒绝。她怕自己后悔,一直给他的都是模棱两可的答复。现在他向她提出结婚了,她才强烈地感到,跟他结婚,自己是多么的不情愿,心中有种莫名的恐惧感。也许直到现在她才明白,她对他根本就没有爱,她对他的好感只是内心尚存的一点感激之情罢了。特别是他这次从北京回来,在社会的熏陶中,他老练了许多,让她经常会产生自己想要怀疑他所说的感觉。

柯米看着他自信的眼光,好像自己已成为他的囊中之物,心中有几许不快,婉言说道:"我不想那么早结婚。我结婚了柯词怎么办?"

"柯词还小嘛,你总不能陪他一辈子吧?"

柯米锁了锁眉道:"我要在结婚前赚足供柯词上大学的钱。我后妈最多让他读到初中毕业就不会再让他读了。他成绩非常好,我不想把他给耽搁了。"说完,又惆怅地补充了一句,"我已经被耽搁了,我不想柯词重蹈我的覆辙。"

乔印明急道:"外面的钱没有你想的那么好赚的!像我在外面才拿一千多块钱一个月,除去开销,根本就赚不了多少钱。你总该为自己想想吧。"

"我想过了,如果我不让柯词读完大学,我一辈子都会于心不安的。如果我只顾我自己的幸福,我怎么能对得起九泉之下的妈妈!"提起她的母亲,柯米的眼眶潮湿了。

乔印明见她倔强得毫无商量的余地,叹了口气说道:"你脑子怎么就不开窍呢?"

他一句都没敢提起与她分担柯词学费的话,这让柯米有些失望。虽然她并不是想要他的钱,但他既然提出跟她结婚,就该有跟她患难与共的想法吧。

柯米没有说话,两人默默无语地往前走着。

之后,两人又说了一些无关紧要的话,到村口的时候,乔印明便提出要回去了,免得泥土解冻了,路上没办法走。柯米挽留他在她家里吃过午饭再走,他婉言谢绝了。他表面上和颜悦色,心里却正窝着一肚子的气,怎会有心思留下来吃饭?

春节,既是一年的结束,又是一年的开始,总是让人愉快地忙碌着,买年货,贴对联,张灯结彩,不厌其烦地忙活着。人们就像张罗自己的婚事那般热情着,认为这是理所当然的享受。

想着春节后就可以离开这个令她噩梦频频的家,柯米无比欣慰。对自由自在、无拘无束的生活的向往,早已成为柯米十多年来魂牵梦萦的渴望。现在梦想已不再那么遥不可及了,一层深深的眷恋却从心底浮出。柯词是她心中唯一放心不下的疙瘩。柯词对她很依赖,在他幼小的心里,她已经完全充当了母亲的角色。

柯米的父亲并不疼爱柯词,就因为柯米的母亲是为生柯词而死的。这是她父亲心中一直想打开却怎么也打不开的死结。他关心柯词,只是出于作为一个父亲应该有的责任,而不是真正地疼爱他。这一点更加重了柯米的忧虑,但她也别无选择,秦琼花随时都可能让柯词辍学,这才是柯米最为担心的事。

明天就要随表姐南下,这种不舍的情结更使她心潮起伏。那晚,柯米把柯词叫到她的房里聊了好久,聊到伤心处,两人就相拥而泣。世上最让人伤感的对话莫过于两个苦命人坐在一起倾诉了。

5

第二天,又是一个艳阳天,红日高悬,万里无云。热情的阳光一扫昨夜遗留下的寒冷,高傲地注视着人间的每一个角落。柯米也该启程了。她表姐昨天打电话给她,说她在县城的汽车站等她,让她下午一点之前务必赶到那里。

到县城还得到镇上去坐车。镇上离她家不远,只有三里多路。但柯米未曾出过远门,怕误了班车,丢下了早饭碗便急急忙忙收拾出发了。

柯米父亲帮柯米提着旅行包,柯米拉着柯词的手,一家三口默默地往镇上走去。父亲很少有机会跟他们姐弟俩单独待在一起,由于缺少沟通,姐弟俩对他陌生了许多。

就在他们快要到镇上的时候,迎面来了位中年妇女,骑着自行车,大约四十多岁,穿着一件破旧军用棉大衣。从她方向把上挂着的微型扬声器里传出的叫喊声,从那严重的山东口音中可以得知她是收鸭毛鹅毛小辫子的。

本来是一个毫不搭界、无关紧要的人,就在她将要从身边滑过时,柯米却将她拦了下来,柯词和他父亲吃了一惊。

那妇女下车后,柯米问道:"大娘,你看我头上的辫子能值多少钱?"

柯米的头发从出生到现在从未曾剪过,又粗又长,黑黝黝的一直垂到屁股以下。收辫子的妇女眼前一亮,这样的辫子她几个月也碰不到一个。

那妇女喜滋滋地正待开口,不想柯词却抢先说道:"姐,你不能卖你的辫子,是不是妈给你的钱不够?"他又转头对他父亲说道,"爸,你就不能多给一点钱给姐姐吗?"

他父亲没有理他,而是问柯米:"柯米,我们给你的钱是不是不够?"他边说边把身上仅有的一百多块钱都掏了出来,连几块钱的硬币都没有放过,递向柯米说道,"不够你先把这点钱拿着,不要卖辫子了。"

柯米笑道:"不是的,你们给我的钱够用。我只不过是不想再留长辫子了,不方便。"

话说到这份上,父亲跟柯词也不好说什么,但父亲还是把手中的一百多块钱递给她道:"那你把这一百块钱也拿上,刚到那里,人生地不熟的,要用很多钱。"

"不用了,爸。我这点钱真的够用。你把钱都给我了,回去了妈又要骂你了。"柯米推辞道。

柯词拉着柯米的手,劝道:"姐,没事的,你就拿上吧,万一到那边不够用就麻烦了。爸你就不要管他了,反正他已经习惯了。"

他父亲朝他瞪了一眼,也没说什么。倒是对柯米,他这次似乎是铁了心,硬是把手中那一百多块钱塞给了她。

那个妇女就在一旁静静地等着,柯米的这条辫子对她太有诱惑了。

经过一番讨价还价,柯米最后以三百元的价格把跟随了她二十年的辫子狠心地剪了下来。她感到那把锋利的剪刀不是在剪她的辫子,而是在剪她的心。

看着那妇女得意地带着她的辫子远去,柯米一阵没来由的心酸。她转身拉起柯词的手,把那三百块钱塞进他的手心,说道:"柯词,姐没什么好给你的,这三百块钱你拿着,要不然你一个人在家里姐不放心。"

柯词被这突如其来的变化惊呆了,没想到她姐心爱的辫子是为他剪下来的,顿时泪如泉涌,摇头哭道:"姐,你为什么要这么做?我不要你的钱,我一个人在家里会过得好好的。"他只是哭,怎么也不愿接受柯米的三百块钱。

嘴唇磨破了，柯词就是不愿接受她的钱，最后柯米实在没办法，也急得泪水涔涔道："柯词，你怎么就不听姐的话呢？你就不能让姐姐踏踏实实地走吗？"

柯米哭了，柯词就慌了，含泪接过柯米手中的钱。

他们父亲一直在边上一言未发地看着，惭愧得有点无地自容，泪水直在眼眶里打转。

柯米擦干泪水，转身对她父亲说道："爸，我求你一件事。"

父亲沙哑着嗓子，说道："什么事？"

"我求你千万不要把这件事告诉妈，要不然她肯定会把钱没收掉的。"

话音刚落，他父亲倏忽间老泪纵横，心中囤积了十多年的愧疚的泪水全部倾泻了出来，他也不顾路上的行人，双手捂着脸，蹲下号哭道："我没用，我对不起你们姐弟俩……"谁说男人不流泪，只是未到伤心处。

姐弟俩见父亲哭了，顿时慌神了，两人搀扶着抖动不已的父亲的两条胳膊。柯米哭道："爸，这不怪你。"

终究是在路上，他父亲很快控制住了自己的失态，起身用袖子抹干了泪水，提起旅行包继续向镇上走去。一直到镇上，三人再没有说过一句话。

镇上没有车站，只有在街道上才会有去县城的公共汽车路过。直到站在街道边的那一刻起，她父亲才开始嘱咐起柯米："到外面以后，一定要万事小心。如果钱不够用的话，打电话回来。"柯米明白，这只是一张充满温情的空头支票而已，虽然这并不是父亲的本意。

柯词拉着柯米的手，微笑着站在那里，静静地跟她一起等车。他那幼稚的笑容在柯米的眼里是那样的寒酸，那样的勉强。他在强颜欢笑，为的就是不让出门在外的她为他担心。千言万语，在此时，却不知从何说起。

柯米登上公共汽车，打开车窗向她父亲挥手告别时，她才发现父亲的眼里又噙满了泪水。直到那一刻，她才觉得站在风中战战栗栗的父亲是那样的慈祥。也是在那一刻，她看到父亲斑白的头发。原来父亲并不是他们想象的那般无情。这么多年来，他的内心一定比他们姐弟俩承受了更大的折磨。

看着窗外父亲和柯词渐渐模糊的身影，柯米知道，她就算走得再远，但她的心却永远也带不走，已经在这里生根发芽了。

Chapter 02
置之死地而后生

1

工业发达的长三角城市带，是新中国改革开放崛起后最为耀眼璀璨的明珠。日新月异的变化，高视阔步的领头羊姿态，让这里举世瞩目。

然而，也就在这个经济发达的城市带里，柯米的满腔热情却被无限的失望和焦急所侵蚀。在这里，她才深深地体会到，钱真的不是那么好赚的。

来到这里两个多月了，自己才领过一次薪水，也就八百多块钱。虽然这对她这样一个刚出来的人来讲，已经很不错了，但照这样计算下去，她什么时候才能凑足柯词上高中跟大学的费用？

她被介绍在她表姐的厂里上班。这是一家台资的轴承厂，规模很大，全厂有五千多号员工。听同事说，这只是这家企业的老板在大陆的一个分公司而已。

她被安排在公司的品检部，工作很轻松，一天八个小时，比家里的农活不知道要轻松多少倍。她吃住都在公司里，为了节约，她很少跟她的同事出去玩。

虽然才上班两个多月，柯米却充满了危机感。除了那点微薄的工资让她心寒外，还有一件事也令她非常地揪心，她的组长对她充满了敌意，让她愁眉不已。

为什么她的组长对她敌意浓浓，还得从她刚进公司时说起。

柯米刚进品检部时，共有十二人，也包括她的组长和她自己。其中有三个男人，且有两人已是结过婚的老男人，而九个女人中却只有一个已婚妇女，男女比例严重失调。没结过婚的那个男孩子叫左广涵，才二十一岁，进公司已一年多了。他是当地人，长得甚是英俊，气质也非常的不错。鲁迅先生说："大概是物以稀为贵吧，北京的白菜运往浙江，便用红绳系住菜根，倒挂在水果店里，尊为'胶菜'。"更何况左广涵这棵白菜，还是白菜中的极品。

不言而喻，左广涵在品检部受到了令车间那些清一色的光棍发指的待遇。他仿佛成了品检部的皇帝，嫔妃争宠。然而终究是近水楼台先得月，其中有一个人却很快控制住了这个局面。谁？她们的组长程玄素。

程玄素今年二十三岁，也是当地人，长得白白净净，俏丽的瓜子脸上匀称地分布着秀气的鼻子和一张樱桃小嘴。唯一美中不足的是，她长了一双绿豆大的小眼睛，且戴着一副近视眼镜。虽然如此，她也可以在品检部独领风骚了。

她也非常喜欢左广涵，对他的秋波已经到了不再暗送的地步。她的野心在整个品检部昭然若揭，她想独吞那棵白菜。这让其他的几个女孩子敢怒不敢言，只能眼睁睁地看着程玄素贪婪地盯着那棵白菜。她们都有自知之明，知道不是她的竞争对手，不论是谈容貌，还是论权力。她们对她所能做的只能是嫉妒。女人的嫉妒让人可怕。

凡是品检部的人都亲眼目睹了左广涵在程玄素的权力范围内，得到怎样的一种宽容。他可以在公司的上班时间内平白无故地消失一整天，却没有人找他的麻烦。

而左广涵对她的回应却总是若即若离、不冷不热的，谁也不知道他是怎么想的，但就目前而言，所有人都明白，他正在以自己的美貌来换取一种权利。

这种状况直到柯米来到品检部才得以改变。自从柯米来了以后，左广涵不再是整天神龙见首不见尾了，却是整天的围在柯米的身边，不厌其烦地给她讲解品检的知识，显微镜及其他测力仪器的使用，一遍又一遍，直到教会为止。像是他欠了她不少钱似的。

话说风水轮流转，在品检部所有女孩子的期待中，总算看到了程玄素的嫉妒。在柯米来到品检部两个星期后，所有人第一次看到程玄素当着所有组员的面，大声训斥左广涵的场面。虽然左广涵在工作上是有数不清失职的地方，可所有人都能感到，这个女人的醋坛子已经被打翻了。

这让其他几个女孩子暗暗高兴，终于有人帮她们报了强权夺爱之恨。不管是否为此，品检部的所有人对柯米都非常关心起来，像是中国历史上第一个夺取奥运金牌，为国争光的奥运健儿，让压抑太久的国人终于出了一口恶气。当然，程玄素除外。

从那以后，柯米的工作量明显加大了，还经常受到程玄素的莫名指责。慢慢地，柯米也知道了原因，她感到很委屈。她对左广涵虽然颇有好感，但那只是感激他的照顾之情，别无其他。

现在进公司已经两个多月了，再过半个月，三个月的试用期就满了。听同事们如同证券分析专家般的分析，程玄素很有可能在试用期结束时向上级主管提出停止留用的申请。

一天上午，柯米拿着一把游标卡尺，心里想着这件事，忧心忡忡地在车间的路上走着。就在厂房的拐弯处，横里冲出一辆自行车。由于骑得太快，拐得太急，等看到柯米时已来不及刹车了。好在骑车的那个人动作还算敏捷，强行将方向给扳了过去，可自行车的后轴还是刮到了柯米的裤子，以致撕出一道长长的口子，皮肤也擦得隐隐生疼。

那个年轻人滑出十多米远才停了下来，急急忙忙地跑了过来，见吓呆了的柯米并未受伤，只是裤子划破了一道口子，便满脸歉意道："你没事吧，真对不起。车间那边配电柜因为短路炸掉了，我要赶着过去处理！如果你有什么事的话，就到维修科一组来找我，我叫秦夕。"说完，没等柯米开口，又急匆匆地蹬着自行车走了。

由于厂区太大，维修科配有几部自行车，以便提高办事效率，这一点柯米是知道的。可她这条裤子怎么办？她带来的衣服中，能勉强穿着自认为不丢人的裤子，也就只有两条，现在撕破了一条，新员工又没有工作服，该怎么办呢？难道真的要到维修科去找他？就为了让他赔一条裤子？这也太丢人了吧！看着那个彬彬有礼的年轻人骑着自行车远去，柯米眼中闪出憎恨的目光。

虽然吃了个哑巴亏，可她今天的烦恼并未因此而结束。刚踏进品检部办公室的大门，柯米就感到室内的气氛异常沉闷，同事们灼热的目光全部聚集在她身上，让她隐隐不安起来。

程玄素坐在最后一排的办公桌后面,见到柯米,放下手中的钢笔,说道:"王柯米,我正有事要找你。"

柯米不安地"噢"了一声,便向她的办公桌前走去。

待她走近,程玄素说道:"你还记得一个星期前发往广东天成公司的那批产品吗?"

天成公司的那批产品是这个月最大的一笔订单,柯米记得非常清楚,点头道:"嗯,记得。"

程玄素哼了一声,道:"知道就好,现在这批产品在人家公司的验收处被检验出有严重的缺陷。现在厂商要求退货,并且终止了跟我们公司的业务合同。我不知道你是怎么搞的?产品有这么大的缺陷,你还把贴有你检验代码的合格证放进去。"

柯米不敢相信地说道:"可是我们是严格按照公司三级产品检验标准来检验的呀!"她说的"我们"是指她跟她的同事于晓云,当时是她们俩一起负责检测这批产品的。于晓云这两天请假了,所有的问题也只有找她一个人了。

"三级?"程玄素冷笑道,"这家公司几年来在我们公司订的货全都是一级产品,你竟然会把它当做三级产品来检验,你还真会做事呀?你没有看到产品一直都挂着红色的流程卡,而不是黄色的吗?"

"不是你让我们把这批产品以三级产品的检验标准来检验的吗?"柯米不满地说道。

"我什么时候说过?"程玄素喝道。

"那天我跟于晓云写了一份不合格产品处理表递给你签字的时候,你跟我们说是流程卡挂错了,这批产品是三级产品,让我们重新检测。"柯米已习惯了她这种态度,且心中又窝着一团火,她傲着头不卑不亢地把话说了出来。

程玄素怒道:"王柯米,我告诉你,你自己犯下的错你就该自己承担,你别想移花接木,嫁祸于人。"

"我没有嫁祸于人,这件事于晓云也知道,当时她跟我一起来找你的。"柯米也有点冒火了。

程玄素摆了摆手,不耐烦地说道:"你不要跟我说那么多了,说不定你已经跟于晓云串通好。有什么问题你还是跟董事长讲好了,他刚才找你,想跟你了解一下事情的具体原因。但我警告你，你别想让我给你背这个黑锅。"

柯米听说董事长找她，不由大吃一惊，心中有些惶恐，小声道："他，找我干吗？"

程玄素没好气地说道："你闯的祸不找你找谁？你去吧，他刚才打电话过来，说他在办公室等你呢。"

2

公司的董事长叫林联棋，今年二十八岁，是老董事长的儿子。由于老董事长要经营台湾的总公司，就把大陆这家公司全权交由林联棋打理。

林联棋在公司里，柯米倒是见过几次。一米七几的个头，长得虽不怎么帅，但由于天生上流社会，熏陶出他一般人所不能具有的高贵的神态及叱咤风云的威严，所以他眼神里总是闪烁着让人慑服的自信。

当柯米忐忑不安地来到林联棋办公室的门口，刚准备敲门，却被董事长的秘书拦住了。那秘书问道："你找董事长有什么事？"

柯米说道："不是我找他，是他找我。"

"你是哪个部门的，叫什么名字？"

"我是品检部的，我叫王柯米。"

"那你稍等一下。"说完，那个女秘书轻轻地敲门后，推开了办公室的门，进去汇报情况了。

几句话工夫，那个女秘书出来对柯米说道："董事长让你进去。"

柯米也轻声地推门进屋。林联棋正趴在办公桌上写着什么，这更加剧了柯米的心跳。她怯声问道："董事长，你找我？"

林联棋这才抬起头来，面无表情地说道："你就是王柯米？"

王柯米"嗯"了一声。她站在那里感到浑身不自在，有些站立不稳，他的目光中似乎含着一股强大的气流，摇晃着她的心。

林联棋放下手中的笔，双手交叉在胸前倚在桌后的老板椅上，说道："你知道我为什么找你吗？"

柯米点了下头，小声说道："知道！"

林联棋也点了下头，说道："那好，那我就长话短说了。由于你的失误，导致了广东的天成公司跟我们公司终止了业务合同，这样我们公司每年要损失数百万的销售额。我希望你能给我一个满意的解释。"

柯米还是小声说道："这件事我没有责任。"

这个回答是林联棋万万没有想到的，他微微一愣后，干笑一声道："你没有责任？你倒推得干干净净呀！"

"我没有推卸责任，负责任的人应该是我们组长。"

"哦？"林联棋这时坐立不安，肘部搁在桌上，一只手握紧托住下巴，盯着她说道，"你说说看！"

柯米深吸一口气后，把事情的原委跟林联棋说了一遍。林联棋也没有打断她的话，只到她说完，才开口道："你等一下。"说着，拿起桌上的电话，拨通了一个号码。

从他的讲话，柯米明白，他这个电话是打给程玄素的。

没多久，林联棋就挂上了电话，抬头说道："你们组长说没有这回事！"

"你为什么相信她而不相信我？"

"因为她是公司委任的管理者。你没听说过用人不疑，疑人不用吗？"

在林联棋的办公室待到现在，柯米慢慢镇静了下来，感到董事长并没自己想象中的那么可怕，心中的畏惧感早已去掉大半。现在见到林联棋不但不相信自己，还把自己揭发程玄素的事告诉了她，柯米不禁怒火中烧。自己以后肯定是没好日子过了，试用期满再续签合同的希望几乎化为泡影了。想到此，一股勇气在愤怒的鼓动下油然而生，她提声说道："我觉得你根本不必找我来了解情况，你直接找程玄素不是更好吗？"

林联棋没有想到眼前这个扎着两个羊角辫的乡下小姑娘敢用这种口气跟他说话，不禁又是一怔，良久，才笑道："你知道你是在跟谁说话吗？"

"我知道，但这已经不重要了。因为我现在不是在跟你说话，而是在跟一种权力说话，一种资本家压迫工人的权力。如果我现在在这种权力面前低头，那仿佛就是在摇尾乞怜。"柯米明白她刚才顶撞了他，是根本没有再留下的机会了。就这样低声下气地走了，她心有不甘，不如临走前宣泄一下心中的不满。她不知道自己为什么会想到这些稀奇古怪的话，也不知道说的是否有理，反正她是豁出去了，说了以后，心里畅快得很。

她原以为她说了这话以后，林联棋一定会大发雷霆，可令她想不到的是，他竟笑了起来，而且笑得很灿烂。

他脸上笑容不减，说道："资本家？你说我是资本家？你倒说说看，我怎么压迫你了？"

柯米没想到他会有此一问，吱唔了半天也回答不出个所以然来。

林联棋见状，收起笑容，说道："说话要讲究证据，不能信口雌黄，话讲出去是要负责的。"

"我没有信口雌黄，你的管理方法本来就不对。"柯米又鼓足勇气说了一句。

林联棋又笑了："你倒说说看，我的管理方法怎么不对了！难道你有什么高见？"

"我没有什么高见，但我认为公司委任一线管理者的作用不是去监视或者压迫工作人员的，而应该是高层领导和员工之间的一道桥梁，让高层领导可以更清楚更快捷地了解员工的动态。像你这样只相信一线管理者能帮你管理好公司，而不去体会员工的想法，这种管理是非常失败的。"柯米反正已经豁出去了，多讲少讲已没有多大区别了。

林联睁大了眼睛盯着她，说道："你学过管理？"

"没错，平时我有看过一些类似的书，但这也是我真实的想法。"见他一脸疑惑柯米又说道，"您别看不起我，虽然我学历不高，但我平时还是坚持学习的。"

"嗯，还不错！"林联棋笑道。

自己这么顶撞他，他都没有生气，还这样和气地跟她说话，柯米心中不禁掠过一丝悔意，低声说道："你干吗不生气呀？"

林联棋笑道："你还真有意思。我干吗要生气？你很想我生气吗？"

柯米摇头说道："不是。"林联棋和气了，她反而不敢那么放肆了。

林联棋见她倏忽间又像刚进来时那般羞涩起来，不禁又笑道："你这个人真的还蛮奇怪的。你先回去吧。这件事不管是谁的责任我也不追究了。还有，你的建议我会考虑的。"

柯米阴沉着脸，转身正待离去，林联棋又叫住了她："你先回来。"见柯米转身，他继续说道，"你是怎么回事？这件事我已经不追究了，你的意见我也采纳了，你不说谢谢也就算了，你怎么还愁眉苦脸的。像这样走出我的办公室，别人还以为你是被我骂成这样的。"

柯米幽幽地说道："就算你不骂我，也会有人骂我的。"说完也不等林联棋回答，转身就走了。

林联棋在背后奇怪地看着她开门而去，不知道这个漂亮的小姑娘脑子里想的是什么，怎么怪到这种程度？忽地，他想起了他把柯米揭发程玄素的事又告诉了程玄素，他若有所悟。

正如林联棋跟柯米所预料的那样，程玄素正气势汹汹地坐在品检部办公室等着柯米回去。柯米刚进门，程玄素就朝她怒道："好啊，王柯米！你竟然到董事长那里去污蔑我。"

柯米冷冷地说道："我没有污蔑你，我所说的都是事实。我有胆量做就有胆量承认。"她这句话分明是嘲讽程玄素的。她觉得已经没有必要再对她低声下气的了，怎么说试用期满能留下的机会已经很渺茫了，更何况自己刚刚顶撞过董事长。皇帝都得罪了，还会在乎一个太监吗？

程玄素听完她的话，就更加怒不可遏了："王柯米，你平时不认真干活，我一再迁就你，希望你能改正过来，没想到你现在越来越放肆了。我看也没有必要等到试用期满了，我现在就打一份申请报告，如果批下来的话，你明天就不用上班了。"

这时，一直坐在边上看着这一切的左广涵站了起来，指着程玄素怒道："你这分明是以权谋私。你这个女人真是太无耻了。你干脆多写一份申请报告，把我也一起开除掉好了。在你手下干活，真是一种耻辱。"

柯米有些震惊，从没想过他会为了她连工作都不要了，委屈的她被感动得有些鼻酸，扭头说道："你不要这样，这不关你的事。"

"你的事就是我的事。"左广涵坚决地说道。

办公室中其他的人全部放下了手中的活，眼神在这三人之间游荡着，虽都忿忿不平，但都敢怒不敢言。

程玄素被气得全身发抖，除了一个领导者的权威受到侵犯之外，更多的是，她付出的爱不但没有得到回报，换来却是意中人无情的谩骂。她不禁妒火中烧，颤声道："左广涵，你太令我失望了，你以为我不敢吗？"

"我没说你不敢。"左广涵说完不再理她，看着柯米说道，"柯米，你不要怕，明天我去再帮你找一份工作。此处不留人，自有留人处。"

柯米也不知道该说些什么，看着程玄素涨得通红的脸，脑子乱哄哄的，转身独自向办公室外走去，抛下了一群各有所思的人。

3

柯米下午没有去上班，独自躺在宿舍的床上，心乱如麻，两只眼睛死死地盯着天花板，只可惜眼眸上隔着一层水蒙蒙的液体，看也看不清楚，只看到白茫茫的一片。她怨恨程玄素，更怨恨自己，怨恨自己的无能，不但没有赚到钱，现在连工作都丢了，不知何时才能实现自己对自己的承诺，她朦胧间已看到柯词因辍学而痛不欲生的表情，不禁潸然而下。

明天就该走了，可她能去哪里呢？偌大富饶的江南鱼米之乡竟没有一处自己的容身之所吗？对自己的明天一片茫然，她只有在泪水中寻找答案。

不想，傍晚时分，她的同事都下班回到了宿舍，且给她带回一个令人振奋的消息。

她们告诉她，今天下午董事长把品检部的员工全部都叫了过去，董事长把他们叫到他的办公室，询问广东那批不合格产品的真实情况他们是否知情。他还问了一些关于程玄素的人品以及处事方法之类的问题。最后，他还向他们要了于晓云家里面的电话号码，亲自打电话过去了解那批产品不合格的真实情况。

她的同事还告诉她，当左广涵忿忿不平地告诉董事长她要被开除时，董事长听了好像很气愤。董事长还当着他们的面说，他是不会批准的。

柯米听得惊诧不已，她有些不敢相信，只是自己随口说出的一番可笑的大道理，董事长竟然真的履行他的诺言，去采纳她的意见。

柯米心里宽慰了许多，这才想起自己午饭还没有吃，顿觉腹中饥饿难忍。

刚吃过晚饭不久，她的表姐却找到了她的宿舍。当时她正坐在床边跟几个同事聊天，惊讶中遂起身跟她表姐走了出去。

顺着宿舍楼的楼梯往下走时，表姐扭头对她说道："柯米，我听说你要被开除掉，有没有这回事？"

柯米点了下头，没有做声，顿觉羞愧难当，不敢正视她表姐的眼神。

表姐锁了锁眉头，说道："那你打算怎么办呢？我知道这件事不怪你，我也听人说了。我下个星期合同期满就要回家结婚了，你一个人留在这里，万一找不到工作，或者出了什么事，我也不好跟大舅交代。要不你还是跟我一起回去吧，我把你好好地带出来，也应该把你好好地带回去。"

说话间两人已经出了宿舍楼，柯米几度欲言又止，最后才喃喃地说道："我听同事说，董事长不会批准程玄素把我开除掉的。"

表姐嗤之以鼻，说道："谁说的？你怎么会相信她们胡扯？这种小事董事长怎么可能知道呢？只要管理部的经理签个字就可以了。再说了，就算董事长知道了，那又怎么样？难道不相信程玄素却来相信你？"

表姐的一席话把柯米刚刚复燃的希望又浇灭了。她表姐说得对，说不定程玄素的申请表管理部已经签过字了。等明天自己都已经离开了这家公司，董事长还不一定知道呢！

这一夜，柯米一直胡思乱想到半夜才怅然睡去。

第二天，她没有勇气去品检部，怕迎来程玄素的讥讽。她在宿舍里抱着一丝侥幸的希望，揪着心躺在床上等着，等待同事们下班后给她带来是否被开除的消息。

没想到，上午十点多钟，她的同事于敏鹭就意外地跑上楼来找她。她打开宿舍门的时候还是气喘吁吁的，进屋也顾不得喘息，急忙说道："柯米，你还在睡呀。赶快起来，董事长找你。他让我来叫你。"

柯米霍地从床上坐了起来，惊道："董事长又找我干吗？"

"那你还不知道呀？"于敏鹭在柯米的下床坐了下去，仰头继续说道，"你现在已经不是昨天的王柯米了，你今天已经被任命为品检部的组长，现在是我的上司了。"

柯米苦笑道："敏鹭，你就别拿我开心了，我心里都难过死了。"

"我拿你开心干吗？今天早上八点钟人事部就把通知贴在公告栏上了，不信你自己可以去看看呀！"于敏鹭认真地说道。

柯米见她不像开玩笑的样子，心中一阵悸动，半信半疑道："不可能吧？"

于敏鹭有些着急了："跟你说话真是费劲。现在全公司都传得沸沸扬扬的，没满试用期就当上组长的，全公司你是第一个。真不知道你昨天跟董事长说了些什么。"

"我不信！"嘴上虽这么说，人还是跟于敏鹭一起下了楼。

在办公楼旁的公告栏上，柯米果然看到了任命她为品检部组长的通知，同时，紧挨在那张通知的边上，又贴了一张关于程玄素被免职降为变通员工的通知。一瞬间，柯米百感交集，她有些不敢相信自己的眼睛，木桩一般地站在那里重复地看了几遍。幸福来得太快，总让人怀疑它的真实性。虽然她从未觊觎过程玄素的职位，但能留下来，她已经开心得不知所以了。

"董事长怎么会突然之间任命我为组长呢？难道就因为我昨天的那篇大道理？这似乎有些说不过去。"柯米在去董事长办公室的路上盘算着。

推开林联棋办公室的门，他还跟昨天一样坐在那里。与昨天不同的是，见到她进来，便堆满笑容道："来了！"

柯米挤出点笑容陪着点了点头，小声地"嗯"了一声。

林联棋说道："怎么样？对这种安排你满意了吧？"

柯米轻声说道："董事长，你太抬举我了。你能让我留下来，我已经很满意了，我从来没有想过当什么组长。"

林联棋道："难道你不想当组长？"

柯米低头不语，半晌，才说道："想！因为当组长可以拿很高的工资。"

"你需要钱？"林联棋疑惑道。

柯米"嗯"了一声，说道："我弟弟要上学。"

"你很诚实。"

"我只不过不喜欢说谎。"柯米说道。她说的确实也是实话。她对组长的位置其实倒并不感兴趣，她感兴趣的是组长每个月两千多块钱的薪资。只有那样，她才可以在结婚前勉强凑足柯词大学的费用。

林联棋笑道："我喜欢诚实的人。但你要知道，只有当上组长，你才可以拿那么高的工资。你明白吗？"

柯米又低头不语。

林联棋笑道："那就这样了，你现在就可以去上任了。你要记着你说过的话，你现在担负的可是一座桥梁的作用。"

"可是，我怕别人不服我。"柯米犹豫道。

"我亲自任命的，谁敢不服。你有不懂的地方，你可以请教于敏鹭，毕竟她是老员工了，也是你的老乡。我已经跟她说过了。"林联棋说道。

林联棋见她还站在那里不动，故作不耐烦地挥手道："你怎么还不走？难道要我把你轰出去？"

柯米这才挪动着身子，缓缓地向门外走去，没有留意到林联棋那含在嘴角的笑意。

怀着错综复杂的心情往品检部走去，柯米不知道自己是该喜还是该忧？想到马上就要见到同事们跟程玄素，她全身都有冷汗沁出。

这种结果是她从来没有想到过的,她没有一点心理准备。她像当年赵匡胤陈桥兵变时被黄袍加身那般彷徨,但赵匡胤黄袍加身前还有赫赫战功,而她呢？如果不是因为柯词,打死她也不会接这块烫手的山芋。

品检部的办公室在现场车间里,跟办公楼还有一段不近的距离,可柯米今天却没有这种感觉,只感到刚出了办公大楼,就已经到了品检部办公室的门口。看见品检部的大门,她心跳加速,她真想再在公司里绕几圈再过来,或许心情能平静一些,但理智遏制了这种荒谬。当她鼓足勇气忐忑不安地推开品检部办公室的大门时,没想到是一阵热烈的掌声淹没了她进屋的尴尬。同事们异口同声地笑道："欢迎王大组长升职。"继而都围住了柯米。

柯米一阵感动,更多的是难为情。她呆立在那里不知所措。她在不经意间看了一下程玄素的办公桌,但见她还在那里收拾东西,显然是觉得没有脸面再做下去了,正准备辞职。

这时,左广涵把围在柯米身边的几个同事拨开,大声说道："好,大家静一静,现在请我们敬爱的王组长跟我们说几句,大家鼓掌。"

从大家热烈的掌声中,可以感觉到,他们早已受够了程玄素。

柯米的脸憋得绯红,也没说出一句话来。于敏鹭连忙解围,大声说道："刚才董事长特地跟我说了,让我以后担任柯米的秘书。大家以后有什么事,尽量跟我讲,我能解决的就尽量帮大家解决。如果你们想请组长吃饭,也尽量跟我讲,我能吃的也尽量帮你们吃了。好,我的讲话完毕,大家鼓掌。"

同事们都笑了起来,左广涵叫道："鼓个屁掌。得了吧你,哪有组长还要秘书的。你以为你是慈禧,还要垂帘听政呀？你看看你,再吃的话,跟猪有什么区别？"

于敏鹭并不怎么胖,只是看着强壮一些,听后吼道："你说什么？"

左广涵吐了吐舌头,没敢再做声。

这时,程玄素抱着整理好的东西铁青着脸往门口走来。走到柯米身边,用蔑视的眼光看着她说道："背后挖人墙脚的小人。"

"我……"柯米想解释,左广涵抢白道："你赶快走吧,武则天大人。别在这里丢人现眼的,影响我们团结的气氛。拜拜！"说完,还向她摇了摇手。

程玄素被气得泪水夺眶而出,颤声道："左广涵,枉我以前对你那么好,你真是连畜生都不如。"说完含泪而去。

左广涵被她骂得"嘿嘿"傻笑两声,摊开双手笑道："她说什么呀？我怎么听不懂。"

大家被这么一搅和,兴致全没了,每个人都开始回到自己的办公桌。柯米开始怎么也不愿坐到程玄素留给她的那张象征权力的办公桌旁,最后还是被于敏鹭跟几个同事硬拉了过去。

但并不是坐过去事情就完了,她总得要分配任务,不可能这么多人都在办公室里坐上一天吧。虽然她听惯了程玄素发号施令,但轮到她分配任务,还是手忙脚乱,脑子里乱七八糟的,直感觉在指挥一场战争。最后,还是于敏鹭帮她分配了任务。

现在,每个人都拿着测量工具去现场了。空荡荡的办公室里只剩下她一个人,只觉置身梦中。

Chapter 03
怀　春

1

品检部的怪事并没有因未满试用期的柯米上任组长而结束。

就在柯米上任的第二天,她接到了管理部交给她的人事调动单,要求把她的组员左广涵调到采购科任职。虽然采购科是绝大部分员工梦寐以求的部门,她应该为左广涵感到高兴,可她却怎么也高兴不起来,直觉告诉她事情没有那么简单,可是她除了签字也别无他法。

当左广涵得知自己被调离品检部时,满腹牢骚地跑到办公室,看到柯米,不满地问道:"柯米,你为什么要把我调到别的部门,难道你就那么讨厌我?"

柯米坐在办公椅上,抬起头委屈地说道:"这不是我的意思,这是公司的安排,我也没有办法。"

左广涵不相信道:"公司怎么会好好地要把我调走呢?上面的那些领导又不认识我。肯定是你打申请报告了,公司才会安排我到采购去上班的,对不对?"

柯米有些急了:"左广涵,我真的没有打过申请报告。这件事我一点都不知道,如果我想把你调走的话,我肯定会跟你商量的。"

左广涵见她态度诚恳,并非故意做作,自言自语道:"妈的,公司怎么会知道我的存在呢？"继而又对柯米苦笑道，"难道金子在哪里真的都能发光？"

柯米晓得他喜欢自己，现在被调离品检部，心中一定非常苦恼。她同情地看着他，没有言语。

忽然，左广涵抬起头盯住柯米的眼睛，说道："我知道了，柯米。我知道我为什么被调到采购科了，一定是林联棋那个臭小子喜欢上你了。"

柯米心中一凛。这个想法在她得知被任命为品检部组长的时候，她也曾想过，但随即又为自己产生这种荒谬的想法感到可笑。人家一个国内大型企业的董事长，怎么会喜欢上她这个乡下来的黄毛丫头？现在左广涵的话触动了她思想中的那块禁区，禁区中的共鸣加速了她心跳的频率。但她嘴上还是狡辩道："怎么可能呢？你别瞎说了。公司把你调走肯定是有原因的。"

"什么原因？"左广涵大声说道，"我敢打赌，肯定是林联棋那个臭小子喜欢上你了。为什么品检部那么多人不调，却偏偏选中了我？你以为我真的是个人才？肯定是他知道我喜欢你，所以他想扫清我这个障碍物，我只是他爱情的牺牲品而已。"面对如此强劲的情敌，他实在提不起多大的信心。

他当众说得那么露骨，柯米羞得低下了头，看着桌子上的一份检测报告，没再理他。惹得左广涵一路气呼呼，走了出去。

星期一，又一个消息在公司沸腾了。董事长林联棋为了抓好公司的产品质量，亲自到现场检测产品，并且把自己编入了品检部，做了品检部一名普通的员工。

林联棋星期一早上八点准时来到了品检部，也穿着工作服。他进门时，品检部的员工都在。他见了柯米就笑道："王组长，从今天开始，我就是你的下属了，希望你多多指教。"

柯米虽早已得到消息，做足了心理准备，但此时仍站起惶恐道："董事长，你就别拿我开心了，我怎么敢做你的上司呢？"

林联棋严肃地说道："柯米同志，我这次下来是为了公事，为了能把公司的产品质量提高上去。我要站在员工的角度去观察公司产品的检测方面存在哪些漏洞。所以我希望你能配合我的工作，把我当做一名普通的员工。"

办公室里的其他员工也不像往日那般大声喧哗了，也不等柯米安排任务，都默默拿着检测工具悄悄离开了。

柯米站在那里，听着林联棋那些牵强的理由，也不敢说什么，只是唯唯诺诺地应着。

　　林联棋笑道："你是不是很不欢迎我呀？"

　　"没有啊！"柯米连忙否认道。

　　"那好，那你现在就陪我到现场去看看吧。以后就由你亲自来教我怎么检测那些产品了。"林联棋笑道。

　　柯米现在虽为上司，却不敢违拗，说道："那好吧，董事长！我们现在就去吗？"

　　林联棋不高兴道："以后不准再叫我董事长了，要叫我的名字！"

　　"噢！"柯米怯声回答道。

　　女人的敏感让柯米觉得自己脑中曾有过的那个荒谬的想法，现在已经不那么可笑了，他是真喜欢上自己了么？只是那么短的一两次交集，他就喜欢上了她？那她自己呢？她喜欢他么？亦或是……她胡思乱想着，却忽略了自己早已红透了的脸。

　　可林联棋到品检部的行为却令柯米着实费解。他来的这几天，天天都跟柯米在现场转悠，兢兢业业地工作，遇到不懂的地方就虚心向柯米请教。这让柯米有些怀疑自己的一厢情愿，不免有些失望。在她眼里，林联棋那常人没有的傲人气魄，让她深深折服。她有些敬畏他，又有些崇拜他，这种错综复杂的心情让柯米每晚都难以入眠。她的内心深处总感到自己在等待着什么，这种想法总让她羞愧得把头钻进被窝里。

　　直到星期六的下午，林联棋的一个要求终于吻合了她心中的那个等待。

　　当时，已快到了下班的时间，林联棋跟柯米一起从车间向品检部办公室走去，俩人这般在公司里并肩前行，在短短一个星期的朝暮相处中，柯米已司空见惯，感觉不出会有哪些不寻常的征兆。可这一次，例外却改变了习惯，林联棋忽然对她说道："柯米，你今晚有没有空？我想请你吃顿饭可以吗？"

　　柯米意外地一愣，心里头有面鼓，一路不停地敲。她幻想过，或许有一天林联棋会当着她的面说出这样的话来，但它真正来到时，她还是有些手足无措。她低着头憋红了脸怯声说道："我表姐明天要回去，我跟她说好了，今天晚上到她那里去。"

　　林联棋微一沉吟，说道："没关系的，今晚没空那就明天好了，明天你不会还有事吧？"

　　柯米咬着下嘴唇没有回答，一缕夕阳的余晖从厂房的缝隙间投射在柯米的脸上，透明了她的肌肤，红扑扑的，更增添了几分涩意。

"那就这样定了，我明天晚上六点钟准时到公司门口来接你，到时可别失约啊！"

柯米还是一言不发。她有时都搞不懂自己，胆子大起来，什么都不怕，羞涩起来却连一句话都说不出口。

林联棋见她难为情，便转移话题道："你表姐明天什么时候回去？坐汽车吗？"

柯米这才抬起头，脸上的红晕还未退去，轻声说道："是明天上午到汽车站去坐车，她让我去送她。她那么多行李，一个人不好拿。"

林联棋抿住嘴犹豫片刻，才道："要不这样吧，我明天安排一辆公司的车把她送回去。"

柯米有些受宠若惊："这怎么可以呢？"

"为什么不可以？你表姐住在公司吗？"

"不是，她在外面租的房子。"

"那你今晚去跟她说一下，让她把行李收拾好，明天上午公司的车会去接她。还有，你到办公室后把她的地址写给我。"

柯米还是推辞道："真的不用麻烦你了。"

"你不要再说了，就这样定了。你今晚跟你的表姐说一声就可以了，其他的事我会安排的。"林联棋说道。

一种不可抗拒的威严让柯米没有再做声。

晚上从表姐那里回来时，夜已经很深了，深得已经让柯米跟不上睡眠的节奏。同事均匀的呼吸声，拍打着她的思维。她仔细地回忆着她跟林联棋认识的每一个细节，记忆如流水一般在她人生的长河中发生了转折。但她知道这个转折还处于一个萌芽状态，让她怀疑它的持久性，她怕它会干涸枯萎。

她想起晚上表姐对她所说的那番话。当她告诉表姐明天公司会派车过来接她时，她表姐笑着对她说，柯米，以后发财了，可别把表姐给忘了呀！

这句话深深刺伤了柯米的自尊，难道她所盼望的那个等待，那个转折，里面真的渗杂着金钱的诱惑吗？她一遍遍地对自己说，我王柯米不是那种人，真的。

2

第二天是星期天，柯米起床收拾好后准备跟于敏鹭去表姐那里送送她。可还未出门，宿舍管理员却给她送来了两套衣服。宿舍管理员告诉她，衣服是一个警卫拿过来的。据警卫讲，这两套衣服是董事长亲自送到警卫室的。

宿舍里炸开了锅，衣服在每个人的手中传来传去，议论纷纷。

"柯米，这两套衣服是真正的国际名牌，要值好多钱嘞！"

"我看你要发达了。看样子，董事长真的爱上你了。要是他娶了你，这家公司就是你的了，那我们就得给你打工了。"

"运气来了，挡都挡不住，我看你升为董事长夫人也指日可待了。"

她们七嘴八舌且无意中表达她们的羡慕之情，柯米从她们闪烁不定的眼神中看到了嫉妒。一瞬间，整个宇宙都沉寂了，只剩下她们几人叽叽喳喳的喧哗声，听着格外刺耳。

只有于敏鹭一直未曾开口，她把室友们手中的衣服收回来放在柯米的床上，转过身说道："你们说话怎么酸溜溜的，柯米能有这样的福气，我们应该为她高兴才是。"

一个女孩不满道："你这话什么意思，谁说我们不高兴了？"

"就是呀！"其他人也附和道。

柯米没有跟她们解释，她知道自己解释不清楚，任由她们发表她们自己的想法。在她们眼里，或许林联棋的钱便是他最大的优点，可是自己呢？也是这么想么？她的呼吸急促起来，抚着他送过来的衣服，或许她是爱他的罢，她想。

林联棋送来的衣服，柯米穿着很合身，如同她亲自挑选的一般。在华丽衣服的衬托下，柯米更显娇媚可人。一直到下午五点五十几分，她才激动地蹒跚着双脚，往公司门口走去。

林联棋那辆全公司职工都很熟悉的奔驰车已经停在公司门口不远处。见到柯米远远地走来，林联棋早已下车等候。直到柯米走近，他才笑道："我以为这套衣服会不合身，没想到穿在你身上这么漂亮。"

柯米羞涩轻声道："谢谢你！"

林联棋笑道："不要谢我，衣服是贝儿帮你选的,昨天她刚好从学校回来。"贝儿是林联棋的妹妹，还在读大学。她听他提起过。

林联棋边说边为柯米打开车门,她小心翼翼地坐了上去。柯米长这么大,还从未坐过轿车,更别提这么豪华的私家车了。

林联棋上车后,握着方向盘,偏头问道:"柯米,今晚到哪里去吃饭?"

"我不知道,随便你!"柯米浅笑道。

林联棋边说边起动了引擎:"那咱们去吃西餐吧,你看怎么样?"

"可我不会吃西餐。"柯米不好意思地说道。

"没关系,我教你!"

在西餐厅里,柯米终于消除了她跟林联棋之间上下级的约束。在那里,他们才像一对朋友,他们交谈的不再是工作上的琐事。她也明显感觉到,她对他的敬畏感正在慢慢地消失,取而代之的便是思想的天平渐渐地平衡融合。

身份悬殊再大,待熟悉后,也不会再觉得对方是那么的高深莫测了。人总归是人,再令人震憾的外表下,跳动的总是一样的心。

在回去的路上,柯米没有感到林联棋的车里有那种令她窒息的沉闷。相反,她很愉悦,心情很是轻松,连车内的音乐也不知何时开始美妙了起来。

快到公司时,沉默了好久的林联棋冷不防地说了一句:"柯米,我想跟你说件事。"

柯米转头望着他,很自然地回答道:"什么事呀?你说。"

"我想让你做我的女朋友,可以吗?"

柯米愣住了,心在猛烈地撞击着她的胸腔,脸部的脂肪燃烧了起来,烫的厉害。虽然林联棋正盯着前方开车,但她还是羞涩地低着头,紧咬住下唇,怕是快咬出了血,也不觉得疼痛。双手也变得多余起来,只有放在腿上玩弄着自己的十个指头,想以此来转移自己尴尬的注意力,但这是徒劳的。

林联棋扭头看了她一眼,笑道:"你不说话就等于默认了!"

柯米还是没有做声,她觉得自己的下嘴唇已经被自己咬出血来了。

林联棋的笑便从眼角溢出来,牵起她的手,在她的手背上,亲亲地吻了一下。只一下,柯米便掉下眼泪来,幸福来得太过迅速,以至于让人怀疑它的真实性。

柯米觉得自己是幸福的,林联棋虽非英俊,但他至少温文儒雅,穿着考究,自是有一种风度在里边。被一个这样的男人爱着,总是令人开心的事情。

柯米开始在一个人的时候思念起林联棋来,她觉得自己是爱他的,她意图确认林联棋对她的爱意,他们相识并不久,似乎并没有那轰轰烈烈的宛延情感历程，但他应该是爱她的，她想。

　　林联棋开始每天晚上给她打一个电话，嘱咐她早睡早起；开始与她手拉着手一起吃一个简单的早餐，他们这种灰姑娘式的童话般的爱情就这样简简单单地开始了，没有扣人心弦的故事情节，也没有感人肺俯的动情表白，有的只是两颗心的默认。此后两人在公司也不像以前那般拘束，公司经常会出现他俩结伴同行的亲密身影，柯米在他身旁也不再那么手足无措，林联棋约她出去吃饭逛街也是家常便饭了。

3

　　公开了恋情，柯米便成了公司所有员工默认的未来董事长夫人了。所有人对她都客客气气，礼让三分，就连管理部的经理也不例外，虽然她还是他的一个下属。这种众星捧月的感觉是柯米从未曾享受过的，她从小就在秦琼花的打骂污辱中长大，天壤之别的感觉让她满足地依偎在幸福中。

　　但她也慢慢地感受到了什么叫高处不胜寒。不知从什么时候开始，也许是一夜之间，她周围的人都开始变得陌生了。那些曾经的同事，虽然表面上对她恭恭敬敬，但直觉告诉她，他们都已开始有意无意的疏远她，就连左广涵在她跟林联棋的恋情公开后，也没再找过她，偶然不经意地遇见，也只是一笑而过。柯米很是难过。有的时候她也在想，是自己做错了什么吗？

　　只有于敏鹭一个人还像以前一样，把她当做以前的柯米，跟她打骂嬉戏，让柯米失落中找到一丝慰藉。

　　他们这段不平凡的爱情正以平凡的过程在发展着，转眼间又过去了两个多月。这两个月来，柯米以前那段苦难的生活开始变得甜蜜，在爱情浸泡中的日子让她怡然逍遥起来。

　　这一天上午，林联棋告诉柯米，他的父母下午三点将抵达上海浦东国际机场，让她跟他一起去接。

　　林联棋父母的到来，柯米是知道的。听林联棋说，他父母这次专程从台湾过来，就是为了来看看他们未来的儿媳。

　　早早地吃过午饭，柯米就坐着林联棋的车往上海驶去。坐在车上的柯米一直心事重重，她有点害怕见到他们。大概是从小就在乡下长大的她，对这些上流社会的人，骨子里条件反射般的感到自惭形秽吧。她刚开始跟林联棋认识时就有这种感觉，现在这种感觉又在她的内心膨胀了。林联棋在边上不停地给她打气，但根本无济于事。

在机场大厅里，柯米惶恐得有些坐立不安，但该来的人总归是要来的。当林联棋挂着一脸笑容朝两个陌生人走去时，柯米手心不禁汗水涔涔，只有硬头皮跟了上去。

林联棋接过他父亲手中的行李箱，对柯米说道："柯米，这就是我父母。"

柯米恭敬地半欠了身子，说："伯父伯母，你们好。"

林联棋的母亲看着雍容华贵，虽然比半老徐娘还要老，可打扮起来一点也不输给姑娘们，身上散发出的优质香水味调和了周围一片空气。她用轻蔑的眼神打量了柯米一番，道："这就是贝儿跟我说的那个乡下姑娘？"

"妈，你说什么呀？她就是柯米，我女朋友。"林联棋说道。

"我知道是你女朋友，不知道你是怎么想的。"说完又嘟哝了一句，"门不当户不对的。"

柯米有些无法忍受这种屈辱，她想转身离去，林联棋似乎也感觉到了，紧紧地抓住了她的手。

一直未开口的林联棋的父亲，不耐烦地说道："什么门当户对的？都什么年代了？我看这个小姑娘就不错，配得上咱们家棋儿。"又对柯米说道，"小姑娘，你不要生气，你伯母妇道人家，头发长见识短。"

柯米牵强笑道："谢谢伯父，我没有生气。"

"对了，你叫什么名字？"林父问道。

"我叫王柯米！"她对林联棋的父亲好感顿佳。

"名字不错。走，先回去再说。"林父说道。

林联棋的母亲不知是不是因为被丈夫责斥，一直再未说话，车子开出老远，她才冷不丁地说了一句："棋儿，那你们打算什么时候结婚？"

"过两年再说吧！"林联棋抓着方向盘头也没回地说道。

林联棋的母亲急道："不行！如果你们真的打算结婚的话，今年就给我把婚结了。你也不看看你多大了，今年都已经二十八了。你姑姑家的儿子，跟你一样大，今年儿子都已经五岁了。你不想抱儿子，我还想抱孙子哩。"

"好了好了，妈，你不要说了，我再考虑考虑！"林联棋打断他母亲的话，重复了不知多少遍的话让他感到厌烦和畏惧。他父母是白手起家的，虽已步入上流社会多年，可他们的思想仍停留在农村的封建思想阶段。

他母亲说道："不要考虑了，我看你们今年就把婚给结了。"

"妈，你总得让我跟柯米商量商量吧！"林联棋笑道。

"对，那就让他们商量商量吧，尽量今年把婚结了。"他父亲接过话说道。

晚上，柯米跟林联棋的父母在林联棋的别墅里吃了顿晚饭。

这幢别墅她也曾来过两次，第一次是林联棋带她过来的，然后跟于敏鹭也来过一次。

清晰地记得她第一次踏入这幢别墅时，当时就傻愣了，张大的嘴巴久久不能合拢。她的第一个冒出的想法便是，这是人住的吗？她暗自称奇这么大的房子就只住了林联棋跟他的保姆两个人，一连几天都沉浸在那种惊讶的心情中。她不敢相信这套比皇宫还要漂亮的房子以后也会有她的一半。

第二天早上，柯米娴熟地分配完员工的工作任务，屁股还未坐热，便接到了林联棋的电话，让她到他的办公室去一趟。

去林联棋的办公室，现在对柯米来说已是轻车熟路，怎么也找不回第一次来时那种紧张的心情了。

虽然她昨天受了林联棋母亲的蔑视，却并没有低落了她今天的心情，不知为何，她心情反而比往日都要好，似乎就是那一种你征服不了我，我却征服了你的儿子那般骄傲的气焰，只不过是存在于潜意识中罢了。她推开林联棋办公室的门，进屋就笑道："林董，找小女子有何贵干呀？"

林联棋瞪了她一眼，说道："别开玩笑了，我有事想跟你商量。"

"什么事？"柯米问道。

"我想跟你商量一下我们结婚的事，我想下个月就跟你把婚事办了，可以吗？"林联棋开门见山地说道。从他的口气中，不难想象出他父母昨晚是怎样地摧残他的意志力。

柯米不敢相信道："下个月？"

"对，就是下个月，可以吗？"

柯米想过跟他结婚，也想象过婚后的甜蜜，可她从来没有想过会来得这么快。她不禁想起了乔印明，春节时也曾跟她提过结婚的要求，但她以不想那么早结婚为由拒绝了他。没想到，才事隔四个多月，又有另一个男人以同样的口气，提出同样的要求，而在急速短暂的考虑之后，对两个提过同一个要求的男人，却给出了两个截然相反的答复。她觉得林联棋虽然在跟她商量，但他的话语中却有着一种不可抗拒的威严。

也是在那一瞬间，她心中泛起一阵对乔印明的愧疚感，虽然她一遍一遍地对自己说，她并不爱她，但也无济于事。

柯米仍然觉得一切来得过于迅速，让人不敢相信，她在睡不着的夜晚辗转反侧，她怀疑自己是不是因为他的钱，真是因为他的钱么？可是她爱他呀，她觉得自己爱上了她，其实什么都不那么重要。

柯米答应嫁给他，但林联棋并没有她想象中的欣喜若狂。他很平静，无端的忧郁从他平静的眼神中稍纵即逝，却被柯米感觉到了。他笑道："既然你同意了，那我们下个月六月六号结婚，怎么样？"

她觉得他的笑容如雕刻般死板，但还是回应地笑道："好！"

Chapter 04
被甜蜜包裹的噩梦

1

婚前的准备总是忙碌着幸福的一对人儿，试婚纱、拍婚纱照、订酒店等等事宜，让人忙得连眼睛都睁不开。

柯米辞去了品检部组长的职务，整天为她的婚事筹备着。可她却越来越感觉到，心中的某个角落腾起一块挥之不去的阴影，她总是觉得，林联棋成天挂着的笑容里，隐藏着酸楚的忧心。

结婚那天，婚礼的隆重超乎了柯米的想象，她做了二十年的梦，也没有梦到过如此豪华的场景。穿着洁白无瑕的婚纱，袅袅婷婷地走在教堂的红地毯上，在万众瞩目中，她恍若隔世。

她父亲跟柯词也在教堂里注视着她。秦琼花没有来，她有几许遗憾，不过这种遗憾只是锦衣夜行般的失落感。除了秦琼花，乔印明也没有来，她寄给他的请柬犹如石沉大海，杳无音讯。她心里有些不是滋味。

晚上，柯米终于住进了那幢在她眼里比皇宫还要豪华的别墅里。

林联棋喝了好多酒，在柯米的记忆里，他是很少喝酒的，可今天在酒席上，柯米却见他发疯似的把酒往喉咙里灌，存心要把自己灌醉似的。

把颤颤巍巍的林联棋送回来的两个朋友已经走了。如今空空荡荡的别墅里就只剩下柯米跟林联棋两个人了。保姆今天被林联棋放了假，而林联棋的父母则住进了他们以前在大陆的老别墅，也就是现在林贝儿住的那套。

林联棋和衣躺在床上，挺挺的像死了一般，眼睛直勾勾地看着天花板，好久都没能转动下眼珠。偶尔，他会伸出舌头舔一下被酒精烧干的嘴唇，表明他还是个活人，一个没有睡着的活人。

柯米坐在床边就有些无所适从了，哪有结婚是这样子的嘛？新郎对她不理不睬的。忙碌了一天，自己也累散了骨头，多想美美地睡上一觉，可让她主动睡到他的床上，她怎么也鼓不起这个勇气。

这个僵局一直持续了一个多钟头，现在已经是凌晨两点多了，可林联棋还是那个样子，躺在那里动也不动。他要是睡着了倒也好办，可他偏偏睁着那双呆滞的眼睛。柯米心想，这样下去也不是个事。犹豫再三，起身红着脸把灯关了，在林联棋的身边躺了下去，却没敢脱衣服。

就在她迷迷糊糊半睡半醒间，忽然感到有一只手在脱她的衣服，她猛然惊醒，顿时面红耳赤，羞愧难当。但她明白，这种事情是理所当然、合乎道义的，她在羞涩好奇中又闭上了双眼，死死地装睡，任由林联棋那双跟女人一样娇嫩的双手在她一丝不挂的身上游走抚摸着。心脏愈发跳得猛烈，身上的每一根血管每一根神经都在膨胀着，已经快到裂开的极限，全身热辣辣的，柯米觉得自己即将窒息了，大口大口地喘着粗气。

林联棋就这样抚摸了她十多分钟，却戛然停止了。在微弱的光亮中，柯米看到林联棋起身双手捂着脸身体前倾地坐在床边，正当柯米纳闷不解时，林联棋竟低声饮泣起来。

柯米惊慌了，连忙起身在黑暗中摸索出自己的衣服马虎地穿在身上，扶住林联棋耸动的双肩，惊道："联棋，你怎么了？你不要吓我呀！"

林联棋听到柯米的声音后，竟呜呜地哭出声来。好一会儿，他才带着哭腔，仿似自言自语地说道："柯米，没想到我是真的没用。我不是个男人，我对不起你呀！"

柯米一瞬间有些发愣，什么意思啊？什么意思？

她的手哆嗦起来，抚上自己的嘴，又从嘴上一路滑下来，滑过胸口，啪地打在床上。她觉得脑子里无端端炸起一个响雷，轰然响起，顿时明白了他话里的含义。

柯米在林联棋的哭声中也早已泣不成声了，她搂住林联棋的脖子，摇头哭道:"联棋,你……"

她觉得自己要说点什么,然而林联棋已经抱紧了她,一时间悲从中来,两人相拥而泣。

这一夜,柯米真的失眠了。她知道躺在身边的林联棋肯定也没有心思睡去,但两人都是默默无语。她想去安慰他,却难以启口,找不到适当的说辞。

柯米虽从未经过男女之事,但她偶尔也会从社会某个藏污纳垢的角落听到关于这方面的言传,她也清楚地知道,两性生活会对以后夫妻间的感情产生多大的影响。

虽然心中有些遗憾,但经过漫长一夜的慎重考虑之后,柯米还是决定,既然已经嫁给身边的这个男人,就应该这辈子死心塌地地跟着他。"我可以跟他谈一辈子柏拉图式的爱情,只追求精神上的恋爱,摒弃肉欲的快感。"她天真地想。

天刚蒙蒙亮,柯米就起床到厨房做起了早餐。她决定忘记昨晚的一切不愉快,以全新的心态投入她今后的生活里。

早饭做好,天也完全亮了,柯米便准备上楼叫醒林联棋下来吃饭。当她犹豫着走进卧室,找寻能安慰他且尽量不伤及他自尊的言辞时,林联棋已经站在那里穿衣服了,见到柯米,一脸的笑道:"柯米,怎么起这么早呀?真不好意思,明天保姆上班了,你就不用这么辛苦了。"

柯米意外了,从他谈吐自如的笑容里,看不到一点做作,像是昨晚什么事都没有发生过似的。他的眼神里,还是闪烁着往日的自信,这不禁让柯米纳闷不已。他能摆脱心中的阴影,柯米是乐意看到的,可他这种对她没有半丝愧疚的眼神,让柯米潜意识里的高傲受到了蔑视。她仿佛在他自信的眼神中听到,女人,就应该这样!

柯米感到委屈,她也说不清自己为什么会感到委屈。

林联棋见柯米愣在那里,笑道:"柯米,你怎么了?"

柯米这才回过神来,笑道:"哦,没什么。早饭已经做好了,我是来叫你吃早饭的。"

"好的,我洗漱完马上就下去。"林联棋说道。

吃完早饭,柯米跟林联棋说,她要去看看她父亲跟柯词,因为他们今天就要回去了。林联棋要送她过去,被她回了。她说她坐出租车过去就可以了,反正又不是很远。林联棋没再勉强她,说道:"那你先去吧,我马上安排一辆车去接你爸跟柯词。"

她的父亲跟柯词被安排在一家五星级大酒店里，本来是开的两个房间，可他们爷俩却偏要睡在一起。柯米赶到时，是柯词开的门，喜道："姐，你怎么来了？"

她父亲正坐在床头抽着烟，忙熄灭了烟头，惊诧道："柯米，你怎么来了？今天可是你大婚头一天呀！"

"没事的，爸，都什么年代了！"柯米摸着柯词的头笑道。

"我还准备走的时候给你打个电话就算了。今天是你大婚头一天，我想就不打扰你了，没想到你却来了。来，过来坐。"她父亲拍了拍床边笑着对她说。

"爸，要不你在这里过几天再走？我还没有带你出去玩哩！"柯米坐下后说。

"不了，家里还有那么多活要等着我回去做。地里的麦子都已经熟了，我来的时候，已经有人家的大麦开始收了。"她父亲说道。

柯米没有做声，农忙季节是怎么也留不下父亲了。柯词也在她身边坐了下来，她顺手把他搂在怀里。良久，柯米打破沉默说道："爸，我看要不你跟我后妈离婚吧！我养你！"这句话她已经憋了十多年了，终于有机会说出口，心中快意了不少。

她父亲看着她愣住了，半晌，才叹了口气说道："柯米，爸知道对不起你跟柯词，让你们俩受了她这么的苦。但琼花在我们家风风雨雨也这么多年了，我们也有感情了。你看我都是一个黄土埋到脖子的人了，还有几年好活？你爸这一辈子也就这样过去了，也不指望享受什么荣华富贵。现在你能嫁到这样一户好人家，我也就心满意足了，你的亲妈在九泉之下也能安息了。"

柯米看着父亲，心里涌出一阵酸意。她父亲真的老了，脸上已深深地凹凸出岁月雕刻出的皱纹，斑白的头发又霜打了不少。

她父亲继续说道："你能有这份孝心，不记恨我，我已经很高兴了。爸也没什么要求，有空的时候常回去看看爸就行了。"

柯米虽然失望至极，破灭了报复后的快感，但也不想太过勉强父亲，于是点头道："我会的。"

过了许久，柯米又道："爸，我想跟你商量个事情。"

"什么事你就说吧！"她父亲刚又点起一支烟，声音随着烟雾一起喷了出来。

柯米说道："过几天柯词就要放暑假了，我想把他接到这边来上学。"

这句话出乎了她父亲的意料，他犹豫不决地看着柯米，又看看柯词，拿不定主意。

柯词却从柯米的怀里挣脱，坐直身子说道："姐，谢谢你的好意，我就不过来了。不是我不想跟你在一起，我要是来了，我爸一个人在家里一定很孤独。"

柯米的父亲没有说话，但柯米却看到他的眼眶湿了，她也没再劝说。

2

度完蜜月回来后，柯米觉得林联棋像是变了，变得让她陌生了。他再也没有像以前谈恋爱时那样带她出去逛过街吃过饭，更别谈花前月下，谈情说爱了，仿佛这一些都应该随着婚姻的坟墓一起埋葬了。他似乎比以前更忙了，柯米很少能在睡觉前看到他在家中的身影，工作已成了他的全部，除非是工作上的应酬，他才会勉强带着她一起出去消遣消遣。

除了结婚当夜，之后柯米很少再跟林联棋同床共枕了。林联棋每天晚上都会很主动地到客房去睡，仿佛那里才是他的房间。有的时候，他去过医院以后，也会跟柯米睡在一起，在彼此都很失望的第二天，他又会跑回他回避事实的客房去睡，她仿佛成了他的试验器材。

柯米被林联棋任命为公司的总经理。在这个一人之下万人之上的显赫地位上，柯米有些高处不胜寒。她每天除了像傀儡一样的批示一些鸡毛蒜皮的文件外，根本没有其他事可做。上班，对她来讲，就是坐在柔软的老板椅里等待下班，就是一项跟时间比耐心的游戏。望穿秋水地盼到下班后，也只是如同从政治犯的牢房转到刑事犯的牢房。在家里，除了吃饭保姆不能代替外，其他的一切事宜，保姆全给勤快地做了。晚饭后，她除了看会电视睡觉外，实在想不出自己还能做些什么。

以前于敏鹭在的时候，她还不会这般寂寞。自从于敏鹭父亲得了重病，她回去以后，柯米忽然间觉得她的世界清静了，每天如行尸走肉一般活着。在她美丽的躯壳里，已经没有了思想，也没有了灵魂，她甚至忘记了自己还为了什么活在这个世上，没有目标，没有思想，只有懵懂的生活。

如果说婚姻是个丰收的季节，那在柯米金色的秋季中，却找不到可以收获的果实。她的爱情像一阵秋风，虽吹走了夏日的炎热，却带来一片萧条的枯黄，满目荒芜。在此后苍凉的记忆里，再也寻不出一丝值得回忆的绿色，只有惨淡的寂寞。

光阴，在她浑浑噩噩的虚度中，已驰骋了三年。这三年，对于柯米来说，像过了三个世纪一样漫长，在别人嫉妒的眼光中过着别人一辈子都不能理解的生活。

当眼睁睁地看着一段曾经灿烂的爱开始在心中慢慢枯萎时，她对生活便有了另一种渴望，她多么希望她的生命中能再融入一个生命，让她寂静的心灵能寄托于自己生命的延续，培养出另一个开心的人生。每每看到街上挺着肚子的孕妇，心中便羡慕得酸楚起来。可她明白，要是没有种子，就算再肥沃的土地也不可能长出苗来。

她好几次有领养一个孩子的冲动，但都没能鼓足勇气，怕伤了林联棋的自尊。她只有把这份奢望深深地掩埋在半睡半醒间的浅梦里，朦胧得还可以触及。

这一天，林联棋的父母将从台湾过来，得到消息的柯米厌烦地又耸了耸眉头。三年中，林联棋的父母也来过几次，每次来总少不了要质问他们几句，为什么还没有怀上林家的骨肉。虽然每次林联棋总是笑嘻嘻地拖延着他的父母，让他们不要着急，但柯米听着心中却是针锥似的疼痛，哑巴吃黄连的委屈让她偷偷地哭过好几次了。

林联棋现在去接他的父母了，柯米坐在办公室里有些心神不定，按惯例今晚的日子又不太好过了。

晚上，林联棋的父母跟林贝儿都是在柯米这里吃的晚饭。

晚饭后，一家人聚在客厅中看电视时，林联棋的母亲还是提到了柯米想回避却总是回避不掉的问题。林联棋的母亲特地拿起遥控器关掉电视，说道："棋儿、柯米，我想问问你们，你们什么时候才能让我这个老太婆抱上孙子？是不是真的要让我等到进了棺材以后？"

林联棋正跟柯米坐在他父母对面看着电视，电视被关掉了，只好转过头，盯着他母亲笑道："妈，你不要着急嘛！"

他母亲"哼"一声，气呼呼地说道："哼，我不着急？你姑姑跟我一样大，孙子今年都已经八岁了。你也知道，我这几年心脏也不太好，晚上睡下去，还不知道第二天还能不能活着起来。你就算不替你自己想，你该为妈想想吧！"

"就是呀，哥！我也想有个大侄子。"坐在她母亲身边的林贝儿插嘴道。她大学已经毕业了，现在是公司的财务经理。

"妈，你们不要着急呀，这种事是急不来的！"林联棋摊开双手说道。

"我知道急不来，我已经等了你们三年了，你准备还让我等上几年？"

林联棋前倾着身子，烦躁地用两只手搓揉着太阳穴，低着头没有做声。柯米坐在他的身边一言未发，她同情地看着林联棋，现在也只有她能感受到他内心的痛苦。可她除了打落牙齿往肚里咽之外，又能做些什么呢？

看着她儿子似有难言之隐，林联棋的母亲转头对站在身后的保姆说道："你先回房睡觉吧，有事再叫你。"

保姆应了一声就离开了。

林母说道："你是不是有什么事瞒着妈？现在这里都是我们自家人，如果有什么问题你就说出来，妈是过来人，经的事也比你多一点。"末了，她又补充了一句，"是不是柯米不能生育呀？"

柯米感到有人在她的脸上狠狠地抽了一记耳光，这个莫须有的罪名燃烧了她的胸腔，但在抬头看了一眼林联棋后，她脸部平静了。

可令人万万没有想到的是，林联棋抬头竟泰然自若地说道："妈，等过两天，有空我会带柯米到医院去看看的。"

柯米脑子轰地平地炸响，一瞬间一片空白。她转过头心寒地看着林联棋，到此时还不敢相信这句话是从他嘴里说出来的。她一直把他当做精神上的依靠，因为全世界也只有他一个人能理解她的苦衷。可她三年来的默默付出，却根本没有换得他的理解和同情，反而跟他家人一起来诋毁污蔑她。她感到孤立无援，泪水夺眶而出。

"原来是这样，我说我大哥怎么到现在还没有生儿子呢！"林贝儿讥讽地说道。

林联棋的母亲恶狠狠地看了柯米一眼，说道："怪不得，我不管你们用什么办法，明年年底一定要给我们林家开出枝散出叶来，我们林家可不会养着一只不会生蛋的鸡。"

"你说话不能好听点！"一直未开口的林联棋的父亲斥责道。

柯米彻底崩溃了。在那刹那间，她冲动得想站起来吼道，是你们的儿子没有用，这怨不得我王柯米。但理智迅速调和了冲动，虽然林联棋伤害了她，但她却不忍让他痛苦。

她在泪水的挥洒中，哭着向楼上跑去。

上楼时，仍可听到林贝儿那尖锐刻薄的声音："哥，要不你再重新娶一个吧。以我们林家的家底，就是再娶十个也不费劲呀！"

趴在床上，柯米蒙头大哭，就是把泪腺中库存的泪水全部哭尽，也哭不尽她的伤心，绝望的伤心。她后悔，她怨恨，后悔自己这几年来对林联棋的死心塌地。这时，脑海中突然翻腾出她从未触及过的字眼——离婚。

也不知哭了多久，她有点脱离了现实世界，喉咙里有呜呜咽咽的声音，却忘记了为什么而哭，只感到嗓子有哽咽住的疼痛。朦胧中，她忽然感到有人握住了她的手，有一个声音在向她声泪俱下地哭诉。

"柯米，你不要这样，我对不起你。你为我作出这么大的牺牲，我却还冤枉你，我真是连畜生也不如啊！你就可怜可怜我吧，如果让他们知道我是个没用的男人，那比杀了我还要痛苦啊。我求求你，为了我那点仅存的男人尊严，你就发发慈悲吧……"

柯米泪眼蒙胧地看着跪在床头涕零泪下的林联棋，心不由软了，她对他的怜悯之情再度浮出心底。她又开始同情他。她坐起来，扑进林联棋的怀里又哭了起来。

Chapter 05
世界不是一个人的世界

1

第二天,柯米睡到很晚才醒。她起床的时候林联棋早已经走了。又要去上班了,又要在那日复一日、一成不变、毫无新意的环境中开始她一天的生活。这种生活就像是一台编好程序的机器,在别人给它设定好的轨迹中没有思想地运行着。

昨晚的耻辱还在她脑海里翻腾着,一种想摆脱这种生活的想法在翻腾中若隐若现,就在这种冲动越来越强烈时,却有另一种更强烈的想法迅速淹没了这种冲动。她舍不得林联棋,她同情他。她不能否认,直到此时,她还一如既往地爱着他。

她到公司时,已经九点多钟了。柯米无限伤感地踏进她熟悉的办公室,微微一怔,只见她的办公桌上站着一个人,正从天花板上的格栅灯里拆下一支日光灯的灯管,递给了站在地上的另一个人,她的秘书则站在一旁监视着。

她这才想起,办公桌上方的格栅灯里昨天坏了一支灯管。她下班的时候,交代秘书找个人来维修一下,想必这两个人就是维修科的了。

秘书见到柯米,向她哈腰致好:"王总早!"

柯米点了下头。

她蓦地被站在她办公桌上的那个男孩子吸引住了眼球，目不转睛地盯住了他。她总觉得这个人在哪里见过，这张脸太让她熟悉了。

　　这时，站在桌子上的那个男孩低头对站在地上的那个男孩说道："泥鳅，拿一根新灯管给我。"他对她的进门视若无睹。

　　柯米的思绪随着那个男孩子的声音在刹那间划过，记忆帮她扫描了三年前的某个角落。她终于想起他是谁了，原来他就是在三年前的某一天，骑着自行车差点撞着她，划破她裤子的那个人。她虽记不起他的名字，但他那张曾经令她憎恨过的面孔却铭刻了在她的记忆里。

　　如果在平时，见到他或许还撩不起她心中的恨意，可现在她心里正压着一股怒气无处发泄。那个无辜的男孩子就像一根导火索，点燃了她心中的怨恨。

　　她对站在她办公桌的那个人怒道："你是哪个部门的？谁让你站在我的桌子上的？"她实在想不出其他的理由来发牢骚，虽然她也觉得这个理由很牵强。

　　格栅灯基本上已经修好了，那个男孩子奇怪地看了她一眼，抬头又把灯罩装了上去，继而跳下桌面，揭掉垫在他脚下的那张报纸，看着她笑道："王总，我倒想请教您一下，如果我不站在您的桌子上，那您说，我们该怎么换这根灯管？"他故意加重了"您"字。

　　这个男孩子正是三年前在车间的路上划破柯米裤子的那个秦夕。他当时赶得太急，也没留心打量那个差点被他撞到的女孩子。他现在虽然知道眼前这个漂亮的总经理以前曾是公司的一名普通员工，但他却想不到她就是当日的那个女孩子。

　　柯米没有想到一个普通员工敢用这种口气跟她说话，但他的傲慢却在叙述着客观事实。柯米找不到继续发怒的借口，只得强词夺理道："你可以去找人字梯啊！"

　　秦夕还是不卑不亢地笑道："哦？您的意思是，为了不站在您的桌子上，我们还得找几个人过来把您这张比床还大的办公桌移开，然后再找几个人到车间去找一个人字梯过来，而所做的这么大的工作量，就是为了换一根灯管，您，认为值得吗？"

　　"喂，你怎么能这样跟王总说话！"柯米的秘书对秦夕不满地怒道。

　　秦夕转头对她笑道："小姑娘，我说错了吗？"

"你，你太放肆了。"柯米秘书急道。

秦夕没再理她，对身边跟他一起的那个人说道："泥鳅，我们走。"

看他们出得办公室的门，秘书对柯米说道："王总，要不要我通知管理部，让他们把这个人开除掉？"

柯米很生气，可仔细想想，也觉得有些理亏，毕竟是自己无缘无故地先迁怒于他。心头一软便对秘书说道："算了，他找一份工作也不容易。"她想起了自己三年前得知要被开除时，在宿舍里痛哭流涕的情景。

"哦！"秘书有些失望地应了一声。她刚准备离去，忽又掉头对柯米说道："王总，早上你没来的时候，李经理打电话过来，他说他跟公司的几个部门经理已经约好了，今晚到豪华年代酒吧去玩。他们想邀请你也一起去，让我跟你说一下，看你今晚有没有时间。"

酒吧对于柯米来说，是多么陌生的一个字眼。在她的思维里，抽象的认定那就是一个让人堕落的地方。但她也经常听人说起，那个地方可以让人消忧解愁，这让此时心烦意乱的她微微心动，在好奇心的驱使下，竟对她秘书说道："那你告诉他们，我今晚有空。"说完自己也觉得奇怪。

秘书应了一声，就退出了办公室。

却说秦夕跟泥鳅刚走出办公楼，泥鳅就担心地问道："秦夕，你怎么敢那样子跟王总说话？你就不怕她炒你鱿鱼？"

泥鳅真实姓名叫李丘，但认识他的人基本上都已经习惯叫他泥鳅了。他进公司已经两年多了，一直跟着秦夕，是秦夕的徒弟。他们虽名为师徒，但泥鳅除了刚来的那两个月喊过秦夕师傅外，之后一直都是直呼其名，倒不是不尊重，而是两人的交情在师徒的基础上升华了。

秦夕这时看了他一眼，不屑地说道："你以为我离开这家公司就找不到工作了吗？"

两人向维修科走去。

泥鳅说道："我不是这个意思。我想你既然在这里做了，就应该尊重领导吧？何况她还是公司的总经理。"

"尊重？并不是什么样的领导都是用来尊重的。你没看到她刚进来时那嚣张跋扈的德行，我最看不惯有钱人吃饱了没事干，到处去鸡蛋里挑骨头。是可忍孰不可忍，我那样对她已经算很客气了，你没看过我是怎样去讽刺一个人的。"秦夕忿忿地说道。

"你讽刺人的本领我见得还少呀？赵尉成跟孙玉谷两个人见到你都黑透了眼珠。"泥鳅无奈的笑道，"可现在你讥讽的可是一只母老虎，跟那两只赖皮狗可不一样，万一她把你炒了，你这又何苦呢？退一步海阔天空嘛！我知道以你的技术出去找一份工作是非常轻松的事，可你在这里待了好几年了，到别的地方去会肯定不适应的。最关键的是，这个世上只有一个泥鳅，过了这个村，可就没那个店了。"

秦夕笑道："你别臭美了，你以为你是谁呀？我跟你说，泥鳅！我在这家公司也有点待腻了，要不是看在公司把我评为十大技术骨干的份上，我早就走了。我就看公司还把我当成一个人物，所以才留到现在。刚才那个叫王柯米吧？竟然用这种态度对我，让我很不高兴，怎么说我也是个人才。像她这种不知道礼贤下士的行为是非常可恶的。"

他见泥鳅嘴角挂着不以为然的笑容，故作不高兴道："泥鳅，你这是什么意思？我不是个人才，能做你的师傅吗？"

泥鳅笑道："我又没说你不是个人才。"

"那就好！"秦夕说道，"万一那个王柯米真的把我开除了，你也不要伤心，化悲痛为力量，只要你静静地等待，你就会看到这家公司是真的完蛋了。你肯定要问为什么，对不对？你想啊，就像我这么优秀的技术人才都流失了，那这公司剩下的还不都是些像孙玉谷和赵尉成那样的垃圾吗？当然，你肯定比垃圾强多了！"

"你也好不到哪里去！"泥鳅笑道。

秦夕瞪了他一眼，道："泥鳅，怎么能这样跟师傅说话呢？你好歹要留点面子给师傅嘛，你也知道，师傅是个要面子的人。"

泥鳅笑道："得了吧你，这样已经很给你面子了。"

"唉！不知道你这孩子什么时候才能懂事。"秦夕叹了口气说道。他陡地又想起了一件事，正色道："泥鳅，我突然想起一件事来，要你帮个忙。"

"什么事？"泥鳅问道。

"我想让你下班后拿五百块钱给我，我发工资还你。"

"小意思，您老人家开口还不是一句话的事吗？"泥鳅笑着，又道，"是不是出了什么事？"

"今天晚上珍珠泪到我这边来玩。"秦夕说道。

"就是你那个网友？"

"没错，非常准确。"

"你是不是想跟她谈朋友呀？我跟你说，网恋是靠不住的。"

"谁说我要跟她谈恋爱了？是她自己要过来的，我能有什么办法，腿长在她的身上。"秦夕说道。

"你不喜欢她，干吗要让她过来呢？她过来后睡在你那里吗？"

"她爱睡哪儿就睡哪儿，她睡在我那里我也不反对，不睡在我那里我也不强迫。反正我跟她说得很清楚，我不会娶她的。我不喜欢去欺骗女孩子，免得以后又哭又闹的。"

"你真的跟她说，你不喜欢她，然后她还要过来？"泥鳅半信半疑地问道。

"我骗你干吗？有大人骗小孩的吗？她跟我说我不喜欢她也没关系，她只要求见我一面，拥抱我一下她这辈子就没什么遗憾了。话都说到这份上了，我还能说些什么？"

"这么痴情的女人你干吗不喜欢？"

"这种话你也信？我看你真是白跟我两年多了。我看她是个很随便的女孩子，她看中的不过是我英俊的外表，不过当时我跟她还蛮聊得来的。"

这话泥鳅倒相信，他师傅长得确实甚是美貌。他又问道："既然你不喜欢她，那她过来你干吗还要花钱呢？出去玩让她拿钱不就得了。"

秦夕拍了拍泥鳅的肩膀笑道："泥鳅啊泥鳅！你跟了我这么久，还不知道我的性格吗？我秦夕虽没多大能耐，但还不至于去花女人的钱，花女人的钱简直就是我一生都不能抹灭的耻辱。"

"所以你每个月虽然拿着比我多两倍的工资，却还不够花？"泥鳅笑道。

秦夕深吸了一口气说道："本来嘛，这个月的开销还是在计划中的，没想到却忘了一件非常重要的事情，原来学生就快开学了。没办法，我不得不在牙缝里抠出一千块钱给周梦情寄了过去。"周梦情是秦夕资助的一个失学儿童，这事泥鳅也知道，但这次寄钱的事他倒没听他提起过。秦夕又道："本来这一点钱寄过去，我还是过得去的，没想到人算不如天算，后来我又在网上发现了一款美国M2HB仿真机枪，这挺机枪真的漂亮，漂亮得让你立即就想拥有它。本来我还看中一款仿制英格拉姆M11微型冲锋枪，只可惜囊中羞涩。本来这些事我是不打算告诉你的，但看你那充满求知欲的眼神，我还忍不下心。"

泥鳅无奈地摇了摇头笑道："我就不明白你买那么多破玩意干吗？不就

是没当成兵嘛，至于吗？你要是实在想当兵的话，现在去也不迟啊！"

"这是一种伟大的收藏，跟你说了你也不明白，乡巴佬！"秦夕说道。

泥鳅还是不以为然地笑了笑。

两人都是慢吞吞地走着，再过一个拐弯就是维修科了。拐弯处有个厕所，秦夕停下说道："泥鳅，我先上个厕所，你到维修科帮我找点纸来。"

"你怎么上厕所老不带纸啊？"泥鳅不情愿地说道。

秦夕咂舌道："这不是不在计划之内嘛！不好意思，又要让你跑一趟。我今晚回去给你做个祈祷，保佑你好人有好报。"

泥鳅白了他一眼，说道："下不为例！绝缘纸行不行？"

秦夕笑道："你去死吧，你以为我是在刮墙啊？"

泥鳅笑笑，提着工具箱走了。

2

秦夕上完厕所，出来见泥鳅还站在厕所外面等他，便笑道："纸都给我送来了，还站在这里干吗？像你这样太热情，我有点不适应。"

泥鳅凝色着："秦夕，我们可能有麻烦了！"

秦夕打开洗手池的水龙头，边洗边笑道："是不是管理部要把我开除掉？"

"那倒不是，我们今天早上在制造二科装的那个配电箱烧掉了。刚才何中弘来找你，见你不在又走了。"泥鳅说道。何中弘是维修科的科长。

"烧掉了关我什么事？"秦夕关掉水龙头，甩了甩手上的水渍说道。

"可是那个配电箱里面的控制线路不都是你接的吗？"

"我接的又怎么了？我都是按照厂家的线路图接的。今天早上你不是跟我一起试的吗？还不是一切正常。哪有娶媳妇还包生儿子，没这个道理。"

两人并肩向维修科走去，泥鳅又道："这我知道，可钱华良硬说是你接的配电箱有问题。刚才我去拿纸的时候，就听到他在那里对其他人说，这个配电箱在我们离开制造二科十多分钟后就开始冒烟了，他说也没有人去碰它。你说会不会是你真的接错线了？"

"不可能。"秦夕坚定地大声说道，"这样的配电箱我不知接过多少个了，从没有说出过问题的。一定是车间的那些破机器超负荷运转。"

Chapter 05
世界不是一个人的世界

两人走进维修科一组，所有组员都在。他们的组长钱华良见到秦夕，待他走近便抱怨道："秦夕，你都是老员工了，怎么工作上还出现这么大的纰漏呢？"

"华良，你就认定问题肯定是出在我接的配电箱上？"秦夕不高兴地说道。钱华良是跟他同一年进这家公司的，当年两人的关系还是比较要好的。虽然现在他升为组长了，但秦夕还是习惯对他直呼其名。

配电箱已经被其他人拆了回来，摆在了工作台上，像是一具等待解剖学尸体。配电箱上的小门已被卸掉，一眼就可以看到箱内被烧得面目全非的电器元件。配电箱周围的空气中还弥漫着一股刺鼻的焦臭味。

秦夕没再理钱华良，自顾自地用手拨弄着配电箱内被烧的黑黢黢的电线。他从那片狼藉中细细地检查他接的线路，希望能吻合他的肯定。

而钱华良还在他身后唠叨着："不是我不相信你的技术，可现在事实已经摆在眼前，你让我怎么好意思跟何科交代？"

秦夕没有理他，倒是蹲在一旁维修的孙玉谷接过话茬，阴阳怪气地说道："人家可是公司的十大技术骨干，怎么可能把线接错呢？"

"就是呀！人家电力工程师的技术就是不同凡响，如果换成是我们，可能连整个公司都烧掉了。"赵尉成在孙玉谷的身边附和道。

赵尉成跟孙玉谷是秦夕在公司里最为讨厌、也最瞧不起的两个人，就像他们两个也同样讨厌他一样。赵尉成非常懒惰，跟他一起做半天活，他能去十几次厕所，打十几次开水，这让秦夕很看不过去，经常嘲讽他。孙玉谷虽然很勤快，却邋遢得令人咋舌，过了夏天，说句不夸张的话，他可以几个月都不洗一次澡，身上的衣服油得发亮，早已遮盖了工作服原本的颜色，使他的工作服比别人的硬板了许多。他头发整天都跟涂过发蜡一般，看着黏乎乎的，秦夕经常会问他发蜡是在什么地方买的，尽管他也知道他从来都不会抹什么发蜡。秦夕还给他起了个外号，美其名曰"邋遢王子"。他也正因为太邋遢了，所以被宿管员打了申请赶出了公司的宿舍。这两个人一直对秦夕恨之入骨。

秦夕对他们俩人的嘲讽置若罔闻。忽然，他在不经意间瞄到一个交流接触器上牙齿一半那么大的一个铭牌。铭牌上用比芝麻还要小的字迹标示着：220V-250V，50HZ-60HZ。这让秦夕很是惊讶，这个配电箱是他亲手装的，他非常清楚，箱内只有380伏的电源。接触器是泥鳅拿给他的，他清晰地记得他当时不放心，还特地仔细地看了一遍，线圈电压都是380伏的，可现在三组星三角降压启动的九个接触器的线圈电压全部变成220伏的了。

秦夕强压住怒气，转头对钱华良说道："配电箱里的接触器昨晚放在这里被调换过，你过来看看。"他指着接触器上的铭牌对凑近身子的钱华良继续说道，"我昨天装的是380伏的接触器，现在被谁调成220伏的了。"

"技术不行就技术不行嘛，责任倒推得一干二净。"孙玉谷在一旁讥讽道。

"你给我闭嘴！"秦夕吼道，又向他俩仔细地看了看，又道，"我就怀疑是你们两个家伙调换的。"

孙玉谷霍地站了起来，指着秦夕叫道："我警告你，你说话小心点。"说完又似乎觉到自己有点太嚣张了，又缓和了口气说道，"自己做错了事还想把责任推卸给别人。"

"好啊！"秦夕盯紧他点了点头说道，"你倒挺理直气壮的，我一定会找到证据，到时我看你怎么死。"

"你去找啊！"孙玉谷叫道。

"好了，你们不要吵了！"钱华良喝止道，继而转头对秦夕说道，"秦夕，不是我不相信你。这220伏的接触器跟380伏的外表是一模一样，我也经常拿错。"

这时，泥鳅插嘴说道："这接触器是我拿给秦夕的，我当时看得清清楚楚，是380伏的，当时秦夕也看了一遍。"

"师徒俩肯定穿一条裤子了！"赵尉成怪声怪气地说道。

泥鳅冲过去一把抓住他的衣襟，怒气腾腾地说道："我又没得罪你，你敢污辱我。"

"我又没说你什么！"赵尉成嗫嚅道。泥鳅将近一米八的个头，长得又强壮，自己哪是他的对手，况且是自己先惹的他，吓得他没敢再多嘴。

"放开他，泥鳅！"秦夕叫道。泥鳅松开了手，秦夕又指着孙玉谷跟赵尉成说道："我跟泥鳅不揍你们，并不是说你们就是对的，也不是怕被公司开除掉（公司有规定：凡在公司内打架斗殴，双方均开除处分），揍你们只会脏了我们的手。不过你们俩也不要高兴得太早，我会找到证据让你们心服口服地站在这里让我骂。"

说完，也不理会他们，径直往维修科外走去。

泥鳅追了上来，在大门口截住了他，问道："秦夕，你干吗去？真的要去找证据？"

"对！不行吗？"

"万一不是他们做的，那你面子不是丢大了？"

"肯定是他们做的，你没看到孙玉谷的袖子背面有点发白吗？这个配电箱上的油漆不太好，你看我的袖子，是不是也有点白白的，不过我这点白是今天早上装配电箱擦到的，昨天那件已经洗掉了，倒是孙玉谷这个家伙这么热的天也不肯洗澡，昨天穿的衣服今天又穿了过来，昨晚他肯定趴在那个配电箱上搞过小动作。"秦夕亮了亮他的袖口对他说道。

"这我倒没注意到。可就算是他们做的，怎么可能找到证据呢？让我说，不如我们今晚下班后，在公司外面揍揍他们俩，出出气也就算了。"

秦夕笑道："像这样去揍他们，别人肯定会说我们蛮不讲理。我要让他们两个站在维修科那么多人的面前，心甘情愿地让我骂。"

"怎么可能呢？"

"你不相信我有这个能力？"秦夕笑道。

泥鳅苦笑道："如果你实在想丢人，我也不拦你。不过你还是下午去吧，现在都快十一点了，再有一个小时都吃饭了。"

"十一点了？"他自言自语道，后又对泥鳅说道，"那我骑自行车去，最多半个钟头就回来。"他刚准备回去拖自行车，又对泥鳅说道，"对了，你再过十几分钟后把何中弘请到一组来。"

"你让他来干吗？"泥鳅疑惑道。

"只有他才能镇得住场子，我才可以尽情地发挥。"秦夕笑道。

"万一他不来呢？"

"不会的，这点面子他还是会给我的。你就说我找他有点事向他汇报，不方便在他的办公室里讲。"说完便去骑自行车了。

泥鳅看着他骑着自行车远去，自言自语的嘟哝了一句："我看你这次人要丢大了，害得我也要跟你一起丢人现眼。"

半个小时后，秦夕果然回到了维修科。科长何中弘也在，是泥鳅叫过来的，今天已经是第二次到他们组了。秦夕刚撑好自行车，他就嚷嚷道："秦夕，你怎么回事？你怎么那么不小心？刚才制造二科的科长到李经理那里打小报告，说我们维修科都是些酒囊饭袋，连一台机器都修不好，影响他们生产，害得我也被李经理训了一顿。"何中弘对他这个技术骨干，态度已经是非常客气了。

秦夕走近说道："何科,这件事责任不在我。"他指着孙玉谷跟赵尉成又道,"是他们俩搞的鬼!"

"秦夕,你不要血口喷人,无凭无据的你别想把责任往我们身上推。"孙玉谷说道。科长在场,说话也不敢太放肆。

"秦夕,你那接触器肯定是自己不小心拿错了,不要把责任把别人身上推,也没什么大不了的事。"何中弘说道。

"不可能的!"秦夕淡淡地说道。他转头看着孙玉谷又道:"你们要证据是吧?那我问你们,你们昨晚是几点钟下的班?"

出乎意料的问题,两人都愣了一下。孙玉谷说道:"关你什么事?"

"你们不说也不要紧!"秦夕笑道,"刚才我去了一趟警卫室,把昨晚刷卡机上面的那个监控录像看了一遍。我看到你俩是昨晚七点二十四同时刷的下班卡,而我们整个维修科昨晚都是五点钟下的班,你们俩为什么留到七点多钟才走?"

他们俩也知道刷卡机过道上方有个摄像头,只是没有想到而已,一时无言以对。好一会儿,孙玉谷才说道:"我们几点钟下班关你什么事?"他现在好像也只会说"关你什么事"了。

秦夕哼了一声,说道:"你们俩知不知道公司下班后,员工不得在厂区内逗留,除非是住宿员工。可遗憾的是,你们两个是在外面租的房子。"

"你们两个昨晚为什么要那么晚才下班?"何中弘问道。

科长亲自问话,他俩不敢再说"关你什么事"了。赵尉成急中生智说道:"我们到车间去找我的老乡了,他昨晚加班。"虽然他知道这也是公司不允许的,但罪名却微乎其微。

秦夕笑道:"我就知道你们会这么说,那你告诉我,你找的是哪一个老乡?他在哪个车间?我现在就跟何科去找他,看看有没有这回事?"

"他今天请假了!"赵尉成狡辩道。

"哦?还挺巧的嘛!"秦夕笑道,"不过也没有关系,你只要告诉我们他在哪一个车间就可以了。我可以去问问跟他一起干活的人,你既然在那里待了两个多小时,别人一定会对你有印象的。"

要不是科长在场,两人肯定懒得理他,此时两人双眼冒火地看着秦夕,也说不出个所以然来。

秦夕偏头对何中弘笑道："何科，你都看到了吧！我都说是这两个人搞的鬼了！"

"是不是你们俩做的？"何中弘怒道。他从他俩的神情中，心中已经有七八分数。

"没有，何科，我们真的没有换他的接触器。我们昨晚真的有点私事，只是不方便说出来。"赵尉成现在也只是煮熟的鸭子，只剩嘴硬了。

秦夕指了指他们笑道："你们两个还真是不见棺材不掉泪，我秦某人存心给你们留条后路，认个错不就完了吗？可你们偏把自己的后路给堵死了。哎！拿你们两个活宝真是一点办法都没有。"他叹息着摇了摇头，又指着他俩的工具柜说道，"既然你们不承认，那就别怪我秦夕不给你们面子了。你们口口声声说，没有在配电箱里面动过手脚，那我那被调换掉的九个380伏接触器一定不在你们的柜子里了？"

说到这里，俩人变了脸色。

秦夕继续说道："那能不能麻烦二位把工具柜打开让我们看看，以证明你们两个黄花大闺女的清白。"

俩人相对无语，冷冷地看着秦夕，就算饮其血噬其骨也不能熄灭眼神的愤怒。

这时，何中弘也催促道："既然你们两个没做亏心事，就把你们的工具柜打开，让他看看，也让他死了这条心。"

他俩对科长的话置若罔闻，如木鸡一般呆立着。他们哪敢打开工具柜，被他们换下来的九个接触器正躺在里面亲热哩！

秦夕来了精神，在他们面前来回地踱着步，点头说道："你们两个年轻人哪，也都这么大的人了，让我怎么说你们好呢？你们刚才嚣张跋扈的英雄气概哪里去了？年轻人，做事总是那么冲动，不考虑后果，刚才要是认个错，不就没事了嘛，偏要熬到现在心甘情愿地站在这里让我骂，何苦呢？"

俩人气得咬牙切齿，也没做声，确实是自己做错了事，把柄落在他的手里，理亏在先，现在何科长又在这里，也不敢无理顶撞。俩人一时没了主意。

秦夕继续说道："不过，你们俩也不是一无是处，也有让我觉得佩服的地方。你们昨晚没有直接剪断或调乱我布的线，而是把380伏的接触器换成了220伏的，这样我早上安装的时候就不会发现，而是等我们走后让接触器慢慢地发热。你们俩真是用心良苦呀！我一直以为，你们俩跟猪没什么区别，没想到是我错了，对不起，我小看了你们，你们其实比猪强多了。"

在众目睽睽之下遭此奚落，实在令人无法忍受，孙玉谷最先沉不住气，刚想发火，何中弘抢他一步说道："好了，秦夕，说两句就行了，剩下的我会处理的。"

秦夕说道："你们两个听到了，虽然是你们心甘情愿地站在这里让我骂，但既然科长不让我骂了，那我也只能让你们失望了，不过你们放心，改天有机会我一定会补上的。"

何中弘等他说完，便对孙玉谷二人说道："你们知不知道你们做得很过分？既然事情你们已经做了，看你们平时表现还不错，我也不想太追究了。每人记大过一次，罚款100块钱，扣除年终奖金，你们没什么话说吧？"

俩人哪还敢有什么异议，只有燃烧着怒火打落了牙齿往肚里咽。

吃午饭时，泥鳅在食堂里坐在秦夕的对面说道："我挺佩服你的，全公司也只有你一个人配做我的师傅。"

秦夕笑道："过奖。"

"可是我有一点不明白，你是怎么知道那九个接触器就在他们的工具柜里的呢？"泥鳅嘴里衔着筷子问道。

"这很简单，你想啊，九个那么大的接触器他们肯定不敢带出一组的大门，那么显眼，怕被人看到，因为他们做贼心虚嘛。既然他们不敢带出去，那这九个接触器肯定还在维修科一组了，而昨晚下班后，材料室的门是锁着的，他们换下来的接触器不可能放回到材料室里。这些东西又不能被别人发现，而整个一组内除了材料室又没有让他们觉得安全的地方。所以能让他们觉得放心的地方，也只有他们的工具柜了。"

泥鳅竖起拇指，说道："有见解！既然如此，那你干吗不一开始就让他们打开工具柜，何必还要去查监控录像呢？"

秦夕笑道："万一他们昨晚真的是五点钟下的班，那我人岂不是丢大了？"

"那你开始干吗还那么自信？"

"我就想吓吓他们，想从他们的表情变化中找出一点蛛丝马迹。所以说，男人的自信很多时候都是装出来的。"

泥鳅笑着伸出一只手，拍了拍秦夕的肩膀。

Chapter 06
改 变

1

晚上,柯米在强烈好奇心的驱使下,跟其他几个部门经理来到酒吧。震耳欲聋的摇滚乐弥漫在熙熙攘攘的大厅里,活跃了柯米体内早已呆滞多年的神经。缤纷闪耀的灯光照亮了她心中最无人触及的角落,她真的暂时忘却了寂寞烦恼。

在来时的路上,她还因为觉得自己在堕落而感到深深的不安,此刻,心中却充实起来。

七个人紧挨着围在一张桌子旁,桌上摆满了啤酒、瓜子、开心果及其他零食。柯米不喝酒,只是嗑着瓜子看着台上两个跳钢管舞的女孩。这种辣舞,她只是在电视里见过,亲临现场,不免惊诧。

一支舞跳完,采购部的黄经理拿起一瓶啤酒递到柯米面前,笑道:"王总,别光顾着嗑瓜子呀!来,也喝一瓶啤酒解解闷。"酒吧音乐太爆,她说得很大声。今晚来的几个经理中,也只有黄经理跟销售部的许经理同她一样是女性。

柯米摆了摆手,笑道:"谢谢!我从来不喝酒的。"

"王总,喝一瓶嘛!到酒吧不喝酒,传出去不是让人笑话嘛!"坐在柯米身边的许经理也劝说道。

"就是嘛,你就给黄经理一个面子嘛。你不喝,我们也都不好意思再喝了。"管理部的李经理说道。

柯米终于还是拗不过几个经理的轮番劝说,接过了黄经理手中的啤酒。一种异样的苦涩顺着柯米的咽喉流进了胃里。再饮几口,柯米有些飘飘然的感觉。恍惚中,现实离她好远好远。

酒入愁肠愁更愁。柯米已经忘却了自己喝了几瓶,也忘了自己是怎么回到家中的。等她醒来时,她已经躺在她再熟悉不过的床上。她脑子里仿佛灌满了水银,微动中,都有晃荡的疼痛。四肢百骸中聚不起一丝能量来撑起她那被酒精浸泡过的身体。她感到喉咙燥热难当,渴得厉害。

她干瘪着嗓子叫道:"李婶,李婶……"

没一会儿,她听到急促的脚步,在楼梯上发出一阵噔噔噔的响声。李婶进屋后,见到柯米便道:"王总,您醒了。您是在叫我吗?"

"嗯!"柯米勉强地坐了起来,倚在床头说道,"麻烦你拿点水给我,冷的就可以了。"

"好,您等一下。"李婶说完,就急匆匆地下楼去了。

一分钟工夫,李婶就把一杯水递到柯米的手中。看着柯米一口气喝完了杯子的水,待接过杯子后,便问道:"要不要再给您倒一杯?"

喝完水,柯米觉得嗓子圆润了许多。她摇了摇头,说道:"不用了。哦,对了,我昨晚是怎么回来的?"

"是两位太太把您送回来的。"

"肯定是许经理和黄经理。"柯米想道。她用拇指跟食指揉了揉她的太阳穴,轻轻地晃了晃头,说道:"现在几点了?"

"现在是下午三点多。"

"三点多了?"柯米惊讶地重复了一遍。

"您一定饿了吧?我现在就下去给您做点吃的。"

经她提醒,柯米才感到腹中空空,便道:"那你去吧!"

李婶端着空杯子刚走两步,又回头说道:"您想吃点什么?"

"随便!"柯米想了下说道。

吃完饭,柯米精神了许多,便在客厅里看看电视,现在去公司已经没多大意思了。

晚上七点多钟，林联棋才姗姗地回到家中，愠怒紧绷在那张严肃的面孔上，大有山雨欲来风满楼之势。柯米倒没在意，笑道："回来了？吃过了没有？"

林联棋没有回答她，面如土色地在柯米对面的沙发上坐了下来，硬邦着嗓子说道："谁让你昨晚去酒吧了？"

柯米不禁愕然，这句话的语气太熟悉了，不禁让她想起小时候秦琼花跟她说话的口气。在他眼里，她仿佛还只是一个没有行动自由的小孩子。柯米火气噌地窜了上来，站起来瞪着他说道："林联棋，你这话什么意思？难道我连去酒吧的自主权都没有了吗？难道我嫁到你们林家就应该一天到晚待在这间屋子里吗？你有没有考虑过我的感受？你每天只知道忙着你的工作，你有没有尽过一天做丈夫的责任？"柯米越说越是委屈伤心，竟又坐了下来呜呜地哭了起来。

结婚这么久，林联棋从来没见过她发过这么大的火，现在她又哭了，他顿时慌了神，连忙坐到柯米的身边，搂住柯米的肩膀，哄道："柯米，你不要哭呀。我不是不让你去酒吧，我只是看你喝那么多的酒对身体不好。只要你愿意，你去哪里都可以，我怎么会不让你去呢？"

柯米擦了一把眼泪说道："我并不是想要去那，我只是希望你每天能早一点回来陪陪我，哪怕陪我吃顿饭，我也就知足了。你不知道我一个人待在家里有多孤独。"

"好好好，你先不要哭，我答应你，以后每天尽量早一点回来陪陪你。"林联棋用手轻轻地拍着她的后背说道。

柯米模糊着泪眼半信半疑地看着他。

没想到第二天下午，正在班上的柯米接到林联棋的电话，让她到他的办公室去一趟。工作上的事情他很少征求她的意见，这让柯米怎么也想不通他为何忽然想起找她。

满腹狐疑的柯米刚走进林联棋的办公室，林联棋就兴冲冲地问她道："柯米，今晚有空吗？"

柯米一头雾水，迟疑道："干吗？"

"我今晚想请你去看电影，不知道你有没有空？"林联棋扬了扬手中的两张电影票。

柯米不敢相信自己的耳朵，顿时喜出望外道："真的？"

"当然是真的！我骗你干吗？喏，你拿去看看，如假包换的电影票，而且还是首映的。"林联棋把手中的电影票向柯米递去。

柯米激动地接过那两张沉重的电影票，顿时热泪盈眶。虽然只是一场简简单单的电影，对柯米来说，却是几年来的奢望。

当晚，柯米跟林联棋在他们谈恋爱时经常去的那家餐厅吃了晚餐，又手拉着手步行到那家在他们心中快已淡化的电影院。柯米又找到了那种熟悉且刻骨铭心的感觉，还是那般甜情蜜意，她仿似又回到了三年前——他们刚谈恋爱时。这种感觉唤醒了她沉睡中的记忆，勾起了她曾经对美好生活的憧憬。

此后的几天，林联棋果真信守了他的诺言，每天下班后就会回到家中，带着柯米又像回到恋爱时那般，出去浪漫着他们的时间。那几天，柯米那久违的幸福感再次笼罩在她的身边。对此，柯米已经满足得无可挑剔了。

可是好景不长，林联棋又渐渐地恢复了他往日的生活习惯，早出晚归。欢声笑语在冷清的别墅中闪电般划过，没留下一丝痕迹。柯米也随着生活的节奏，慢慢地冷却了那颗快要沸腾的心。

又回到以前寂寞生活中的柯米，却多了几许愤恨，如同一个病入膏肓、行将就木的病人，她已准备好死的决心，反而不觉得怎样害怕，可就在她绝望时，一个人却给了她可以治愈的希望，让她重新燃起对生命的渴望。当最后得知这个希望不过是个善意的谎言，她在再次绝望中不免诅咒那个欺骗她的人。

而柯米的心情正是这样。

2

没过几天，柯米得知她父亲将到她这边来。他是坐火车过来的，他告诉她，晚上八点钟左右就会到她这边的火车站了。

父亲来的原因柯米是知道的：

十多天前，秦琼花见天气晴好，便把腌制的黄瓜干拿到猪圈顶上去晒，猪圈顶上是平的，离地两米多高。她蹲在上面向后退着，稀稀地铺洒着湿漉漉的粘着盐卤的黄瓜干，可她的意识中却算错或已忘记了猪圈顶那巴掌大的尺寸，在退到猪圈顶边缘时，一脚踩空，人便落了下来。人落地时，是头部着地，虽没摔死，却导致颈椎错位。

医生告诉柯米的父亲,颈椎错位到这种程度却没有压迫到神经,能活着已是一种奇迹。刚开始,她在县医院里做了几天颈椎牵引,准备就这样把颈椎牵正就可以了。可就在前天,医生告诉柯米的父亲,他们医院专为秦琼花的病情开了一个研讨会,认为秦琼花颈椎错位得太过严重,光靠牵引是不行的,需要动手术用钛合金将错位的颈椎强行纠正,而且要越快越好,拖一天就多一分危险,如果错位的颈椎压迫到中枢神经,轻则让病人终生瘫痪,重则可能危及生命。

可当地的医院根本就没有这样的技术水平来做这样高水准的手术,医生建议她把秦琼花转到上海去治疗。据医生讲,在上海动这样的手术,最少要准备七八万块钱。

在县医院做牵引手术,已花去了家中仅有的两万多块钱,现在到哪里去找七八万块呢?柯米的父亲想了柯米,他有些后悔了,以前柯米给他钱时,除了柯词的学杂费,其他的他全部拒绝了,他知道柯米肯定不愿秦琼花跟他一起花她的钱。可现在除了她,谁还有能力借这么一笔巨款给他呢?

柯米的父亲犹豫了一天一夜,抽完了四包梽椤香烟后,他决定了。

当他把这个消息告诉柯米时,柯米压抑了几天的心情悠悠地舒展开了,不禁畅快起来。当时她的第一感觉就是善恶到头终有报。

她现在坐在办公室里,回想起她父亲昨天打电话给她,近乎央求地向她借钱,却被她硬起心肠地矢口否绝。她觉得她当时如果答应了她父亲,她对不起自己和柯词这么多年来受的苦,也对不起她已死去的母亲。柯米在骨头里恨她。

虽然她也觉得对不起她的父亲,可她以后会慢慢地补偿他。没想到她父亲昨晚打电话给她,他已买好了火车票。

想到父亲此行是背水一战,志在必得,柯米还是有些顾虑,不知该怎样面对父亲,毕竟她父亲是无辜的。整个下午,她都是在办公室里来回地踱着步,烦躁地时不时地看看表,时间一晃很快就滑过一圈。

晚上七点整,柯米平了平心神,驾着那辆黑色的奔驰,出得公司大门,向火车站驰去。不知是她母亲在冥冥中想阻止她,还是这天下真的有芝麻掉进针眼里的巧事。刚出公司大门还不到两里路,跟了她三年从未曾坏过的轿车却翻脸不认人了,自动熄了火,趴在路边动也不动了。任她如何反复启动,也无济于事。

看着父亲到站的时间越来越近，柯米心急如焚。她几次拿起手机，却不知道打给谁，管理部的所有人及公司的驾驶员都已经下班了，林联棋又出差在外，要后天才能回来。有能力来接她的，也只有林贝儿了，可柯米却懒得理她。

柯米最后还是决定坐出租车去，可是她家公司地处郊区，相对比较偏僻，平时难得有出租车到这边来。等了十多分钟，柯米有点心冷了，现在已过了下班时间，宽阔如飞机跑道的马路上静悄悄的，只看到一辆自行车不紧不慢晃悠悠地在路上踏着。柯米气得转身粗鲁地在车上踢了一脚。

蓦然，她听到背后有人说道："王总，是不是车子坏了，要不要帮忙呀？"

柯米转身，见一个青年骑在自行车上，双脚着地，笑兮兮地盯着她看。再仔细想想，竟还是三年前划破她裤子的那个人。她见他对自己客客气气的，以为他为上次在她办公室里的鲁莽而感到歉意。忽然想到他是维修科的，柯米顿时眼前一亮，笑道："你会修车吗？"急得糊涂了，以为她家公司维修科的人就应该什么都会修。如果她此时开的不是轿车，而是直升机的话，说不定也会兴奋地问："你会修飞机吗？"

那人正是秦夕。车间有台机器坏了等着急用，而泥鳅晚上要去买衣服直嚷嚷着没空，所以他只有亲手去把那台机器电路修好，拖到现在才下班。碰巧看到柯米生气地在车上踢了一脚，估计是车坏了。他看到她，就想起她上次在办公室里对他不可一世的态度，有点恼火，忍不住停下车想讥讽她几句。没想到他的讥讽之言，她听着非但没有生气，还和善地盯着他笑，他怔了一怔。

秦夕有些不好意思，尴尬地下车又把车推到路边撑好，走过来淡淡地说道："以前在家里学过一年，后来嫌太脏了，就没做过。"

"那你能不能帮我看看？"柯米客客气气地说道。

"把钥匙给我。"秦夕不情愿地说道。

他大概地问了一下车子故障前的症状，便钻进了车内。车内车外检查了十多分钟，偶然间，他紧盯住了车前的发动机。他直起腰对柯米说道："是一根油管断了，换根油管就没事了。"

"那需要多长时间？"柯米焦急地问道。

"如果你有现成油管的话，几分钟就可以了。"秦夕有些开玩笑地说道。

"我哪有现成的油管呀？"柯米急道。

她那么信任他的表情，让秦夕不忍再开她玩笑了，正色道："那我骑车到县城去买根油管，尽快帮你修好吧。"

"那来不及了呀！"柯米蹙眉说道。

"你有急事吗？"秦夕问道。

"我要到火车站去接我父亲。"

"你父亲什么时候到？"

"他说差不多八点钟。"柯米说道。

秦夕看了看表说道："是来不及了。我看这里很难遇到出租车，如果你不嫌弃的话，就骑我的自行车去吧！"秦夕不知为何，突然怜惜起她。

柯米犹豫了一会儿，难为情地说道："那你怎么去帮我买油管？"

"没事的，我打电话给泥鳅，让他骑车来接我。"

"那太麻烦你了！"柯米不好意思地笑道。

甜甜的笑容让秦夕微微一愣，笑道："小事一桩。"

看着自行车上纤瘦婀娜的身影摇晃着飘远，秦夕自言自语道："难道这世道变了？女人的心真是海底的针啊！"

柯米父亲坐的火车晚点了两个多小时，一直到十点多钟，柯米才接到他，白白地等了两个多小时，肠子悔青了大半。

由于彼此都在揣测对方的心理承受底限，柯米跟她父亲见面后只是简单地寒暄了几句，便沉默无语了，感觉又陌生了许多。她叫了辆出租车，带她父亲去了一家豪华的餐厅，坐了一天火车，父亲一定饿了。她早已把秦夕的那辆破脚踏车忘到了九霄云外，也许那辆自行车根本就不适合她的生活规律，忘记它也是理所当然。

菜上好后，柯米只是让他父亲吃菜，也不提他此行的目的。她父亲终还是憋不住，鼓足了勇气说道："柯米，你知道我为什么这么远来找你吗？"

"我知道，但我不会答应的。"柯米放下筷子，硬了硬心肠，这句话她已经在心里演习了一天了。

"为什么？"父亲失望之余不免不知所言。

"我上次就在电话里跟你说了。如果我拿钱给她看病，我觉得对不起我这么多年来受过她的罪。还有柯词！"

"柯米，爸知道我跟琼花这么些年来对不起你们姐弟俩，可既然事情已经过去了，她也遭到报应了，你也就饶恕她吧。你也熬出头了，就不要往心里去了，毕竟她也把你们姐弟俩养到这么大。"

柯米冷着面孔没有做声。

她父亲又说:"就算她以前把你们姐弟俩当狗一样地养大,狗长大了,还知道摇尾巴,为什么你就不能原谅她呢?"

如果是别人打这个比方,柯米一定火冒三丈,从父亲口中说出,柯米没有生气,只是淡淡地说道:"爸,不是我怪你,你亲眼看到我跟柯词受了她多少罪,我们在她眼里连狗都不如。"

她父亲黯然说道:"我知道你非常痛恨她,所以你每次给我钱我都没要,我知道你不愿让她也花你的钱。她是罪有应得,我不怪你,可她如果死了,我一个人活在这个世上也就没多大意思了。你就当是可怜我,你就忍心看爸一个人孤苦伶仃地活在这世上?"

柯米看到他父亲的眼角在灯光的折射下,闪烁着泪花的晶莹。她还同时注意到,由于这几天的操劳,父亲憔悴的松树皮般的脸上,皱纹又落井下石般的添上了几道。柯米有些于心不忍,蓦然又想到今天用了一天时间才狠心订下的坚决抵抗方案,刀割般的又硬了硬快柔软的心,冷冷地坐在那里,盯着桌上的菜肴,没有言语。

良久,父亲缓缓摇了摇头,眼中噙着泪水,长叹了一口气,说道:"算了!柯米,只要你高兴,我不勉强你,我跟琼花欠你们的也实在太多了,我们也不配用你的钱。"他起身接着说道,"既然这样,我也该回去照顾琼花了。柯米,我走了,就当我没来过……"他再也说不下去了,嗓子已经哽咽住了,老泪稀稀拉拉地纵横起来。

父亲的泪水淹没了柯米的决心,那一刻心头满满的全是对父亲的不舍,秦琼花的身影倏忽间渺小得不知踪影。就在父亲转身将要离去的时候,柯米忙上前拉住了父亲的衣袖,含泪道:"爸,你不要这样,我答应你。"

"柯米……"父亲颤摆着下唇,再也说不出话来。

"爸,你再坐下来吃点,我知道你还没有吃饱。"

"哎!"父亲信了她的话,再次坐了下来,激动得却再也吃不下饭了,感激之情溢于言表,松树皮也活泛开来。

吃完饭,柯米父亲执意要随便找一家旅馆住下来,可硬是被柯米拉上了出租车,安排他在她家中住宿。

李婶见到柯米回来,迎上前笑道:"王总,回来了!"她才来两年多,从未见过柯米的父亲。柯米的父亲由于直接从医院急匆匆地赶来,身着一套皱巴巴的西服西裤，脚上穿着一双褪了颜色的解放鞋，乌头灰面的，李婶心中不禁纳闷了："王总怎么会带这么一个难民回来呢？"

人有的时候就是这样，自己只是普通的百姓身份，可跟上流有身份的人接触久了，总觉得自己的身份也在潜移默化的熏陶中不知不觉地提高了，有一种优越感，便有些瞧不起其实跟他差不多身份地位的人，就像有些海归派，整日地仰着头说着只有自己听得懂的洋话在人前晃悠，只恨自己没长了蓝色的眼球。

柯米从她眼神中看出了她的轻视，便指着她父亲向她说道："这是我的父亲。"

李婶是一个会审时度势的人，忙不迭地向柯米的父亲哈腰道："您好！"

虽然是在自己女儿家，柯米的父亲还是有如芒刺在背，绷紧了全身的每一根神经，这里的豪华令他有些胆怯，每走一步都是小心翼翼，如履薄冰。现在保姆对他这般恭敬，慌忙得不知所措，连忙也向李婶哈腰道："你好，你好……"

这般窘态，李婶忍不住想笑，可自己所处的环境硬是让她给憋住了。

柯米抿了下嘴，对她父亲说道："爸，到我家里，你紧张什么呀？"

"不紧张，不紧张，我紧张什么？"柯米的父亲挤出笑容说道。

柯米叹了口气，对李婶说道："李婶，你去把客房收拾一下。"

"噢，知道了。"李婶应着，转身向客房走去。

"这种地方你让我怎么能睡得着呢？"父亲不见了李婶，对柯米嘀咕道。

"怕什么？这是你女儿的家里，就跟在家里一样。"柯米说道。

"怎么会一样呢？我宁愿睡在家里的猪圈里，也不想睡在这里。在猪圈里我睡着反而踏实。"父亲苦笑道。

柯米扑哧笑出声来，说："爸，你这是什么话呀？难道我住的连猪圈都不如？"

"我不是说你这不如猪圈，是你这里太好了，让人不习惯。"父亲说道。

他不解释柯米也明白他的意思，她让他在客厅的沙发上坐下，笑道："慢慢就会习惯了。如果你愿意的话，我把你接过来住。"

"不用了！我看我这辈子是没这个命享受了。"父亲说着，坐在沙发上习惯性地从衣兜里掏出一包烟来，忽又想到什么，又放了回去。

柯米见到，笑道："爸，你在我这里怕什么？抽吧，没事的。"柯米说道，把茶几上那干净透明的烟灰缸往她父亲面前推了推。她又起身说道："我去拿包好烟来给你抽。"说完便向隔壁的小客厅走去。

父亲扭头望着柯米的背影说道："你不要去拿了，我不抽也没什么的。"

柯米把烟拿来后，父亲经不起她的再三劝说，还是抽出一根燃了起来。柯米长这么大，从未见过她父亲抽烟的姿势像今晚这般生硬，不自然。

没过多长时间，李婶就将客房收拾好了。

柯米一直等她父亲躺下，她才准备离去。她走时见她父亲几度欲言又止，从他的眼神中，柯米顿有所悟，便对躺在床上的父亲说道："爸，钱我明天到财务去拿给你，你就放心睡吧。"

"我不是这个意思。"父亲窘道。

出得客房，柯米才蓦然想起自己的车还在路上。她看了看表，已经是凌晨一点多钟了，她有点不想去了，但又放心不下自己的车。

她估计帮她修车的那个年轻人肯定已经走了，便上楼拿了把备用钥匙，下楼招了辆出租车，向泊车的地方驶去。坐在车上，柯米总感觉好像忘记了什么，可怎么也想不起来。

3

车还静静地停在原来瘫痪的地方，没有移动过的痕迹。远远望去，挡风玻璃上折射出偌大一个昏黄色的路灯光团，像一个散开的蛋黄。柯米在她车子的马路对面下了车，她让出租车司机再多等她一会儿，免得车还没修好，自己又没车回去了。她快步地走过马路，打开车门，顿时竖起毛孔，只见驾驶座上还半躺着一个男人，着实吓了一跳，差点没叫出声来。等稳定了心绪，定睛看看，才认出那人竟就是给她修车的那个青年。

开门的响声也惊醒了秦夕，他使劲地眨了眨惺忪的眼睛，看着她懒洋洋地说道："你终于来了！"

柯米心中歉疚起来，说道："真对不起，我还以为你已经走了！"

秦夕下车晃了晃手中的钥匙，说道："你钥匙在我这儿，我怎么走？"

"我家里有备用钥匙！"柯米歉意地浅笑道。

秦夕瞪着她，撇了下嘴说道："我又不知道！再说，就算你有备用钥匙，我也要等我的自行车呀，要不然我明天怎么上班？"

提起自行车，柯米这才恍然觉醒，怪不得自己总觉得心里空落落的，原来是他的自行车被她忘在火车站了，心中后悔不迭，面露惭色说道："真对不起，我把你的自行车忘在火车站了。"

秦夕下车时，早已扫描了一下周围，并未看到自行车，心中已有七八分数。他本想责怪她几句，但看着路灯下她惭愧的表情，他又有些不忍。这时，马路对面那个载柯米过来的出租车司机，将头伸出车窗外，大声叫道："喂，你还要不要坐车啊？"

柯米忙转头答道："不好意思，师傅！我不用了。"

她回头又见秦夕满脸的不高兴，心中更觉对他不住了，挤出点苦笑道："你不要生气，真对不起，我明天一定赔你一辆新自行车。"

秦夕听她婉转的道歉，气也消了，怎么说人家也是堂堂一家大型企业的总经理，为了一辆自行车给道歉，已经给了他涂金的面子。他拂手道："算了，不用你赔了，就当我倒霉。"

"那怎么行！对了，我身上好像还有点钱。"柯米这时从包里拿出一个钱包，把里面仅有的一千多块钱现金全抽了出来，递到秦夕面前说道，"这点钱你先拿着，就当我赔你的自行车和你今晚帮我修车的费用。"

秦夕盯着她瞧了一会儿，并不接她手中的钱，冷笑道："没想到你会把我当成这种人，你太瞧不起我了。"说完，不再理她，转身便走。

柯米懵了，她不知道自己哪句话说错了。她连忙又追了上来，拦住他说道："你这个人怎么这么莫名其妙？我把你的自行车弄丢了，我已经跟你道歉了，赔你钱又不要，你还想怎么样？"柯米要不是深怀歉意，也不会追上来。

秦夕停住脚看着她，倒觉得不好意思了，多大的事嘛，让公司的总经理如此难堪。他笑道："我只是看也没什么事了，所以也该走了。"

"那你现在准备去哪里？"柯米问道。

"到火车站去，看看自行车还能不能找到。"

"我看估计是找不到了，如果你不介意的话，我明天赔一辆自行车给你。"面对眼前这个怪人，柯米说话也开始小心翼翼了。

秦夕看着她那双因唯恐说错话而睁得滴溜溜的眼睛，笑道："不用了，我比较喜欢我自己的那辆自行车，它跟了我几年，我骑惯了它。"

"真不好意思，我把它给弄丢了。"

"没事，实在找不着就算了，它也该退休了。"秦夕笑道。

"那我跟你一起去找吧，这里离火车站挺远的，我送你过去。"柯米浅笑道。

秦夕诧异住了，连忙推却道："不用了，现在都已经凌晨两点钟了，你也该回去休息了。"

"没关系的，这是我应该做的，反正我回去也睡不着。"柯米笑道。

秦夕笑了笑，笑她撒的幼稚的谎言，现在都已经凌晨两点了，再失眠的人也该睡着了。不过他皱着眉头想了想，还是上了她的车。

车子启动后，柯米笑道："今晚真的对不起你了，对了，你叫什么名字呀？"

"秦夕！"

"噢——"柯米恍然大悟，"我想起来了，你上次跟我说的好像就是这个名字。"

"我以前跟你说过吗？"秦夕来了精神，疑惑地盯着她说道，"你是不是记错了？"

"你不记得吗？"柯米也有点疑惑，公司的几千员工谁不知道她的背景，他撞了自己没理由会忘记呀？

"记得什么呀？我看你肯定是记错了，我上次在你的办公室里，跟你说了我叫什么名字吗？"秦夕回想了一遍那天在她办公室里的每个细节，笑道。

"不是上次，是三年前。"柯米说道。

"三年前？真的假的？你不会是在蒙我吧？"秦夕被她说得丈二和尚摸不着头脑，想了想又不自然地笑道，"我怎么一点印象都没有。"

"我蒙你干吗？"柯米笑道，"你还记得三年前有一天，在包装部向品检部拐弯的那个路口，那天你骑着自行车，骑得快得不得了，在那个路口拐弯的时候你就撞着我了，把我的裤子都撕破了。你说车间有一个配电箱烧掉了，你要急着去处理，后来你就蹬着自行车跑了，只说让我有事的话去维修科找你，记得吗？"

秦夕愕然，仔细想想，好像确实有这么回事，好久才从惊讶中缓过劲来，不好意思地笑道："我好像有点印象。不过我记得当时的那个小女孩好像扎着两个羊角辫，没想到就是你呀！"

柯米听他用小女孩来称呼自己，反觉亲切，笑道："当时我挺恨你的，真的，我那时又没钱，裤子被你刮破了，又舍不得买新的。"

秦夕心理情感开始自动调整了,他开始从新的方位来分析眼前这个人。原来自己一直责骂她飞扬跋扈的原因,竟是由自己的鲁莽一手造成的,还这般误会冤枉她,他心中不免愧疚不安,他接过柯米的话茬,说道:"怪不得那天在你的办公室里,你见到我会那么生气。早知道是你,我也不会那样对你,我一定会给你道歉的。"

"事情过去就算了,你今晚不都已经还给我了吗?不但帮我修好了车,自行车还被我给弄丢了。"柯米笑道。

"一辆自行车换一条裤子,也差不多。"秦夕笑着,接着又道,"那我现在倒希望今晚自行车千万不要找到,要不然我就没有东西还你这个人情了。"

柯米笑道:"找到不是更好吗?今晚耽搁你这么长时间,我就很过意不去了。"其实现在已经是第二天凌晨了,今晚也是昨晚了。

秦夕笑道:"你太见外了,跟我你还客气什么?"说完他又觉得用词不当,她本来就是个外人,说得好像她跟他很熟似的。他觉得有些难为情。

柯米好像也觉察到了,笑而不答。两人缄默无语,车内只剩晃晃而过的路灯投射下断断续续的光亮。

夜间车开得很快,不一会儿就到了火车站。

柯米把秦夕带到几个小时前她放自行车的地方,可哪还有自行车的影子。她颓唐地指着花坛边对秦夕说道:"当时我来的时候就把自行车放在这里的,现在却不见了,看样子肯定是被人家偷走了,真是不好意思呀!"

没想到秦夕并没有她想象中的失望,反而兴奋地紧攥了双手的拳头:"太好了!"

他的反常举动让柯米莫名其妙,奇怪道:"没找到车子还这么开心?"

秦夕笑道:"我不是跟你说了吗?我这辆自行车已经换了你三年前的那条裤子了,我秦夕向来不喜欢欠女人的人情,也算偿还了吧!"

柯米有些哭笑不得,半夜三更特地跑到这里来找自行车,目的却又为找不到而来,她不知道是该气还是该笑,半开玩笑道:"那你今晚帮我买了根油管,不是亏大了?"

"我不是斤斤计较的人,就当是利息吧。"秦夕摆手道。

柯米拿他也是没辙,问道:"那你现在准备去哪儿?"

"你说呢?"秦夕指着手表看着她笑道。

柯米也觉自己多问了，都已经凌晨两点多了，不回家睡觉能去哪？于是对秦夕说道："那我送你回去吧！"

　　"不必了，我坐出租车回去。现在都快天亮了，再让你送我回去，你觉也就别想睡了。"

　　"没关系的，很快的，最多几分钟的事。我把你的自行车弄丢了，还让你花钱坐车回去，太说不过去了。"

　　"那又要麻烦您了！"秦夕贫嘴道。他故意把"您"字的音说得很重。

　　柯米笑笑，也没理会他，上次在办公室里，他就是用这种口气跟她说话的，但跟此时听的心境完全两样。

　　上车后，柯米问清了他家的大概方位，开动车后又问道："现在没有了自行车，那你明天怎么去上班？"

　　秦夕笑道："小意思，这难不倒我，我打个电话给泥鳅就可以了，让他明天上班的时候顺便带上我。"

　　"如果你明天实在起不来的话，就不要来了，我给你批一天公休假。"柯米说道。

　　柯米这句虽然出自好意，但秦夕听着却十分刺耳，仿佛她是站在高高在上的角度跟他说话。虽然她是总经理，有权这样跟他说，但他听着就是别扭，不舒服。他也觉得自己有些不可理喻，但还是酸溜溜地说道："谢谢您，王总，但不用了。"

　　柯米也觉察到了他的牢骚，也没跟他计较，笑道："我是跟你说真的，今晚要不是给我修车，也不会这么晚才回去。"

　　秦夕也没脸皮再得寸进尺，解释道："如果明天没事的话，我也就不会去了。可是车间里还有一台机器急着要生产，我答应何中弘明天上午一定要把它修好的，别人又没这个能力，我必须得亲自去。"

　　"你对工作倒挺负责任的。"柯米笑道。

　　她这一说，秦夕顿时面红耳赤，仿佛自己说这些话就是在上司面前邀功请赏。他觉得自己在柯米的眼中，一定已变成一个阿谀奉承、谄媚上司的马屁精。他羞愧得有些语无伦次："你不要夸我，就当我什么也没说。我对工作一点都不负责任，我刚才都是骗你的。"

　　柯米迅速领会了他的意思，转头看他窘迫得不知所措的样子，不禁笑了起来，说道："你这个人真是奇怪。"

秦夕尴尬地挤出点笑容，没再做声。

柯米又继续说道："你在公司的地位好像还挺高的嘛！"

"哪里？"秦夕难得谦虚地说道，他没再好意思提起他是公司的十大技术骨干。

"我看那个叫泥鳅的好像挺听你话的。"柯米笑道。

"有吗？"

"当然有，你刚才帮我买油管不是叫他过来的吗？你不是说明天早上上班也要他过来接你吗？是不是他欠你钱呀？"柯米开玩笑道。

秦夕咧嘴笑了起来，他没想到她也会跟他开玩笑。她开的玩笑并不好笑，但从一个一直让人觉得矜持贤淑的人口中说出，别有一番风趣，何况她开玩笑的表情还那么认真。

秦夕止住笑说道："他不欠我的钱，反而我倒欠他五百块钱，算上今晚这根油管，快接近六百了。"

"你欠他钱？"柯米疑惑道。

"怎么？有什么不对吗？难道我不像穷人吗？"秦夕笑问道。

"你欠他钱，那我给你钱你干吗不要呢？"柯米不解地说道。

"我欠他钱跟你给我钱中间有联系吗？"

奇怪的问题让柯米一时语塞，顿了一会才说道："可你需要钱呀。"

"君子爱财，取之有道。"秦夕笑道，随即又补充了一句，"当然，我并不是君子，不过道理我还是懂的。"

"可这也不是偷来的，难道这不道德吗？"

秦夕笑道："不是不道德。我这么大，除了从我奶奶和我妈里手拿过钱之外，再没有从第三个女人手中拿过一分钱。"

"为什么？"柯米迟疑道。

"我觉得是一种耻辱。"

"可我给你的钱是你应得的呀！那是你帮我买油管和我赔你自行车的钱。"

"以前有几个女孩子跟我借钱，以后还钱给我我都没要，你说这是不是应得的？我不知道为什么，从女人手中拿钱，心里就会有一种瞧不起自己的感觉。"

"你这个人真是莫名其妙得很。"柯米摇头笑道，忽又放慢车速问道，"是从前面左拐吗？"

"不是这里，要到前面的那个四叉路口左拐。"

秦夕住在离厂区不远处的一个农村里。他从进公司一直到现在，从没在公司的宿舍住过，他不喜欢那种人声嘈杂、乱七八糟的居住环境。

在车子大约开到离村子还有一公里路程时，秦夕忽然说道："就在这里停下吧。"

柯米停下车，目光在窗外瞧了一遍，疑惑地说道："怎么在这里下车？这里连房子都没有。"

"我就住在前面的村子里，喏——"秦夕指着前方，继续说道，"到前面就没有路灯了，我怕你一个人回去会害怕，所以这点路我还是走回去吧！"

柯米微微一怔，心头淌过一丝暖流。前面隐隐约约地似乎真的能看到村庄朦胧的轮廓，黑灯瞎火的，一个路人都没有，回来时真的可能会害怕，也就任由秦夕下车了。

秦夕下车后，站到车前不远处向柯米挥了挥手，柯米点头致意。他站在那里，一直等到柯米的车掉头远去，才哼着小曲回家。

他回到住处匆匆地给泥鳅发了一条短信，就迫不及待地睡觉了。

Chapter 07
记忆了两个人的痛

1

第二天清早,睡意朦胧的秦夕被一阵急促的电话铃声惊醒。他勉强驳回周公盛情且贪婪的挽留,眯着眼睛,抓起床头的手机,电话是泥鳅打过来的。他估计泥鳅已经到楼下了。刚接通,就听到泥鳅急急地问道:"你起来了没有?"

"还没哪!"秦夕懒洋洋地回了一句。

"那你快一点,我先到前面那条马路对面吃早点,就是那家'好再来'。你起来后到那边找我。"泥鳅急乎乎地说道。

秦夕没了睡意,坐了起来,对着电话叫道:"你小子也太没良心了吧,你就不能等等我这个老人家?"

"我没良心?我没良心就不会绕那么多路过来接你了。你也知道现在全球石油紧张,油价涨得那么快,我也不容易呀!"泥鳅反驳道。

"得了,就你那辆破自行车也能烧汽油?我看你想开汽车想疯了。"

"好了,你不相信就算了,我挂了,现在电话费又涨了,妈的,现在什么都涨,就工资不涨,再说了,我这张卡还是在埃塞俄比亚注册的,要全球漫游的。你穿好衣服就到那家餐厅来找我,别忘了呀!GOODBEY!"

挂上电话，秦夕笑嘻嘻地起身把门打开，他知道泥鳅肯定会上来。

果不其然，二十秒种后，大理石铺就的楼梯上传来咯噔咯噔急促的脚步声。那人刚到门口，秦夕头也没回，说道："是不是泥鳅呀？"

泥鳅站在门口故作不高兴地说道："阿夕呀，你就不能给我留点面子吗？你这样做太没人性了，又折杀了一颗天真的心灵。"

秦夕转过身来，穿着衣服，笑道："不是我想伤害你那脆弱的自尊心，只是你的游戏玩得实在太没有创意了。"

"你可以假装不知道嘛。当你看到我出现在你门口时，你可以装出很惊讶的样子，然后说：'咦，丘哥，你不是去吃早点了吗？怎么又上来了呀？我真是太意外了。"泥鳅关上门，做了一个很夸张的表情笑道。

"我没那么无聊。"秦夕笑道。

"对了，你昨晚怎么那么晚才发信息给我？"泥鳅倚在门上正色道。

"你有没有时间概念？你应该问今天早上我怎么那么早给你发信息，而不是昨天晚上怎么那么晚，明白吗？"秦夕折着床单开玩笑道。

"我跟你说真的。"泥鳅说道。

秦夕知道泥鳅的秉性，开起玩笑疯得要命，正经起来，严肃得没有半丝笑容。便道："昨晚王柯米到一点多钟才过来开她的车，要不然我早回来了。"

泥鳅走到他刚整理好的床上躺了下来，边说道："那你说你的车丢了是怎么回事？"

"你慢点，刚叠好的床单又被你搞乱了。"秦夕斜望了他一眼，看了看表，见时间还早，便又在床边坐了下来，又道，"车就是被她骑丢掉的。"

泥鳅这时坐起来，贴在他身边，嘿嘿傻笑两声道："车是被她骑丢掉的？"他见秦夕点了下头，又道，"那她肯定惨了，你一定把她骂得体无完肤，比你的祖先秦桧还要惨！"

秦夕深吸了一口气，沉色道："泥鳅，我好像看错了一个人。"

"谁呀？"

"王柯米！"

"哦——我知道了。昨晚我帮你买油管的时候，你不就跟我说，她没有我们想象中的那么可恶吗？"泥鳅笑道。

"昨晚你去的时候，我对她还不怎么了解。经过后来的接触，我才发现她不但不可恶，而且非常的可爱，她不是我们想象的那种嚣张泼辣的女人。"

秦夕说道。

"不会吧？巫婆这么快就变成天使了？我看你比安徒生更适合写童话。你对她的观点怎么突然之间变得那么快，你不会是爱上她了吧？"泥鳅开玩笑道。

秦夕这时站起身来，伸了个懒腰，笑道："你不要总是以为男人对女人有好感，就是爱上她了。真不知道你的大脑怎么那么肮脏。不跟你说了，我要去洗脸刷牙了。"

"我思想肮脏，不知道是谁思想肮脏！"泥鳅嘀咕道。忽然，他又笑嘻嘻地大声说道："你不提这事我都差点忘了跟你讲，昨天晚上下班的时候，夏芷雪跟我讲，今天是她的生日，想请你跟我今天下班后到她那里去吃饭。昨晚看见你倒把这事给忘了。"

秦夕这时刚走到卫生间的门口，转过身来，说道："你编吧，你以为我会信你呀？她昨天看到我自己怎么没说？"

"这谁知道？也许是她害羞吧？她说看你昨天挺忙的，没好意思打扰你。其实我昨天也挺忙的。"泥鳅笑道。

"她害什么羞，我跟她之间又没什么。"

"你们之间有没有什么我不知道，反正全世界的人都知道她暗恋你。"泥鳅笑道。

"你别胡扯，都这么大的人了，还没半点正经。"秦夕说完不再理他，转身向卫生间走去。

"那你去不去呀？"泥鳅又追问了一句。

"不想去。我今天上班看到她跟她说一声。"秦夕的声音从卫生间里飘了出来。

"今天你是肯定看不到她了，因为她请假了。她说她今晚做好饭等我们过去。其实我知道，我是多余的，一个刺眼的电灯泡而已。"

"那我等会儿给她打个电话。"秦夕拿起牙膏说道。

"你信不信她今天一整天都会关机。"泥鳅笑道。

"那你去不去？"秦夕问道。

"人家既然请我了，这点面子我还是会给的。我从来都不忍心拒绝别人对我的热情。"

"那等会到公司再说吧……"下面只听见从秦夕嘴里传出含糊的嘟哝声

以及牙刷跟牙齿的摩擦声。

夏芷雪是秦夕和泥鳅的同事，是公司唯一的一个女电工。四年前她刚进公司时，做了当时秦夕最要好的朋友邱资贤的徒弟。夏芷雪长得明眸皓齿，亭亭玉立，引得公司当时不少青年男同志都曾有过偷香窃玉的非分之想。而她从刚进公司的那天起，似乎就只对秦夕产生了兴趣。虽身为邱资贤的徒弟，却经常虚心地请教秦夕，问这问那，不厌其烦，还时不时地对他嘘寒问暖。

对这个貌美且善解人意的女人，当时还年少的秦夕也春潮浮荡了，可后来就因为邱资贤的一句话，让他彻底掐灭了这团微芒的火焰。邱资贤一次在跟他聊天时，有意无意地说了一句，他喜欢夏芷雪。

不久，夏芷雪就跟邱资贤结婚了。婚礼那天，秦夕至今记得当时心中隐隐作痛。秦夕知道，她是存心气他才跟邱资贤结婚的，因为，她跟邱资贤一年后所生的儿子，夏芷雪就给取名叫邱阳。她心中还是无法忘却那段夕阳的情结。

随着时间的慢慢推移，秦夕也慢慢地淡化了心中的那一份伤感。没想到却在去年，邱资贤却出了一场车祸，丢下夏芷雪孤儿寡母撒手西去了。

秦夕可怜她，又因她曾是自己好朋友的妻子，平时她有生活上的琐事，他都会尽力帮助她。他没事的时候就会带着邱阳到处玩玩，给他买买衣服，那小子长得也甚是可爱，秦夕便认了他这个干儿子。后来，邱阳被他爷爷奶奶带回老家去了，秦夕就很少再到夏芷雪的住处去了。

现在，夏芷雪请他给她过生日，秦夕心里明白她是别有一番心意。虽然邱阳在这里的时候，他也经常到她的住处去，但他心中一直坦荡荡的，也觉得无所谓。可今晚这顿晚餐，他思来想去，总觉得有些暧昧。

他边刷牙边想着这件事。

泥鳅在屋内闲着无聊，便在秦夕的房间里踱起步来，抚摸着秦夕收集的那些仿真枪支。

秦夕的房间内四周摆放了一圈宽宽的货架，甚至连他的床跟他的电脑桌也在货架的下面——上面还有两层货架。每个货架共有四层，上面密密麻麻地摆满了仿真枪支跟坦克飞机模型。贸然进去，还以为误闯了一间军火库。

泥鳅拿起一挺机枪，向卫生间内喊道："这挺机枪我怎么从来没见过，就是你上次在网上刚买的那挺吧？"

秦夕边刷牙边嗯了一声，他想说些别的，但又说不出来。

泥鳅接着笑道："今晚夏芷雪过生日，我看你就把这挺机枪送给她做生日礼物吧，她一定喜欢得要命。"

卫生间传来漱口的声音，紧接着就听到秦夕说道："如果你喜欢的话，等过两个月你过生日的时候，为师把它送给你，怎么样？"

"您老人家的心意我心领了，您还是别折腾我了。"泥鳅笑道。

过了一会儿，秦夕从卫生间走了出来，拿起刚才泥鳅看的那挺机枪，问道："你说的就是这一挺吧？"

泥鳅故作惶恐地点了下头，那样子可怜之至。

秦夕把那挺机枪放在这里掂了掂，说道："这就是我刚买的那挺美国M2HB仿真机枪。这款机枪是当今世界上比较先进的一种款型了，它的口径为十二点七毫米，射速超过每分钟四百五十发子弹，最大有效射程达到一千八百二十八米……"

"啊——"泥鳅打断他的话，表情夸张地叫道，"师傅，您就饶了我吧。您就发发慈悲吧，不要再强奸我的耳朵了，每次来您都要强奸一遍，都已经体无完肤了，您就不能让它清白一次吗？"

"你小子真没出息。"秦夕气乎乎地说道。

泥鳅笑道："要是你刚才给我点面子，那我现在就可能委屈一下自己，让你强奸一下也无妨，反正都已经习惯了。我还可以像以前一样，装作非常爱听的样子。"

"你小子报复我？"

"不是的啦，你看我每次来你都要给我讲什么马克沁机枪啦、毛瑟步枪啦、勃朗宁手枪啦，还什么射程啦、口径啦，我看我再来两次就快变成军事专家了。"泥鳅笑道。

"那你是嫌我的知识枯燥，不想学了。"秦夕把那挺美国M2HB机枪重新放回货架上，故作生气地说道。

泥鳅赔笑道："我不是那个意思，你看我这个人比较笨，根本就没有军事方面的天赋，也就不劳烦您劳心费神了。我看您还是给我讲一些比较通俗易懂的东西，像变频器的接法啦，PLC可编程序控制器的接法啦，这些都可以的，我这个人最不挑剔了。"

"你这个徒弟还真难伺候啊！"秦夕笑道。

"人在江湖，身不由己嘛！"泥鳅笑道。

2

柯米一直睡到十点多才起床，下楼见父亲正坐在客厅看着电视，索性就上午不去公司了，跟父亲在家里聊聊天吃吃饭，也好让秦琼花在医院中多急一会儿。

下午两点多钟，柯米才去了公司，直接向财务部走去。她答应她父亲，下午把钱拿给他。

柯米推开财务部经理室的门。林贝儿正坐在办公椅上，手里拿着袖珍镜子，在那里悠闲地补着妆。听到开门的声音，她吓了一跳，进她办公室几乎没有人不敲门的。见是柯米，她翘着嘴唇说道："哟，是嫂子呀！真是稀客呀，是什么风把你吹到我这个破庙来了！"

柯米看着她，横看竖看都不顺眼，冷语道："我来有点事！"

"什么事需要小妹帮忙的，你尽管开口。"林贝儿在桌子上放下镜子，皮笑肉不笑地说道。

"我家里出了点事，需要十万块钱。"

"十万？"林贝儿站了起来，冷笑道，"嫂子，你不是在开玩笑吧？这可不是小数目呀！"

柯米见那副德性，心中十二分的反感，厌色道："我可没心思跟你开玩笑。"

"嫂子，真对不起！小妹有心帮你但却无能为力。公司的规定你也知道，超过两万钱的支出，必须得董事长签字才能到财务拿到钱。"林贝儿还是挂着那副令人讨厌的微笑。

柯米平了平心头的怒火，说道："你别跟我说那么多，我不是跟你要钱，我是公司的总经理，我有这个权力。"

"不好意思，嫂子，董事长临走的时候特地嘱咐我，没有他的许可，任何人到这里都支取不到超过两万元的现金。"林贝儿得意地笑道，她又补充了一句，"如果嫂子只是拿一两万块钱出去买买衣服，小妹二话不说就会让出纳拿给你。"

十万块对于这个年销售额达数十亿元的公司来讲，不过是冰山一角，而自己身为公司的女主人，却连这小小的一角冰山都拿不到，柯米感到委屈，委屈中渗杂着耻辱。她又想到林贝儿说林联棋走的时候还特地嘱咐她，没有他的许可，任何人都不可以到财务支取超过两万块钱的现金，而这任何人显然指的就是她。不管林贝儿的话是否可信，她不争气的泪水已经在眼眶里打转了。她双手按在林贝儿的桌上，愤愤地盯着林贝儿说道："贝儿，你还有没有把我当成是你的嫂子？"

林贝儿故意做出很无奈的样子，耸了耸肩说道："嫂子，我也是公事公办！"

"好，好，公事公办。"柯米颤动着双唇说道。她顺手拿起林贝儿桌上的电话，拨通了林联棋的手机。

电话那头传来林联棋熟悉的声音："你好，哪位？"

听到林联棋的声音，柯米心里积压的一股怒气和委屈，仿似找到了一个可以泄洪的缺口，一股脑全部倾泻了出来："林联棋，你还有没有把我当成是林家的人？你还有没有把我当成是你的老婆？我是不是只是你们林家的一个摆设？"泪水随着声音一同流了出来。

林联棋在电话中被她劈头盖脸斥得莫名其妙，迟疑道："柯米，你怎么了？谁惹你不高兴了？"

柯米虽然窝了一肚子的火，但到林联棋问她的时候，她反而不知从何说起，大概是林贝儿在边上的缘故吧。她不想在她面前颜面尽失，像一个被抛弃的怨妇，想到此，她收敛起自己的窘态。若不是她父亲还在家里眼巴巴等着她拿钱回去，她真想摔掉电话甩门而去。她平静了下乱糟糟的思绪，深吸了一口气，想把流下的泪水也一同吸回去。她淡淡地说道："我想问你，在这个公司，是我这个总经理说了算，还是财务经理说了算？"虽然她极力地使自己平静下来，但发出来的声音还是如同被水浸过一般。

林联棋从她的话中听出一点端倪，笑道："都是一家人，分什么彼此呀？"

他的笑声，让柯米觉得恶心，又想起了林贝儿刚才的话，声音又大了起来："林联棋，你捂着良心想一想，你有没有把我当成是你们林家的人？我王柯米跟了你三年，哪一点对不起你，可是你却把我当成一个贼一样，处处防着我，是不是生怕我将你们林家的财产占为己有啊？"柯米越说越觉得悲伤，声音在嗓子里开始拥挤，趁泪水没有再次落下之前，她啪的一声挂掉了电话，扭头走出财务。

柯米回到自己的办公室，泪水已涔涔地流了一脸。手机的铃声在衣服里急躁不安地牢骚着，她知道肯定是林联棋打过来的，看都没看。她心寒了，自己死心塌地地跟了林联棋三年多，可在林家人的眼里，她的身价却只值两万块钱。如果林家没有钱也就罢了，可林家的资产却偏偏超过了数十亿。

她虽然不是贪图林联棋的财产，但他最起码要给她拥有财产的权利，哪怕是形式上，让她有一种安慰，有种夫妻融为一体的感觉。可是现在呢？在这么大的公司里，堂堂的董事长夫人连十万块钱都支取不到，她算什么？

柯米躺在椅子上，慢慢地忘记了哭泣，昏昏沉沉地陷入了无意识的另一个空间。良久，她才猛然惊醒，想到她父亲还在家里等着她。她狠下了决定，将手上的这枚结婚钻戒拿到当铺去当了。听林联棋说，当时买这枚钻戒的时候花了二十几万，当个十万块钱应该没多大问题，实在不行，还有脖子上的这条钻石项链。现在这枚钻戒在她心中，也就只剩下物质上的价值了。

就在她准备动身时，财务的一个人却给她送来了一张十万块钱的支票。肯定是林联棋打电话给林贝儿了，她想。

柯米拿着十万块钱的支票，心头百感交集，有种想把它撕毁的冲动。理应为自己的东西，却求爷爷告奶奶地费了这么大周折。

柯米把支票从银行兑换成现金以后，就急匆匆地往家中赶去。

她父亲正在客厅里吞云吐雾，从他面前即将丢满烟蒂的烟灰缸中可以看出他心中的焦躁不安。客厅里雾蒙蒙的，柯米刚踏进门，用手在鼻前扇了两下，徒劳无功地想驱走烟草味的侵袭。

见到柯米见屋，她父亲喜笑颜开："你回来了……"他蓦然看到柯米被泪水浸泡出微微血丝的眼睛，又道，"你怎么哭了？"

"没有，我昨晚没睡好！"柯米挤出点笑容说道。

"中午在家的时候眼睛还好好的，是不是跟女婿吵架了？"父亲不相信，又道，"如果他不想给就算了。"

"不是的，爸。我不是跟你说过了吗？林联棋不在家，他出差了。我真的是昨晚没有睡好，只不过是你没注意罢了。"她边说边从身上的背包里取出用报纸裹好的十万块钱，向她父亲递去，说道，"喏，这里是十万块钱，你先拿着。"

她父亲小心翼翼地接过那捆沉甸甸的钱，眼眶盈满了老泪，说道："柯米，爸替那个恶毒的女人谢谢你了。"

"爸，过去的事就让它过去吧，以后就不要再提了。"

"哎，哎，不提，不提。"父亲激动地连声应着。

"爸，如果你带现金不方便的话，我把它存到银行里去，让你带张卡回去。"

"不要紧的，我把它揣在怀里小心一点就没事了。你给卡给我，我都不会取。"

"哦！那你小心一点就行了。如果不够的话，再打电话给我。"

父亲紧紧地看着柯米，目光久久没有离去。

柯米给他瞧得有点不自在，笑道："爸，你别光站着啊，坐啊。"

父亲这才回过神来，说道："不坐了！我现在就要赶回去，琼花在医院里我又不放心。来时我看过了，今晚有回去的火车。"

"你急什么呀？明天早上我让公司的车送你回去！"柯米说道。

"不了，我今晚必须得赶回去。我在这里也睡不着。"

柯米见心意已决，便道："那你在我这里吃过晚饭再走，我让公司的车送你回去，保证你明天天亮之前到家。你放心了，不会比火车慢的。"

父亲犹豫了会儿，应道："那好吧！"

"那我现在给管理部打个电话，让他们安排一辆车晚上过来接你！你先坐会，等我打完电话，我带你上街再买几套衣服。"柯米向客厅里的电话机走去。

"不要再买衣服了，你以前给我买的衣服，我一直都没有穿过，还放在家里哩！我们庄稼人，怎么能穿那么好的衣服，四不像啊，穿出去被人家笑死了。"父亲站在她身后说道。

柯米转头说道："又不是偷来的，怕什么？"

"怕倒不怕，只是穿在身上浑身不自在。"

"那我给你买几套普通一点的，顺便给柯词也带几套。"

听到给柯词买衣服，柯米父亲心里虽然急，却也不好再推辞了。

Chapter 08
夺 爱

1

秦夕一天给夏芷雪打了几次手机,可正如泥鳅预测的,她一整天都关机,如同人间蒸发了一般。秦夕有些干着急,他跟夏芷雪的关系自从邱资贤死后便在公司的熟人间传得沸沸扬扬。虽然他心中坦荡,可人言可畏,所以自从邱阳回去后,他几乎再没去过夏芷雪的住处。

可夏芷雪却好像顺应了这种谣言,对他有意无意地接近,不过流露得非常含蓄,毕竟她已经结过一次婚,今非昔比了。她有时也会莫名的涌上自卑感,觉得自己已经配不上他了,可她不死心,还想再赌一次,而且押下了她这辈子的全部赌本,为了他,哪怕最后变成一个输得只剩下一条三叉裤的赌徒也在所不惜。秦夕从她的眼神中又看到了当年曾有过的炽热的诱惑。

秦夕明白,今晚这顿饭跟鸿门宴无异了。他有些打退堂鼓了,但转念一想,自己跟她又没有什么见不得人的事,不去反而是觉得心虚了,以前自己不也经常到她家里去吗?更何况这次不去,肯定要伤了她的心。最让他不解的是,泥鳅明知道自己去是个电灯泡,但他却毫不在意,而且热情度非常的高。这根本不像泥鳅的性格。"这家伙肯定是想去看我的笑话了。"秦夕想,"不过也好,有他去就不会那么尴尬了。"

夏芷雪住在公司向北大约一公里处的村庄里，因为村庄离县城较远，在不计其数的外来务工人员带动下，村庄里的集市越发红火。

下班后，秦夕带着泥鳅往集市上的一家蛋糕店走去。不管是谁过生日邀请他，秦夕每次总是提着一盒蛋糕前去赴宴，从未有过例外。为此，曾被他美其名曰"邋遢王子"的孙玉谷，一度称他为"蛋糕王子"。

秦夕选好蛋糕样本，便无事地站在那里看着店员制作。泥鳅对他说道："秦夕，要不我们先到街上转转吧，等过一会再过来拿蛋糕，你看怎么样？"

"有事吗？"秦夕问道。

"噢——你提个蛋糕风风光光地过去了，我就空着两只手去呀？人家还以为我是跟你去蹭饭吃的。"

"那你打算买什么东西？"秦夕跟他往门外走去。

泥鳅蹙眉道："我也不知道，你说买什么好呢？"

"随便吧，又不是买给女朋友。要不你也买一个蛋糕？"秦夕在门口站住脚笑道。

"得了吧你，别人还以为蛋糕是买一送一大促销的哩。如果我也真的买蛋糕的话，明天到公司肯定也变成蛋糕王子了。"泥鳅笑道。

"你敢取笑我？"

"不敢。"

"你想去看就去看看吧，在这里等是有点着急。你先帮我把钱付了，等发工资一起给你，你师傅我现在可是国家重点扶贫对象。"秦夕拍着泥鳅的肩膀笑道。

"国家早就给准备好了。"泥鳅笑道。

说完，他从身上拿出钱付给了店老板，拿了张提货凭条，便往街的深处走去。

逛了半条街，也没选到中意的礼品，泥鳅有些着急了。就在路过一家花店的时候，他眼前一亮，对秦夕说道："要不我买一束花送给她，你看怎么样？"

他看秦夕眨巴着眼睛惊讶地盯着他看，不好意思起来，笑着解释道："现在不就流行这个吗？你忘了，上次包装车间孟菁梅过生日时，不也好多人送花给她吗？现代人追求浪漫，送花比较受欢迎一点！而且自己也不用满大街地挑选礼物了。"

秦夕笑道："你想买就买吧，说那么多干吗！我又没说不可以。"

泥鳅给他说得也觉得难为情，低着头向花店走去。

泥鳅买了一束百合花，之后两人又回到蛋糕店取出蛋糕后，径直向夏芷雪住处走去。由于夏芷雪家离公司并不远，两人也没有骑车，把车放在公司里了。

现在泥鳅捧着一束花走在大街上，在众目睽睽之下感到羞愧难当，一束束火辣辣的目光好像全部都已聚焦在他的脸上，脸上被灼得火辣辣的烫，都快炙萎了胸前的鲜花。这倒是他没有考虑到的。

他偏眼看着秦夕提着一盒蛋糕悠闲自得地跟他一起走着，深深地后悔了，早知道信了他的话再买一盒也就算了。

到了夏芷雪的住处，是夏芷雪开的门，秦夕的到来，已在她的意料之中。倒是泥鳅，她觉得很意外。虽然她也邀请了他跟秦夕一同前来，但那只不过是嘴边的客套话而已，她不知道泥鳅是一个不解风情的人。可既然来了，也只得一并招呼了："你们这么快呀！我还在做饭哩。来，先进屋坐吧。"

脱掉工作服的夏芷雪让两人微微一怔，显然，她今天刻意将自己细心地打扮了一番。粉嫩的苹果脸上浮刻着一对迷人乌黑大眼，小巧且灵挺的鼻子衬托出整个面廓匀称的凹凸感。这些上帝赋予的形体在一层淡妆的修饰下，更加俊俏夺目。她穿了一件粉红色的休闲衫，虽有些松驰，却无法掩盖住她丰满的身材。她生过一个小孩，却锦上添花般的多了一种成熟女人的韵味，这是一种待阁姑娘不能具有的诱人气质——这才是真正的女人。

秦夕慌忙将眼睛从她身上移开，提着蛋糕进屋了。泥鳅将手中的百合花递给夏芷雪说了声："生日快乐！"

夏芷雪惊愕之余忙笑道："不就是到我这里来吃顿饭吗？你买花干吗？我又不是小姑娘了。"

泥鳅笑道："过生日嘛，图个气氛。"这句话是他思了一路才想出来的佳句。

夏芷雪笑笑，接过泥鳅手里的花，犹豫着往哪放。最后临时放在了桌子上，便又系上围裙下厨房忙活了。

夏芷雪租的房子也没什么特别之处，二十几平米的房间附带了一间狭小的卫生间跟厨房。房子的门也是朝北开的，跟厨房卫生间的两个小门一字排开。屋内的摆设也很简单。门旁放了一个鞋架，上面摆着几双女人的鞋子——也不可能有男人的。门后紧贴着东面这面墙，放着一张桌子，桌子下整齐地排着几张凳子。桌子旁是一个电视柜，放了一台电视和一台VCD，像量身定做一般很是吻合，电视机旁零散地放了一些小件物品。电视的对面便是床了，床头是一台饮水机，床尾靠着厨房的门口站着一个衣柜，衣柜不大，刚好衔接了床跟厨房之间的距离。除了南面的一扇窗子跟墙上的一台空调之外，屋内基本上也没有其他比较显眼的东西了。

夏芷雪在在厨房里叫道："如果你们觉得热的话，再把空调的温度调低点。"大概是厨房跟屋内产生的温差提醒了她。

"我们不热。菜你就不要再烧了，我看差不多了，多了也是浪费。"秦夕说道。

夏芷雪没有理他，自顾自地忙活着。许久，她听得厨房外秦夕跟泥鳅因电视节目掌控权而大声争执的声音：

"不要调啊，等我把这个节目看完了你再调，来，把摇控器给我，乖！看看人家部队是怎么演习的。"这是秦夕的声音。

"我不喜欢这类节目，我要听歌。"

"就你那公鸭嗓子还听什么歌呀，你还是不是中国人哪！"

"我是中国人，但这不是我关心的事，我只要每天按时上班建设好新中国就行了。"

"你还有没有把我当成是你的师傅？"

"在公司是，在这里也是，但这里是民主的。"

"小兔崽子，你翅膀硬了是不是？"

之后，就听见啪的一声，电视机关掉的声音，接着听秦夕说道："我得不到的东西别人也别想得到，宁为玉碎，不为瓦全。大家都不看。"

夏芷雪对他们师徒俩争吵已习以为常，她在厨房里炒着菜笑道："你们俩别吵了，等我有钱了，再多买一台电视放在家里，也免得你们师徒俩吵个没完。"

过不多时，剩下的几个菜很快烧好摆上了桌，夏芷雪便招呼秦夕跟泥鳅把放满菜的桌子抬到屋子中央。泥鳅勤快地将蛋糕摆上桌面，插上蜡烛点燃后，让夏芷雪许个愿。夏芷雪却为难起来，自从跟邱资贤结过婚后，就再也没有许过愿吹过蜡烛，自己已经不是一个小女生了，不能再那么疯了。在泥鳅的再三催促下，她才硬着头皮许了个愿望便吹熄了蜡烛，她不知道是在敷衍自己还是在敷衍别人。

三人围在一起吃着饭，聊着一些漫无边际的话题。

终是准备了几天，机会不能白白流逝，夏芷雪忽然问道："秦夕，你知道我刚才许的是什么愿吗？"

"这我哪里知道？"秦夕笑道。

"你猜猜看！"夏芷雪笑道。其实她自己都不知道自己许的是什么愿，只是极快地闭上眼睛就吹灭了蜡烛，或许她的愿望在好多年以前就已经铭刻在记忆中了。

"猜？我怎么能猜得到，我又不是算命的。"秦夕笑道。他心里已有几成数，只是不愿捅破这层纸罢了。

夏芷雪有些失望，不悦道："我知道你知道，只是不想说而已。"

秦夕不自然地笑道："我真的不知道。"

"算了！"她无力地说了一句，忽又仿佛鼓起了勇气，说道，"秦夕，有句话我一直想对你说。"

"什么话？"秦夕故作轻松地应了一句，他的脑子开始飞速转动起来。

"其实,怎么说哩,也没什么……"她瞧了一眼泥鳅，吞吞吐吐地说道。

泥鳅是个知趣的人，马上会意道："你们先吃，我到楼下去买包烟。"

他刚准备起身，秦夕却在桌下踩住了他的脚。虽然他完全有力气将脚抽出，但他知道秦夕的脾气，就没再动，况且他也不想真的离开。他附到秦夕的耳边，小声道："老大，我今天穿的可是昨天刚买的白鞋子耶！"

"活该！"秦夕小声道。

这师徒俩短暂的交头接耳，彻底冷却了夏芷雪的勇气，也没再提刚才的话。

在并没有生日快乐的气氛中，三人各怀心思地吃完饭后，师徒俩也该回去了，夏芷雪一直将他们送出楼下好远才回去。

师徒俩还要到公司去骑自行车，这段不远的路他们还得走过去。刚不见了夏芷雪的身影，泥鳅便对秦夕说道："我看夏芷雪真的很喜欢你，你怎么还无动于衷？"

秦夕转头看着他，反问道："我看孟莆梅也很喜欢你，你怎么也无动于衷？"孟莆梅是包装车间的一个领班，泥鳅经常到包装车间去维修，多次接触中让她中意上了他。

泥鳅笑道："我那跟你不一样！你不是曾经喜欢过夏芷雪吗？"

秦夕微微一怔，说道："那都是好久以前的事了，还提它干吗？"

"你是不是嫌弃她？因为她结过一次婚，还生过一个小孩。"泥鳅说道。

"那倒不是。其实我还挺喜欢邱阳的，这么久没见到他，还挺想他的。"

"那你干吗不接受她呢？"

秦夕深吸了一口气，幽幽地说道："也许我已经找不到当初的那种感觉了。我总觉得资贤还活着，只是去了一个很远的地方，还会回来的。夏芷雪还是他的老婆，我的弟妹。"

"可是他确实已经死了呀！"

秦夕看着天，天边飘着几颗寒夜孤星。他说："他没有死，他在我的心里活下去了。"

"那你打算怎么办？就这样把她拖下去。"

"我找时间会跟她解释清楚的。"

"那你真的是铁了心不娶她了？"泥鳅兴奋地问道。

秦夕奇怪地望了他一眼，点头道："对！我对她一点感觉都没有，怎么结婚？我跟她之间只剩下兄妹的情谊了。"

"这可是你亲口说出来的！"泥鳅欢喜着一张脸说道。

"是我亲口说的，又怎么了？"秦夕疑惑地看着他。

"那我想跟你坦白一件事！"

"什么事？"秦夕猜不出他葫芦里卖的是什么药。

泥鳅半晌才说道："我喜欢她！"

"你喜欢她？"秦夕心头一凛，不敢相信地问道。

"对！"泥鳅郑重其事地点头。

"以前怎么从来没听你提起过？"秦夕笑道，笑得有些勉强。他不知为何，虽然他一直觉得自己已经不喜欢夏芷雪了，可当泥鳅告诉他，他喜欢她时，他的心却如同被一只无形的手，揪紧似的悬了起来。

"以前我以为你跟她会旧情复燃，所以没敢说。"

"我不是跟你说我已经不喜欢她了嘛！"

"我怕你骗我，怕你会控制不住。"泥鳅笑道。

泥鳅对他的尊重，秦夕有些感动，苦笑道："都过去了，还有什么控制不住。你今年二十三了吧？"

"嗯！"泥鳅点头道。

"她比我小一岁，今年二十五，也差不多，差不多，差不多！"秦夕失神地说道。

泥鳅注意了他的表情，小声试探道："你是不是有些后悔了？"

"我秦夕说过的话几时反悔过了？"秦夕振作精神笑道。

"那我可要开始追她了。"

"你放心去追吧，我支持你！夏芷雪能嫁给你，倒也有个不错的归宿。"秦夕拍了拍他的肩膀说道。

泥鳅笑了，憨厚地笑着，让秦夕有些触动。他奇怪了，为什么自己心中忽然会莫名地难受起来？有人能在她心中取代他的位置，他应该高兴才对呀！这不是自己一直都期待的事吗？难道自己跟自己朝暮相处了二十多年，却还没有了解自己吗？

秦夕失意地回到住处，都半夜了，躺在床上翻来覆去无法入眠，虽然前一天只睡了三四个小时。夏芷雪的影子不断闪现在他的脑海里，挥之不去。

现在他才深深地感受到，他对她的爱从来没有间断过，只是他一直不敢承认。他不敢将这份自认为罪恶的想法表达出来——她是朋友的妻子。或许他将这份感情放在心底压抑得太久，已麻木了他的灵魂。直到现在又要彻底地失去她，才激起他深埋在心底的真实情感。

想起了今晚对泥鳅所说的那番话，秦夕狠抽了自己一耳光。

四年前，他为了一个"义"字，割舍了心头那份至爱，让他受伤的心久久不能愈合。四年后，上帝怜悯他，重新给他创造了一个机会，难道还要眼睁睁地看着她从自己的指缝里溜走吗？

不，绝对不能。人犯一次错误不要紧，但绝对不能再犯同一个错。他权衡挣扎了一夜，决定第二天跟泥鳅讲清楚，哪怕是跟他公平竞争。他在悔恨的阴影中活怕了。

2

秦夕刚有一层朦胧的睡意，就被一阵急促的敲门声惊醒了。他睁眼看看，已经天亮了，估计是泥鳅又来接他了。想到马上要跟泥鳅摊牌，秦夕的呼吸紧张得沉重起来。他怕见泥鳅。

他光着身子起床开门，果然是泥鳅站在门外。泥鳅满面春光地笑道："还没起床呀？不过也在我的意料之中。"

　　看他眉开眼笑的样子，似乎兴奋的心情在经过漫漫长夜的消磨后，还没有消失殆尽，反而静悄悄的夜光更加滋润了这份甜蜜，如一个小孩终于如愿以偿地从别人手中抢到喜爱的玩具那般得意扬扬。秦夕有些不忍。

　　泥鳅见他木讷地扶着门看着自己，以为是在嘲笑自己，不好意思地挠了挠头笑道："看我干吗？赶快穿衣服吧，要不然迟到了。"其实他来得比昨天更早。

　　秦夕这才回应过来，连忙"噢，噢"的应了两声，转身又回到床上躺了上去。

　　泥鳅似乎并没有在意秦夕的反常举动，坐在床边嘿嘿地笑了两声，接着说道："师傅啊，我昨晚考虑了一夜。如果我想追到夏芷雪的话，必须还得您老人家帮忙。"

　　泥鳅几乎从来没有这么甜甜地叫过他师傅，秦夕的心头不禁又软了几分，勉强挤出点笑容道："我能帮什么忙？"

　　泥鳅略一沉吟，不好意思地笑道："我想请你帮我把她约出来，给我们单独创造机会。我约她她肯定不会出来。"

　　"噢。"秦夕似言非言地应了一声。

　　泥鳅这才在意秦夕不悦的表情，便问道："你是不是不高兴啊？"

　　"没有啊！"秦夕随口应了一句。

　　"你是不是反悔了？如果你后悔的话，就跟我说一声，我可以退出。我不怪你。"泥鳅黯然笑道。

　　秦夕的心脏被猛烈撞击了一下，强颜笑道："你师傅怎么会后悔呢？我只是身体有点不舒服，可能是昨晚吃东西吃坏了。你到公司帮我跟钱华良说一声，我今天就不去了。"他不舒服不是肉体而是内心的创伤。

　　"你哪里不舒服？要不要带你到医院去看看？"泥鳅关切地问道。

　　"没事的，一点小毛病而已，休息一天就没事了。"秦夕说道。

　　"你真的没事？"泥鳅不放心地追问了一句。

　　秦夕笑道："我骗你干吗？我自己的身体我自己还不清楚？"他见泥鳅狐疑地看着他，又道，"你放心吧，等有机会我一定帮你把她约出来。"

　　"那个改日再说。要不要我帮你到药店去买点药？"

　　"不用。你不用操心了。你去上班吧，我想休息一会儿。"

　　泥鳅又坐了会儿说道："那好吧，我下班再来看你。你有什么事打我电话。"

"知道了！"

泥鳅出去时，随手关上了屋子的门，屋内的光线倏忽间又黯淡了下来。泥鳅的一番话也正如这扇门，将他心底刚刚照进的光亮又怦然堵死了。他想推开这扇门，可门却有千斤之重，任他如何使力，犹如石沉大海。

秦夕又一次无能为力地看着机会如同一滴能疗愈他心灵创伤的圣水从他手心里慢慢滑落，滴在地上，只剩下一块潮湿的斑迹。他忽然想蹲下身去舔吸，却仿佛看到周围无数个人正嘲讽地在戳他的脊梁。他只能眼睁睁地看着它在阳光的蒸发下，慢慢地干涸，最后消失得无影无踪。

他躺在床上，在懊悔自责中，烦躁地扯着自己的头发。这种感觉他已经在四年前体会过一次了，为什么上天还要让它再来一次？

渐渐地，秦夕在茫然中慢慢睡着了，他已经两夜没睡好觉了。在梦中，他跟夏芷雪结婚了。这样的梦，他四年来不知做了多少次了，可他却一直固执地认为梦总是跟现实相反的。他经常自我安慰说，周公解梦都是这般解的。

就在他沉醉在喜悦的梦中，又是一阵轻微的敲门声把他惊醒了。他抬表一看，已经下午五点多了，想必是泥鳅下班过来看他了。

因为天气还热，秦夕还是光着身子睡觉，只穿了一条内裤。他迷迷糊糊地蹒跚着开了门。令他始料未及的是，门外站的竟是提着水果的夏芷雪。一刹那，她脸上的笑容僵住了，他也陡地完全惊醒了。他闪电般的将门砰的一声关严了。

秦夕慌慌张张地将衣服穿好后，窘迫地再次开了门。夏芷雪还站在门外，脸上浮起两朵红晕。秦夕尴尬地笑道："你怎么来了？"

"我听李丘说，你生病了，所以过来看看你。你没事吧？"

"也没什么，只是这两天感觉太累了，不想上班而已，进来坐。"

夏芷雪进屋将水果放在桌子上，说道："我就说嘛，你昨晚在我那里还好好的，怎么这么快就病成这样了。李丘跟钱华良说，你都快不行了。"

说完，两人都笑了起来。秦夕笑道："泥鳅这家伙，嘴里净没好话。"他边说边给夏芷雪搬了张凳子，自己则在床边坐了下来。

"当时我听了就吓坏了，所以下班后我就急急忙忙赶过来了。"夏芷雪坐在他对面动容道。

秦夕听她娓娓动听的流露，心跳不由加速了，有种想冲过去抱紧她吻她的冲动。他以前从没有过这种冲动——至少在她嫁给邱资贤后从没有过，不知道今天为什么会有，但他迅疾又克制住了。转移话题道："泥鳅没跟你一起来吗？"

"噢，他们还在后面买东西，我随便买点水果就先过来了。"

"他们？还有谁啊？"秦夕迟疑道。

夏芷雪笑道："维修科一组的人听说你不行了，都过来看你了，只有赵尉成跟孙玉谷两个人没来。他们现在都在超市里买东西。"

"不会吧？真的假的？"秦夕不敢相信的说道，随即又道，"泥鳅这家伙真是太可恶了，我又没病，干吗叫人家来看我？万一被人家知道了，还以为我们师徒俩故意想骗人家礼物的哩！"

"来都来了，说什么都晚了。我看他们也快来了，我看你就将错就错，还是躺在床上吧。要不然李丘也下了台。"夏芷雪笑道。

秦夕想想也是，同事们看到他生龙活虎地坐在这里，他们会怎么想？肯定认为是他们师徒俩故意耍他们。他极不情愿地气呼呼地又躺到床上。

刚躺下没一会儿，果然楼梯上响起繁杂的脚步声，夏芷雪提前就将门打开了。

嘈杂声随着人群一起涌起了这间狭小的出租房内，屋子里顿时被挤得水泄不通。组长钱华良像省级领导慰问因公受伤的病人一般首先开口道："秦夕，听说你病得不轻，现在好些了吧？"

秦夕躺在那里，不知该怎样开口，他没有撒谎的习惯。这时，泥鳅走到床前，摸了摸他的头，又摸了摸自己的头，装模作样地说道："还好，烧已经退了。"他又转道说道："你们没看到他早上的时候，上吐下泻的，我以为他都快不行了。"

秦夕给他气得哭笑不得，除了装下去，别无选择。他也帮作虚弱地说道："非常感谢大家过来看望我，有劳大家关心了。"

接下来就听到大家客气的寒暄声。他们将手中的礼物都摆在了秦夕的床上，叮嘱他要安心养病。礼品很快堆得秦夕快没地方躺了。大家看着他满脸涨得通红，以为他真的病得不轻，哪里知道他是因为惭愧而面红耳赤。

十多个人站在屋里简单地聊了一会儿，关心过秦夕的病情之后，就都回去了，屋里连坐的地方都没有。秦夕本想请他们下去请顿饭，以表心意，但被他们拒绝了。

被骗的同事们走了，屋里只剩下他跟泥鳅还有夏芷雪三个人了。喧闹的房间忽然沉寂了下来。泥鳅兴致勃勃地抚摸着同事们送来的礼物，提提这样，拿拿那样，一副爱不释手的样子。

秦夕估摸着同事们已经走远，从床上跳了下来，气急败坏地叫道："泥鳅，你在搞什么鬼？我的脸都让你给丢尽了。我什么时候跟你说过我上吐下泻了？"

泥鳅咧开嘴向他笑了笑，说道："你看你，一点为人师表的样子都没有，先不要激动嘛。你想想看，我们俩人每年都要买那么多礼物去看望别人，可偏偏我们身体却都特别强壮，一点毛病都没有。好不容易这次上帝保佑，让你生了这么一点小毛病。毛病虽小，可用处却大了。你看看，这么多东西，把我们每年贴进去的全给赚回来了，这样我心里平衡了许多。"

夏芷雪坐在边上，咻咻直笑。泥鳅又转过头对她笑道："真不好意思，让你也破费了。"

夏芷雪笑道："没关系的，就算秦夕没有生病，来看看他也是应该的，再说我又没买多少，我买得最少。"

秦夕给他气得咬牙切齿："你知不知道，这件事要是传出去，我以后哪还有脸见人哪？"

泥鳅笑道："这件事你又不知道，都是我一个人的事。况且你不说，我不说，她不说，"他用嘴指着夏芷雪，"别人怎么会知道呢？你不知道刚才在超市里，我为了起到模范作用，我一口气买了一百多块钱的东西，让他们就没好意思提一点点的东西过来。你有没有发现，他们这次比以往大方多了。这就是模范的作用……"

"我不管别人买多少东西，反正你把这些东西都提回去，这种东西我吃不下。"秦夕打断他的话说气呼呼地说道。

计划没有显到预期的效果，秦夕看样子是真的动怒了，这是他始料未及的，泥鳅敛起笑容，在他床边坐下，认真地说道："秦夕，真不好意思，我没想到你会气得这厉害。本来我为了感谢你昨晚对我的支持，我想买点东西送给你，但我知道，以你的性格肯定不会要的，所以我才自做主张地想出这一招。我本想借花献佛，以表达我的感激，没想到你会这么犟。如果你真的觉得丢脸的话，我明天把这些东西都还给他们，跟他们道个歉。"

秦夕看着他，也不知说什么好。虽然他的做法错了，但所做的一切毕竟也是为了他着想，何况他本人也花了一百多块钱，看他自责的样子，想想夏芷雪在场,也不该对他发火,心中不免后悔起来,拍着泥鳅的肩膀笑道:"跟你开玩笑的,既然买来了,我们就把他吃掉,还给他们干吗?就当我真的是生病了。"

泥鳅见说,来了精神,指着他笑道:"我就知道你是个伪君子,想吃非要先装一下。"

秦夕给他气得哭笑不得,夏芷雪不禁也笑了起来。

又过了十多分钟,夏芷雪提出下去买点菜上来烧饭,秦夕便让泥鳅陪她一起下去了,帮她提提东西。他不知道他为什么要这样安排,他只感到有一种无形的压力。泥鳅跟夏芷雪下去后,秦夕只觉自己的心跟这屋子一样,一下子空了许多。

秦夕的厨房已经有好几个月没有用过了,等到夏芷雪准备烧菜的时候才发现,很多调料都已经不能用了,不是少这样,就是缺那样。而这些任务自然就落在了泥鳅的头上,楼上楼下跑着买调料或其他餐具,忙得不亦乐乎,夏芷雪只要一开口说缺什么,一眨眼泥鳅人就不见了,一会儿他就会拿着所缺的东西喜滋滋地递到夏芷雪手中。

秦夕看在眼里,心里酸溜溜的。

吃过晚饭,夏芷雪将厨房收拾好后,又在那里聊了两个多小时,便提出要回去了。秦夕感到自己的嘴像着了魔似的,忍不住违心地说道:"泥鳅,你送夏芷雪回去!"

泥鳅好像一直就在等待着这句话,秦夕话音刚落,他便爽快地答应道:"哎!"

夏芷连忙推辞道:"不用了,我骑自行车来的。这一路我也比较熟悉,没事的!"

"熟也要送,多一个人总是安全一点。"秦夕说道。

"我真的不用送了。我又不是小孩子了,怕什么?"夏芷雪笑道。心里却想道:"要是你送我,那还差不多。"

秦夕没再理他,对泥鳅说道:"泥鳅,今晚你务必将夏小姐安全送到家中,如有闪失,提头来见。"

"是,长官!绝对不辱使命。"泥鳅立正向秦夕有模有样地敬了一个军礼。

夏芷雪想再说些什么,但秦夕的话已不容她再拒绝。他的话对她跟泥鳅两个人来讲,就是一个不容置否的命令。他们都已经习惯了。

可谁又能理解这个威严命令下的无奈。

3

第二天,秦夕又没有去上班,他不好意思生龙活虎地去面对他的同事。病得那么严重的身体这么快就康复了,怎么说都有些说不过去。

到了下午五点多钟,泥鳅又过来了。他带来了公司里刚刚发放的工资单。工资单是公司给员工的一份薪资清算清单。一般工资单发放下来三天以后就该正式发工资了。员工薪资是保密的,所以工资单是折叠起来再用图钉钉起来的,外表什么也看不到。

秦夕坐在床上刚把工资单拆看了一会,泥鳅就急急地问道:"发了多少工资?"

秦夕又看了片刻,才说道:"三千九百多,你呢?"

"我才一千八百多,什么时候才能追得上你哦!"泥鳅羡慕地说道。

"你这个月加班少嘛!"秦夕安慰道。这种安慰他几乎每个月都要说一遍。

"跟你加的还不是一样多。"

"可是你攒的钱比我多呀!"秦夕笑道。

"那种钱你也羡慕,真是没良心,我那可是省吃俭用省下来的。我吃,吃的是别人扔掉的白菜帮子;我穿,穿的是政府扶贫的破衣烂裤;我抽,抽的是别人抽过的烟屁股。哦,不提抽我都忘了。"说着从身上拿出一包烟来,抽出一支递给了秦夕,又道,"昨天夏芷雪在这里把我憋死了,送她回去以后,我站在马路边连抽了三根还没过瘾。"

秦夕接过烟点燃后说道:"你怕什么?就你抽烟的毛病她还不知道?我告诉你,其实夏芷雪并不喜欢过问男人的事,你抽烟她也不会反对的。"

"你怎么知道?"

"我听邱资贤说的。"

"那就好,免得以后还要戒烟。"

"你好像胜券在握,你就这么有把握?"秦夕笑问。

"有师傅您老人家这个智多星帮忙,天下还有摆不平的事吗?"泥鳅笑道。

　　秦夕没再说话，猛吸了几口烟。泥鳅又接着说道："要不我们明天晚上出去玩玩？顺便把夏芷雪也请出来。"

　　"等我过两天发了工资再说吧，好不好？"秦夕尽量的平和了自己的口气，以免让泥鳅看出端倪。

　　"没关系的，又不用你花钱，就当我请你们出去玩好了。"泥鳅说道。

　　"跟了我这么久，你又不是不知道我的性格，身上没有钱我是不喜欢出去玩的。"

　　泥鳅转了转眼珠，说道："那好吧，反正还有两三天就发工资了。"他看秦夕还是光着身子躺在床上，便道，"你今天就在家里睡一天觉吗？"

　　"你以为我是猪啊！今天在家里看了一天书。"说着，他从枕边拿出一本书，扔给泥鳅说道，"就是这本，有点看不懂。"

　　泥鳅接过书，看着封面念道："理想国，柏拉图。"

　　"对，看了一天也没看懂写的是什么跟什么，跟《金刚经》一样，乱七八糟的，都是对话体的形式，跟莎士比亚写的剧本一样。我最不喜欢看这种形式的书了。"秦夕熄灭了手中的烟蒂，满腹牢骚地说道，似乎为了这本书白白地浪费了一天的光阴而感到不值。

　　泥鳅笑道："又没有人强迫你买。那你上次看的叫什么论的，好不好看？看完了没有？"

　　"克劳塞维茨的《战争论》？"

　　"对对对！就是那本，听你说，好像是一个德国人写的。"

　　"那本书我早看完了。人家那本书写得比柏拉图这本破书强多了。人家的观点阐述得非常精辟，简洁明了，通俗易懂。虽然是那么厚的一本书，可人家用一句话就概括了全书的精髓。什么叫战争？他说战争无非是政治通过另一种手段的继续……"

　　泥鳅正准备把手中的那本《理想国》放到床头柜子上一大摞书上面，这时回过头来，连忙打断他的话笑道："不好意思，您还是给我讲点别的吧，我看军事这方面我是没法深造了。我根本就没有这方面的细胞。您还是给我讲一点我感兴趣的东西吧。"

　　"你看看你，给你讲你又不高兴听，让你看书又不看，发了工资又嫌工资低。"秦夕不满地说道。

泥鳅把书放好后，又坐下来笑道："工资低跟看书又没有关系，还不是因为我的技术比你差。"

"那你知道你的技术为什么比我差吗？"秦夕这时开始穿衣服说道。

"你进来的时间比我早嘛！"

"那你有把握在这个厂里再待三年以后，水平跟上我吗？"

泥鳅无语，以秦夕现在的水平，他就是在这家公司再待十年也未必能跟得上。

秦夕这时已穿好衣服，从床下拉出一个纸箱，里面是满满的一箱书。他从里面随便抽出十几本书甩在泥鳅的膝盖上说道："这些全都是电工方面的书。当时我进这家公司的时候，比你进来时水平还要差，几乎是一窍不通。而带我的那个师傅，现在已经去上海了，他什么都不肯教我，只是让我给他打下手。每次我问他问题时，他总跟我说，师傅领进门，修行在个人。最后没办法，我只有买书看。我也不知道我总共看了多少这方面的书籍，喏，"他指着床边的纸箱，"都在这里。你以为出来打工的人，每个人都像你一样，遇到像我这么好的师傅，什么都肯教你，有问必答。如果让你遇到像我以前的那个师傅，我估计你现在连个电灯泡都接不起来。"

秦夕也不知道自己怎么突然之间变得这么偏激起来，他从来没有这样在泥鳅面前如此激动地表过功劳。以往有，也是开玩笑的，从没有这么认真过。他明白，他这么激动，绝对不是刚才泥鳅鲁莽地打断他的话而引起的情绪波动，因为泥鳅经常会这样对他，他也从来没有在意过。或许，有一个他不敢承认的理由，就是在他的潜意识里，有这么一个声音在挣扎：我对你恩重如山，你不该跟我抢女人。

说完又觉得自己不可理喻，心中懊悔起来。

泥鳅虽然喜欢跟秦夕逗口舌之争，但对他向来尊重。看他情绪反常，以为是刚才打断他的话引起的，连忙赔礼道："你不要激动嘛，我只是跟你开玩笑的，并不是我真的不想听你讲军事这方面的知识。我现在每天晚上回去也喜欢看一点军事节目，希望以后也能跟你聊聊这方面的话题。"

秦夕更加惭愧不已，将泥鳅捧在手里的书接过来扔进了纸箱，又重新推回了床下。他站直身后，说道："对不起呀，泥鳅。我今天心情不好。"

"是不是还是因为昨晚的事？"泥鳅说道，他指的是他擅自主张说他生病的事。

秦夕勉强笑道："不是，昨晚的事我都忘了。大概是被柏拉图的这本破书看得心情烦躁而已，也希望你以后能多看一点书。如果光靠我教的话，你的水平永远都不会超过我，以后也没什么大的发展。"

"没关系的，我能学到你水平的一半我就心满意足了。"泥鳅笑道。

"没出息。"秦夕笑道。他又坐到床边，委婉地接着说道："我也只带过两个徒弟，一个是你，一个是夏芷雪，想想命运也真会安排。"说完笑了起来，笑不由衷。

"你以前不是跟我说，夏芷雪是邱资贤的徒弟吗？"泥鳅疑惑道。

秦夕深吸了一口气，说道："她名义上是邱资贤的徒弟，但她刚开始基本上都跟着我，她学的东西差不多也都是我教的。那时我的水平比资贤好，所以她有什么问题都过来问我。"他也知道她来请教他，并不是因为他的水平比邱资贤好。

泥鳅没有说话，秦夕继续说道："虽然你是我的徒弟，但我一直把你当兄弟看待，所以我也希望你能做得比我好。我知道你以后可能在别的方面会出人头地，会有更大的发展和突破，但你现在既然在做电工，你就要把它做到最好，不要让别人瞧不起。"

泥鳅不明白秦夕今晚怎么会像个老太婆一样，啰啰嗦嗦地跟他说个没完没了。他知道他心情不好，也没有打断他，任他一个人滔滔不绝，也许他有满腹的苦水在通过另一种方式在向他倾诉。

说完，秦夕让泥鳅到楼下去买两瓶白酒上来，泥鳅吃了一惊，说道："秦夕，你不是从来不喝白酒的吗？你是不是出了什么事？"

"没事，我能有什么事？我只是今天想喝白酒了，喝啤酒没劲。下去的时候，顺便再带两个冷菜上来。等我发工资的时候，再好好请你吃一顿。"秦夕说完直起腰来，伸了个懒腰，拍了拍泥鳅的后背，示意他该下去了。

泥鳅没有动，盯住他说道："你有什么不高兴的，就说出来。是不是还是因为昨晚的事？"

秦夕笑道："昨晚的事我真的已经忘了。你看，我今天在家没事，你们买来的东西都被我吃得差不多了。赶快下去买吧，我今天真的犯酒瘾了。"

"你从来不喝白酒，还犯酒瘾？"泥鳅嘟哝道。

"哎！叫你去买个酒还这么多废话，你以为我想喝啊，你看我都睡了几天了，如果今晚不喝一点烈酒的话，晚上怎么还能睡得着觉。"

"你早说嘛,浪费我这么多口水。"泥鳅说完,笑着就起身下楼了。

秦夕见他关上了门,又颓废地在床上躺了下去,无精打采地点燃了一支烟。

他今天的反常举动也并非无缘无故的,推说起罪魁祸首,还是柏拉图的那本《理想国》。本来昨晚他目睹泥鳅送走夏芷雪后,心中已是难过之极,可今天偏偏又看了这本《理想国》,书中的一段话,无疑给他雪上加霜,激起他思潮起伏,不能自己。

在书中,苏格拉底说,如果把一个人从小就捆绑在一个狭长的洞穴里,头也不能转,全身可以活动的器官只有那一对溜溜的眼珠。这个洞穴所能看到的,只有从洞口处照进来映在墙壁上的光亮。他从未见过外面的世界,除了墙壁上的光亮他什么也没有看过。久而久之,当有人拿着火把站在洞口说话时,他就会以为声音就是墙壁上的影子所发出的,光亮也是墙壁所发出的。

就这样,日复一日,年复一年,终于有一天,人们把这个人从洞穴里释放出来。当他看到外面真实的世界时,反而有种不真实的感觉。他觉得这些全都是虚幻的。刺眼的日光令他眼花缭乱,他无法看清原来只能看见其阴影的实物,他觉得痛苦,他宁愿永远被捆绑在那狭长的洞穴里,那墙壁上说话的影子以及所发出的光亮才是最真实、最温馨的。

秦夕觉得自己的内心就像那个狭长的洞穴,自夏芷雪跟邱资贤结婚以后,他就被长期地捆绑在这个洞穴里。而洞穴只剩下夏芷雪的影子,他一个人躺在那里默默地欣赏着。可就在去年,他终于有机会挣脱这个洞穴时,他望着眼前陌生的世界,感到一切都变了,变得那么不真实。夏芷雪对他的爱就像那刺眼的日光,照得他眼花缭乱,不敢相信,他觉得痛苦,他宁愿把自己再次关进心灵深处那狭长的洞穴,那样才觉得踏实,那里夏芷雪的影子才是最真实的。

可就在前两天,当他真正地又再一次被关进那可怕的洞穴时,他才知道渴望外面的世界。

他一整天都这样想着,越想越脱离了理智,感到自己就是那个被长期捆绑在洞穴里的那个愚蠢的人。他思想摆脱了控制,越想越恨,恨自己,恨周围的每一个人。

那天晚上,他喝醉了,泥鳅也被他灌醉了。俩人在同一张床上一直睡到第二天中午十一点才醒,俩人都没有去上班。

Chapter 09
欢喜冤家

1

发工资那天，秦夕找到夏芷雪，说想约她晚上到酒吧去玩。夏芷雪想都没想，就喜欢地答应了。可后来秦夕才告诉她，泥鳅也一起去。

夏芷雪感到不对劲，秦夕这两天总是有意无意地在她面前提起泥鳅，夸赞泥鳅的优点，而泥鳅似乎也对她比以前更热心了。她不是一个傻女人，她感觉到了什么。

下班后，秦夕搭乘泥鳅的自行车来到县城。在银行的 ATM 取款机上取出一部分工资，当场就将欠泥鳅的钱还清了，之后俩人就各自回家换衣服了。现在他已经不需要泥鳅送他回去了，因为兜里有钱了，满大街的都是出租车。

秦夕到家冲个凉换好衣服没多久，泥鳅就急匆匆赶到了。泥鳅身上穿的这套衣服，秦夕从没有见他穿过，想必就是帮王柯米修车那天晚上买的吧。他开门便取笑道："哟，这位公子哥穿这么花俏干吗？是不是要去相亲呀？"

泥鳅倒也难得害羞起来，走进门在床边坐下后，说道："你别取笑我了。"

秦夕却没有就此放过他，走到他身边摸了摸他的头发，笑道："哟！这小发型还搞得贼亮贼亮的，是不是也涂发蜡了？有点'邋遢王子'的风格。"

泥鳅推开他，笑道："你别闹了，跟个小孩子似的。你准备好了没有？"

"真看不出来，你还挺猴急的嘛！"说着，转身又仿佛自言自语地说道，"心急吃不了热豆腐啊！"

当他们俩人赶到夏芷雪住处时，夜幕已经完全笼罩住了大地。

夏芷雪也已经穿戴整齐，三人下楼顺着那条街道向公路走去时，秦夕却突然站住脚说道："哎呀，我想起了一件事。你们两个先去吧，我随后就到。"

"什么事呀？"夏芷雪也停下了脚步。

"前两天，材料科有一个人跟我说，他姐夫在电影公司上班，给他带回一把手枪的仿真道具。他住得也不远，就在这个村子里，几分钟就到了。你们先去，我马上就到。"

"那你不能等两天再去吗？"夏芷雪微微冷落了面孔。

"就是呀，也不急在一时嘛。"泥鳅也言不由衷地劝说道。

"我跟他说好了，等今天发工资就到他那里去看看。没事的，你们先去吧，我买好了马上就去。"秦夕说道。

街道上此时人来人往的，站在马路中间比较碍眼，三人便往路边挪了几步。夏芷雪说道："既然你跟人家说好了，那你去买吧，我在家里等你。"

"你们真的不用等我了，我说不定要买好长时间！"秦夕似笑非笑道。

"没关系的，你去买吧，如果来不及的话，大不了改天再去玩。"

秦夕原打算买完手枪模型以后，就不到酒吧去凑热闹了，没想到他的如意算盘却落空了，一时无言以对，只好点头说道："那好吧，我速去速回。"

半个小时以后。

秦夕回到了夏芷雪的住处，是夏芷雪开的门，泥鳅正坐在床边看着电视。他一进门就得意扬扬地把刚买来的那把手枪模型晃在泥鳅的面前炫耀道："你看看，怎么样？漂不漂亮？我没想到会这么新，你知道我才买多少钱？"

"一百块？"泥鳅敷衍道。

"哪里？我跟你说，五十块钱。那个家伙什么也不懂，他刚开始就向我要一百块钱，我没理他，我说：'你脑子有毛病哪，就这把破枪还要一百块钱？你是不是想钱想疯了？'后来，他真的被我吓住了，就没敢要那么高。其实我告诉你，这把枪最低要值到一百五十块钱以上。你看它黑黝黝的，认不认识是什么枪？"

泥鳅看着他兴奋的样子，也没打断他的话，只是摇了摇头。夏芷雪也把屁股抵在桌子上，双后按着桌边，默默地看着他听他讲着。

秦夕继续说道："这你就不识货了。这可是德国 P88 型自动手枪，口径九毫米，全长只有一百八十七公分，可以装十五发子弹，而它的重量却只有九百克。而我手中的这款，是完全仿制原品造出来的，不管是外型、尺寸还是重量，都跟真枪一模一样。你看它全身黑黝黝的，是不是很酷？"

泥鳅心里急得要命，但还是没有打断他的话，一脸茫然地看着他。他以为他上次生气就是因为他打断他的话引起的，他还心有余悸。

秦夕反而觉得不好意思了，笑道："你不喜欢听，你就说嘛，也不用装出一脸无辜的样子。你这么认真地听我讲，我反而不适应。"

泥鳅笑道："知道就好。"

"那我们就走吧，我知道你一定等不及了。"秦夕笑道。

他刚说完，三人的心里都微微一颤。这句话是一句明显的暗示，三人都体会到了什么。秦夕知道说漏了嘴，连忙又催促道："走吧，走吧！"

三个人三种不同的心境来到酒吧。在那种尴尬的气氛下，坐了十多分钟，秦夕有如芒刺在背，他有些坐不住了，想找个理由开溜了。

就在这时，泥鳅对他附耳说道："你看吧台那边坐的那个女的，像不像王柯米呀？"

秦夕转头循着他的目光望去，果然看到一个熟悉的身影，八成是王柯米。泥鳅对他笑道："你不是跟她熟吗？敢不敢过去跟她聊聊？"

"你小子别激我，没什么事是我不敢做的。你如果觉得我是个电灯泡，你就明说，别动那些歪脑筋！"秦夕笑道。他说的声音不大，没传到夏芷雪的耳朵就被嘈杂的音乐给淹没了。

泥鳅笑道："我可没那么想，你可别冤枉好人。"

秦夕想想坐在这里也是不尴不尬的，还不如到王柯米那边去坐坐。虽算不上朋友吧，但聊聊天这个面子她还是应该会给的吧。于是说道："那我就过去跟她打个招呼，你们在这里慢慢聊。"

说完，跟夏芷雪打个招呼，便起身朝吧台走去。

那人果然是柯米。

原来，前两天林联棋从外面出差回来后，因为柯米到财务拿钱被林贝儿拒绝那件事，对柯米又是解释又是赔罪又是献殷勤的，在他花言巧语的攻势下，柯米很快软化了心，不但原谅了他，反而觉得自己有些对不住他，毕竟他也是一个公司的董事长，自己不该在电话里那般胡搅蛮缠。

今天，她听秘书说，电影院今晚会首映一场好莱坞大片。她亲自到电影院排队买了两张票，想跟林联棋去看场电影，把上次两人之间的不愉快在这种浪漫中消磨掉。

当她拿着电影票兴致勃勃地走进林联棋的办公室时，他正在打电话。她就在他办公桌边静静地等着。一直等了十多分钟，他才挂上电话，笑眯眯地看着柯米："找我有事吗？"

柯米笑吟吟地将手中的两张电影票放在了他的办公桌上，说道："我听说今晚有场非常好看的电影，我买了两张票，想晚上让你陪我去看。"

林联棋坐在那里，双手手指交叉放在桌上，且不停地绕动着两根拇指。他抬头看着柯米，好长时间才深吸了一口气说道："不好意思呀，柯米。我今晚可能没有时间，我约了鹏达公司的经理，跟他有非常重要的业务要谈。"

"你可以让副总去嘛！"柯米撅嘴不高兴道。

"副总去我不放心。"林联棋说道。

"你每天总是那么忙，我不知道你赚那么多钱干吗？"柯米有些生气道。

林联棋笑道："这不是赚不赚钱的问题，而是一种责任。我既然担任了公司的董事长，我就得为公司负责，你也知道，还有几千名员工等着我养活，我不能为了我一个人逍遥自在而不顾他们的死活。你应该理解我，支持我，对不对？"

柯米听着他冠冕堂皇的大道理，气更不打一处来，说道："我不能理解，我只知道，你眼里除了钱，别的什么都没有。"说完，抓起桌上的电影票，扭头便走。

林联棋在她身后叫道："要不你让贝儿陪你去吧！"

他不提林贝儿也就算了，提了心里更加不舒服，她理都没有理他。

在办公室里一直等到下班，她也没等到林联棋回心转意，柯米不禁心寒。她动怒了。如果林联棋每天下班后谈业务只是偶尔为之，却碰巧给她遇上了，她完全可以理解他，可是他一年都抽不出一两天的时间来陪陪她，她就有些无法忍受了。

吃过晚饭，出于一种叛逆报复心理，她一个人来到了酒吧。她知道林联棋最不喜欢她来这种地方了。

秦夕在柯米的身边坐下后，酒吧音乐太吵，他大声说道："这么巧啊，王总！今晚怎么有空到这里来玩？"

柯米大吃一惊，转头见是秦夕，一时竟不知如何作答，只是友善地冲他笑了笑。

柯米不说话，秦夕倒不知道该说些什么，胡乱说道："今晚就一个人来的吗？"

柯米笑着点了点头，说道："对！你也一个人来的吗？"

"我？"秦夕笑道，"我不是一个人来的，他们都坐在那边喝酒呢！"

柯米一听他是几个人来的，心里慌着开始后悔了，后悔不该一时赌气来这种地方。如果只是秦夕一个人看到也就罢了，现在那么多人看到她，万一传到公司，这成何体统？她忙起身，对秦夕笑道："你在这里慢慢玩，我先走了。"

秦夕僵住了表情，以为她对自己的成见还没有消除，也觉无趣，说道："那你走好。"

柯米走后，秦夕觉得自己的颜面荡然无存，失落地朝泥鳅这边走来，心中盘算着如何能挽回点薄面的谎言。没想到桌子旁只剩夏芷雪一个人坐在那里，泥鳅不知所踪，秦夕奇怪地问夏芷雪："咦，怎么就你一个坐在这里，泥鳅呢？"

今晚遭到的冷落，让她似有不悦，应道："他刚出去接一个电话，听他说是他老家打过来的。刚才那个人是王总吗？"

秦夕在她身边坐下，点头道："是她！"

"你怎么会认识她的？"夏芷雪好像对此事有了兴趣，睁大着水灵灵的眼睛，在缤纷的灯光中闪耀着奇幻的色彩。

"也只是认识，不太熟！"秦夕牵强笑道，想到刚才惨遭抛弃，只觉羞愧难当。

两人就这样有一搭没一搭地说着，彼此都觉得他们之间无形中又多了一层隔膜。

泥鳅忽然从外面急匆匆地跟了进来，按着秦夕的肩膀，气喘吁吁地说道："刚才我在外面打电话，看到王柯米正在被几个流氓拦住调戏哩！"

"你在开玩笑吧？"秦夕不相信地笑道。

泥鳅郑重说道："我骗你干吗？不信你自己出去看看。"

秦夕估计所言不虚，慌忙跳下座凳，向门外冲去。他不知道他当时是怎么想的，也找不出说服自己这么做的理由，但他还是坚定不移地冲出去了。

像是狗在屋里听到了动静，不管外面来的是谁，都会狂吠着冲出去。

2

在酒吧外的停车场，果然有许多青年呈半包围形围住了柯米那熟悉的身影，但不是泥鳅说的几个，而是几十个，不下三十人。秦夕跑近时，看到为首的那个胖乎乎的青年，正用手挑着柯米的下巴，淫笑道："你就别装纯了，既然到这种地方来了，也好不到哪里去。我看你还有几分姿色，不如陪哥们跳个舞，大家开开心心的，多好。"

秦夕虽看不到柯米的表情，但从她耸动的肩膀可以看出，她已经被吓哭了。

他跑到柯米身边，抓住她的手腕将她拉到自己的身后，只见她满脸泪痕。他迅速将目光从她脸上移开，扫视了一下人群，大声说道："你们想干吗？"

为首的那个胖乎乎的青年，光着头，满脸的青春痘。秦夕的出现，他短暂地愣了一下，之后不禁笑了起来。他身后的兄弟们也全部跟着哄笑了起来。那光头上前推了一把秦夕的胸部，狠狠说道："你他妈的是不是想英雄救美？我看你还嫩了点，你知不知道死字怎么写？"

柯米的一只手还被秦夕紧紧攥在手里，她用另一只手扯了扯秦夕的衣袖，在他身后含泪地小声说道："不关你的事，你走吧。你打不过他们的。"

那个光头转身对他的那些兄弟们笑道："你们不是说今晚没事做吗？看看，这不就有个不知死活的东西送过来给咱们消遣来了。你们说，该怎么玩呢？"他那帮兄弟们都怂恿吆喝起来，那光头得意地又转过身来，冷笑道："他妈的，敢跟老子抢女人，我看你拉屎把胆给拉出来了，让我替你爸妈教训教训你这个不知死活的东西。"说着，他住地上狠狠地啐了一浓痰，双手摸了摸自己引以为自豪的光头，说道，"让老子先抽你一耳光再说。"

就在他刚抬起手，准备扇出去的同时，却蓦然僵住了，像自由女神像那般高傲地举着手。只见一支黑黝黝的枪口顶住了他那光滑的脑门，他浑身打了个哆嗦，手还举在那里，忘了放下。那支枪正是德国 P88 型自动手枪。

那光头强行镇定了一下短暂慌忙的心绪，嘿嘿干笑两声说道："你他妈的别以为拿支假枪就能唬住老子。"嘴上虽这么说，却也不敢乱动。

秦夕目光扫着人群，大声说道："警察！希望你们配合点，不要乱动。"

泥鳅刚赶过来，已站在秦夕的身边。

秦夕对泥鳅说道："小李，把手铐拿来，把这个混蛋铐起来，带到局里去。真是社会的败类。"

泥鳅故作为难地对秦夕小声说道："你不是说今晚只是出来侦察，不用带手铐的吗？"虽然他是小声地说出来，但在场的所有人还是听得清清楚楚，因为此时的每个人都屏住了呼吸。

"打电话给局里，叫他们调几个人过来。"

"知道！"泥鳅应着，当真掏出手机有模有样的给局里汇报起情况来了。

那些流氓看他们师徒俩一唱一和的，倒也有七八成相信他们是真的警察。虽然其中不乏也有人怀疑，但却没有人敢站出来去赌这把枪是否是真枪。赌赢了又怎样，赌输了可是一辈子，袭警的罪名可不小啊！再看看拿枪的那臭小子一副稳操胜券、充满自信的表情，所有人都开始打退堂鼓了。

不到两分钟，人群散得干干净净，只剩下那光头一个光杆司令在枪口下悲壮地站在那里。同生同死兄弟们的离去，也让他坚信了今晚在他熟悉的地盘上真的遇到了两个敬爱的人民警察。他在恐怖的枪口下战栗地站着，不敢离去。

人群散得不见踪影，秦夕才开口说道："你刚才不是很嚣张吗？来呀，打我啊！"

那光头只是直盯盯地看着他，吓得一句话也没有。

秦夕又用枪管在他光光的脑袋上用力地敲了敲，发出砰砰沉闷的响声。他又道："你看看你这副德性，长得跟癞蛤蟆似的，满脸的蒙古包还想吃天鹅肉。你不要用你那双讨厌的斗鸡眼盯着我看，如果你觉得不服气的话，你可以打我啊！没关系的，不用客气，把你刚才的英雄气概拿出来，像个男子汉一点，别装得跟孙子一样。"

那光头还是一言不发地站在那里，被警察骂，他并不觉得丢人。

秦夕见他还真有耐心，面无表情的也不还口，一副死猪不怕开水烫的样子。他也不想骂了，骂得也没劲，便收起枪对他吼道："滚！以后别在我的管辖范围内惹是生非。"

那光头如同得了特赦令，忙不迭地转身离去。泥鳅见就这样放过他，太便宜了他，又追了上去，对准他的屁股就是一脚。由于重心不稳，那光头被摔了个狗啃泥，但他爬起来头也不回毫无怨言地跑掉了。

柯米见那人狼狈的样子，不禁"扑哧"一声破涕为笑。她的手还被秦夕抓在手里，俩人似乎都已经忘记了。直到现在，柯米才羞涩地感觉到，轻轻地抽了下自己的手。秦夕这才恍悟，连忙松开了她的手，说道："对不起，我不是故意的。"

柯米脸颊微微一红，说道："我应该谢谢才对！"

秦夕笑道："谢就不用了，只要你以后看到我不要那么讨厌就行了。"

"我什么时候讨厌你了？"

"就是刚才呀，见到我跟见到魂一样，没说两句话就溜得比兔子还快。"

"我那不是讨厌你。我看你们去那么多人，万一传到公司，影响不好，所以我就先出来了。"柯米解释道。

秦夕准备开口，却被泥鳅抢了过去："你们在这里慢慢聊，我先进去了，夏芷雪还一个人在里面。"他转身刚走了两步，又回头对秦夕笑道，"您就不要再回来了，这里已经不欢迎您了。"

"你小子这不是过河拆桥？太没良心了吧。"

"没办法，就委屈您老人家了，国家会记住你的牺牲，拜拜！"泥鳅笑着向他摆了摆手，说完就跑掉了。

泥鳅走远，柯米问道："他为什么不让你进去呀？"

秦夕叹了口气，摊开双手说道："他要进去泡妞，肯定不希望我这个电灯泡进去搅和了。"

"原来你也喜欢做电灯泡？"柯米笑道。

"我喜欢做电灯泡？"秦夕不屑地说道，"是他一把鼻涕一把泪地哭着求我把人家女孩子约出来的。现在约出来了，他就过河拆桥了，现在的年轻人越来越没道德了。"

柯米见他老气横秋的样子，笑了笑，说道："那你现在准备去哪儿？"

"还能去哪里，回家喽！"

"那我送你回去吧！"

秦夕沉吟片刻，说道："那谢谢你了，不麻烦你吧？"

"这有什么麻烦的，我欠你这么大的人情，送你也是应该的。"柯米说道。

"那你送我回去，咱们就两不相欠了。"秦夕笑道。

柯米知道他在开玩笑，笑了笑没有应答。

车子开动后，柯米终于还是忍不住好奇地问道："你刚才那把枪是真枪还是假枪？"

"你认为呢？"秦夕笑道。

"我不知道，不过看你刚才的样子挺自信的。"

"是吗？我刚才自我感觉也挺好的。是不是很酷？"

柯米笑着没有做声，想想他刚才的样子确实挺酷的。

秦夕以为他在取笑他，笑道："不好意思，让你见笑了。我这个人有的时候是有点太自恋了。"

"没有啊！我没有这么想。"柯米笑道，"你还没告诉我，你那把是真枪还是假枪。"

"假的，今天晚上刚买的。"秦夕脱口而出。

"我看你这个真的很奇怪，这么大的人了，还喜欢买玩具枪。"柯米笑道。

秦夕有些不高兴，不满道："大姐，你说话不要那么伤人好不好？你要搞清楚，这不是玩具枪，这是仿真手枪，本质上是有区别的。"

"那还不是一样！"

"怎么会一样呢？"秦夕急了，从腰间拿出那把手枪，说道，"我这把可是仿制的德国 P88 型自动手枪，不管是外形还是重量都跟真枪一模一样！"

柯米迅速转头又扫描了一下那一把枪，说道："我不懂，那你买这个干什么用？不是用来玩的吗？"

"是用来收藏的好不好！这很有收藏价值的。"

"你很喜欢收藏这些东西吗？"

"不是很喜欢，而是非常的喜欢。"

"你的藏品很多吗？"柯米笑道。

秦夕这时来了精神，把那把手枪又重新插到腰间的裤带上，在座位上挪了挪屁股，侧身说道："那不是跟你吹的，我收藏的枪支绝对是你从来都没有见过的。要不你到我那里去看看吧？"他收藏仿真枪支最大的乐趣，就是领着别人去观摩他的那些藏品，他喜欢陶醉在别人发出的惊叹和自己滔滔不绝的解说中，在其中挖掘收藏的价值。所以他所认识稍微熟一点的人，基本上都在他的怂恿下，去过他的住处了。所以上次他的同事来看望他，没有一个人感到惊讶的。

柯米看他兴致盎然的样子，也不忍拒绝，再说她心里也有点好奇。她看了看表说道："好吧！看看就看看吧。"

秦夕笑道："不愧是做生意的，就是有眼光。"

3

柯米的车子停在了秦夕住的楼下。柯米随在他的身后，顺着楼梯向楼上踏去。她这时忽然奇怪起来，心道："我今晚怎么到这个地方来了？"那感觉就像梦醒一般。她后悔起来，万一被公司的员工看到她跟一个英俊的男孩子走进一间出租屋，传出去那么难听。虽然自己问心无愧，但别人的眼睛可不会分辨是非。

后悔归后悔，既然已经到了这里，只有硬着头皮上去了。她又安慰自己道，自己光明正大的，为什么要心虚呢？

秦夕可没有感觉到柯米的情绪变化，走到自己房间门口，喜滋滋地对身后的柯米说道："这就是寒舍了！"每次有人来看他的藏品，他总是这么兴奋。

他麻利地将门打开，开了灯。柯米进屋后，纵然有心理准备，也不禁让眼前琳琅满目的枪支惊得瞪目口呆。半晌，才说道："你买这么多枪干吗？吓了我一跳。"

她所表现出的惊讶，正是秦夕所期望的结果。他笑道："因为我从小就有一个梦想，就是当一名军人。现在没当成，只能收集这些玩意来安慰安慰自己了。"

"那你当时为什么不去当兵呢？"

秦夕关上门，搬过来一张凳子，用手仔细地擦了擦凳面，让柯米坐下后才说道："是我爸当时不同意。他说好铁不打钉，好汉不当兵，死活都不让我去。"

"你爸是干吗的？"柯米觉得坐着不舒服，刚坐下又站起来说道。

"年轻时是打铁的。"秦夕说道。

说完，俩人都笑了起来。

几乎每个首次来秦夕住处的人，秦夕对他们做的第一件事，就是夸夸其谈地给他们讲解他的收藏品。对于柯米，在她没进屋之前，他的这种表现欲还非常的强烈，仿佛以她这种身份的人能听他讲解，更能体现出他收藏的价值。

可柯米进得屋来，他却不知从何说起。他忽然感到她是一个跟别人不一样的人，惨白的灯光下，她高贵了许多，是一种凤凰落进鸡窝里的尊贵。

床头柜上整整齐齐地摆了两摞子书，有柯米那么高。柯米随手拿起最上面的那本，诧异道："你这么喜欢看书呀？这么多书你都看完了吗？"

秦夕倚着门旁的货架，双手抱胸，笑道："这只是我看的其中一部分，大部分的书都放在床下了。"

柯米回头看着他，笑道："真看不出来，怪不得你怪怪的。"

"怪跟看书有关系吗？"

柯米没有回答他，而是问道："你哪来那么多时间看完这些书的？"

秦夕还是倚在那里，笑道："正因为时间太多了，所以才会去看书。正如法国的孟德斯鸠所说，为什么要看书，就是以人生无法回避的寂寞时光来换取美妙的时光。"

这句话似乎让柯米找到了共鸣，看着他，脱口说道："你也会寂寞吗？"寂寞的人最感兴趣的总是跟她同样寂寞的人。

秦夕没有听出她的话外音，笑道："看书就不会寂寞了。"

"如果我像你这样爱看书就好了，也不用整天闷得慌。"柯米叹了口气说道。

"不会吧？像你这样的大忙人也会闷？你每天下班后都没有事做吗？"秦夕有些奇怪，看她还站在那里，又道，"你坐啊！"

柯米在床边坐下后，随手翻了翻手中的书，苦笑道："每天下班后除了看电视就是睡觉，能有什么事做？"

秦夕寻思道："咦？这事我怎么没听李婶提起过。"以前他在柯米家里维修水电时，李婶总是跟她说柯米是如何如何的幸福，让她如何如何的羡慕，没想到另有隐情。秦夕来了精神搬了张凳子在柯米对面坐了下来，说道："那你为什么不出去玩？你那么有钱，不像我们有的时候想玩，却没钱玩。"

"有钱又怎样？一个人出去除了买东西还能干什么？那还不如在家里看电视。今天晚上我是第一次一个人出去玩，没想到就被你们看到了。"

"你可以让董事长陪你去啊！男人嘛，就是为女人而生的。"

"他？不提也罢！"柯米苦笑道。

秦夕听她的口气，以为是林联棋在外面拈花惹草冷落了她。想到自己所爱的人此时也正在酒吧跟别人谈情说爱,不禁感到身受地说道:"那你一定很不快乐?"

柯米沉默不语,紧紧地蹙起了眉头。

并不太熟的两人坐在一起聊天,伤感的沉默总是让人感到窒息得手足无措,秦夕干笑两声说道:"你不会是真的不开心吧?我看你真是傻的可爱,你干吗不开心呢?你不知道有多少人在羡慕你,你应该很高傲很快乐地活着呀!"

"只有我羡慕别人,谁会羡慕我?"柯米淡淡地说道。

"我看你真是看不开,要不我给你讲个故事吧?"秦夕说道,见柯米没有反对,接着又道,"故事是这样的,有一个人问一个乞丐,说,你为什么不快乐呢?乞丐一听就不高兴了,骂道,他妈的,老子是乞丐,有什么好快乐的。其实呢,他心里又想,如果能让我攒足一百个金币,我就快乐死了。"

柯米见他学着乞丐苍老的声音说着粗话,莞尔一笑,说道:"什么意思?"

"这么简单,你都听不出来?意思就是说,知足就是快乐嘛!你看你现在所处的地位,是有些人一辈子努力的目标,你难道还不知足吗?"

柯米笑道:"那你有没有听说过,一个人的快乐是快乐,两个人的快乐才是幸福?"

"谁说的?我怎么没听过。你老公不快乐就一定要你跟着不快乐呀?什么道理嘛?既然你老公做了对不起你的事,你就不要在乎他快不快乐了,只要你自己快乐就行了呀,气死他。"

柯米笑出声来,说道:"谁跟你说林联棋做了对不起我的事了?"

秦夕无语,对呀,谁跟他说林联棋做了对不起她的事了。

柯米脸色又黯淡了下来,又道:"如果他真的能做出对不起我的事那就好了。"她不知道为什么要跟秦夕提起她心中一直不愿提及的东西,也许是她早就想对别人倾诉她心中的苦衷,心地柔弱的人都是这样,自己所受的委屈总是希望有人同情,有人安慰,只是她一直找不到值得信任的人。秦夕的坦爽,让她颇为亲切。

秦夕从她的话中却在猜测着另外一层意思,难道这跟她三年多都没有怀孕有直接联系吗?林联棋真的不能做出对不起她的事吗?

一阵死寂的沉默。柯米感觉自己有些说漏了嘴,见到柜子上的那摞书下面压着一封信,有大半截露在外面,便抽了出来,转移话题说道:"这是你女朋友写给你的吗？"

"不是，我还没有女朋友。"

"我看也不像，字写得跟小学生一样。"柯米又重新将信放回柜子上。

秦夕起身又将那封信拿起来，递到她的面前，说道："不是女朋友写来的，你可以看看嘛。"

柯米笑道："我不喜欢看别人的隐私。"

"这不是我的隐私，泥鳅也看过。"秦夕笑道，又道，"也许你看完这封信，会从另外一个角度了解我，改变你以前对我的看法。"

柯米疑惑地接过信，在好奇心的驱使下，她拆开了信。只见信上歪歪斜斜地写着：

敬爱的秦夕哥哥：

你好！你给我寄的学费跟生活费我已经收到了，我跟我爸爸都很感谢你。我爸爸说，你对我们家的恩情，我们就是下辈子做牛做马也报答不清，但是我告诉爸爸，等我以后读书有出息了，这辈子就会报答你对我们家的恩情了。

我现在在学校里过得很好，老师对我也很好，还经常夸奖我，请你不要担心。秦夕哥哥，你放心，我一定不会让你失望的，我一定会考上一个好的大学，让你为我骄傲的。

秦夕哥哥，你在信中说，有空要来看望我们，是真的吗？我爸爸听说你要来，非常高兴。他说一定要把家里的那只大公鸡养到你来为止，然后把它杀了来招待你。你可一定要来哦！

秦夕哥哥，我这几天还一直在想一件事情，现在我想告诉你，你不要笑话我。你以前不是说，我长大以后一定会很漂亮吗？如果你还像我三叔一样，到时还讨不到老婆的话，那我长大以后就嫁给你。我知道我还是个小孩子，但我说话算话，绝不反悔。

好了，秦夕哥哥，就写到这里了，你可一定要来呀，我跟我爸真的都很想你。

受恩人：周梦情

×年×月×日

秦夕一直在坐在她的对面关注着她的表情变化。柯米刚把信从眼前放下，他便迫不及待地问道："怎么样？有没有看懂？"

柯米将信折起，又放进信封里说道："不太懂。好像这个小女孩家里欠了你不少钱，还让你给她交学费。"

秦夕得意地笑道："不完全是。她是我去年去四川旅游的时候，一个导游介绍给我认识的。这个小女孩叫周梦情，今年才读小学五年级。她妈在前年的时候得癌症死掉了。我看她很聪明，不读书太可惜了。所以我每年就给她寄点学费过去，希望她以后能有点出息。"

柯米笑吟吟地看着他说道："真看不出来，你还这么有爱心。"

"你的意思是我平时没有爱心，尽对你使坏心眼了？"秦夕笑道。

柯米笑道："我不是这个意思，我的意思是说，现在这种社会，像你这么有爱心的人不多了。"

"哪里？"秦夕虽然喜欢被人夸奖，但被她夸起来，却浑身不自在，又道，"不过，这个小女孩长得挺漂亮的，是个美人胚子，长大后肯定跟你一样漂亮。"

柯米脸微微一红，笑道："我又不漂亮。这个小女孩挺好玩的，她竟然说长大以后要嫁给你。她是怕你娶不到老婆吗？"

秦夕笑道："对！像我这样的年龄在他们那里已经算是超大龄青年了，基本上就不会再娶到老婆了，也就是个光棍的苗子了。虽然我也跟他们解释过，我说是我自己不想那么早结婚，可他们却不相信，以为我在撒谎。我记得上次在他们家里，周梦情的父亲还很感慨地对我说，你知道他跟我说什么了吗？他说，像你这样的好人，却娶不到老婆，真是上天无眼哪！你说郁不郁闷？"

"真的？"柯米笑了起来，"你的年龄很大吗？我倒看不出来。"

"今年都二十六了，你说大不大？"

"是不小了，我二十岁的时候就结婚了。那你为什么不结婚呢？"

"不想那么早结婚，结过婚就又多了一种责任。"秦夕叹了口气说道。

提起责任，柯米不禁想起了林联棋，他对她负过责任吗？

那天晚上，她跟秦夕聊了好久，忘记了时间的存在，她的生活好久没这么充实过了。等她想到该离开时，抬手看表，已凌晨一点多了。她惊诧不已，忙起身准备离开。

秦夕没有挽留，只是让她稍等一下。她停住脚，问道："有事吗？"

他这时从柜子上抽出一本书，递给她说道："这本书送给你。"

柯米笑道："我不喜欢看这类书的，你的好意我心领了。"

"你还没看怎么知道不喜欢呢？这本书是亚里士多德写的，叫《尼各马可伦理学》。你不快乐的时候，不妨看看，书的最后几章会告诉你，快乐是什么。写得很好，拿着！"

柯米笑道："那我自己去买吧！"

"你这人怎么这么急人呢？我秦夕难得送东西给别人，你还这么不给面子。你不知道有多少人哭着求我向我要这本书，我都没给，这是我最喜欢的一本书了。我看你不开心才送给你的。这书这里买不到的，我还是从上海买回来的。"

盛情难却，柯米接过书，说道："那谢谢你了，等有机会我也送两本书给你。"

"不用了，你又不知道我喜欢看什么样的书。"

"也对！"柯米笑道，"那我走了，今晚真不好意思，打扰你了。"

"你总是这么见外，一个人回去不害怕吧？"秦夕笑道。

"没事的。"

"我还是下去一趟吧，村里没有路灯。我站在路边，你往前走就不会害怕了，等出了村，就有路灯了。"

柯米也没有推辞，现在半夜三更，村里到处静悄悄，黑咕隆咚的，万一路边冲出一个人影或其他什么的，想想心里都发毛。

柯米上车后，秦夕立在车外静静地看着，车内微弱的灯光下，见柯米正在叨咕着她的钱包，并没有开车的意思。就在秦夕微微急躁时，她从钱包里拿出一沓钱又走出车外，递到秦夕面前。她还来得及开口，秦夕就不高兴道："你这是什么意思？"

"我想让你帮我把这两千块钱转交给那个叫周梦情的小女孩，可以吗？"柯米微笑道。

秦夕紧绷的脸立即舒展开来，喜笑颜开地说道："没问题，你的一片心意我一定帮你转达。没想到我送你的这本书你还没看，就开始领悟其中的精髓了。"

"领悟什么精髓？"柯米纳闷道。

"这本书有这么一个观点，善就是一种快乐！"

"是吗？"柯米笑道。

看着柯米上车远去,一直消失在黑暗与灯光的交接处,秦夕才喜滋滋地拿着两千块钱上楼去了。

4

柯米将车停入车库后,见客厅的灯还亮着,心中竟有几分紧张,借着车库的灯光,仔细地看了看自己的衣服,也没什么异样,看完又觉得好笑,那么神经质干吗?又没做什么亏心事。

进入客厅后,果然吻合了她的猜想,林联棋正坐沙发上等着她。他一向不抽烟的,客厅里此时却弥漫着浮浮袅袅的青烟和一股扑鼻而来的优质烟草味。

听着脚步声,林联棋头也没回,熄灭了手中的烟蒂,冷冷地说道:"回来了?"

柯米"嗯"了一声,没有说话。

"你今晚去哪里了?"林联棋忽然转回头来冷冷地盯住她。

"看电影去了。"柯米说道,她不明白自己为什么要撒谎。

林联棋"哼"了一声,说道:"看电影?我看没么简单吧,也不看看现在几点了。"

"你不相信就算了。"柯米自顾往楼上走去,想到下午的事,心中还有一股怒气在涌动着。

"你说你去看电影,那你手上这本书哪里来的?"林联棋又追问了一句。

"朋友送的。"柯米在楼梯的转弯处停下脚步回过头说道。

"哪个朋友?我怎么没听你提起过。"

"我也是刚认识的。"柯米说道。

"男的还是女的?"

"这重要吗?"柯米说完就往楼上走去,要不是为下午请他看电影的事,她也不会用这种语气跟他说话。

林联棋随后快步追了上来,在卧室门口堵住了她,横眉盯着她说道:"柯米,你还有没有把我当成是你的丈夫?"

柯米站在门外,望着他的眼睛,嗤笑一声说道:"林联棋,这句话亏你也好意思说得出口。我倒想问你，你把我当成是你的老婆了吗？你关心过我吗？"

林联棋愣了一愣，说道："我怎么没有关心你了？难道你嫁给我以后过得不舒服吗？什么时候让你吃过一点苦了，饭来张口，衣来伸手，你还想怎么样？天底下又有几个女人像你这样的？"

柯米不屑地摇了摇头，苦笑道："林联棋呀，我看你的脑子真的是被钱给塞满了。难道你就一直认为我王柯米嫁给你，就为贪图你家的荣华富贵？我现在越来越发现真的很难跟你沟通了。你认为我过得很舒服，是吧？那我倒想问问你，动物园的猴子你见过吗？它在里面也是饭来张口，衣来伸手，如果你是那只猴子，你会觉得舒服吗？"

林联棋皱眉道："你的意思是，我不给你自由了？"

柯米用沉默来表明了她的意见。

林联棋急了："我什么时候不给你自由了？又没有人把你关起来，我还给你买了辆豪华轿车，你想去哪里不可以呀？"

柯米淡淡地说道："既然你给我自由了，那我只是晚上出去一趟，你把我堵在这里干吗？"

林联棋一时无言以对，柯米乘势从他身边走了过去。

柯米的性格就是这样，温柔起来柔情似水，倔强起来比牛也差不了多少。

林联棋愤愤地又到楼下客房去睡了。

柯米洗完澡一个人躺在床上，可怎么也睡不着，她的脑子像烧开了水的锅，翻腾着秦夕的身影，避之不开。她对他有一种很奇怪的感觉，说也说不出来，这种感觉在她刚认识林联棋时也曾有过。

她努力克制自己不去想，因为这种感觉是罪恶的。可她刚把自己的思想骗向别处，转了一圈它又会自动地回到原处——那块令她忌讳的禁地，仿佛秦夕正拿着一根绳子拴住她的思想，任她如何躲避，也只是围着他徒劳地打转而已。最后她实在是没辙了，只有自我安慰道："他只是我一个聊得来的朋友而已，想想他也是应该的。"

由于她的放纵，她的思想便放肆地在她的脑海里放起了电影——她跟他认识的每一个情节。她想起了她第一次送他回家的那个晚上，清晰地记得她把他送到村口时，他不经意地说了一句："前面没有路灯了，我怕你一个人回去会害怕，所以这点路我还是走回去吧！"想到这里，她蒙着头笑了，她一直被这句话感动着。也许男人能打动女人芳心的，并不一定是花言巧语的献媚，或许只是无意间的一句关心。

当微弱的晨光混淆了惨白的月色，透过落地窗倾泻在光滑的柚木地板上时，柯米知道她失眠了，有一种愧疚的罪恶感袭上了心头。

第二天，柯米强求着自己疲惫的身体上了一天班。晚上回来时，林联棋却出奇地先她一步到了家，从他春光得意的脸上不难看出，今天遇到什么喜事了。

柯米刚进门，他就笑眯眯地搂住她的肩膀，一直走到客厅的沙发旁，才坐了下来。反常的举动，让柯米浑身起了鸡皮疙瘩。

林联棋坐在柯米的身边，双手握住她的一只手放在他的腿上，柔声细语道："柯米，我昨晚想了一夜，觉得你一个人在家里确实挺寂寞的。人活在世上并不是吃得好，穿得好那就开心了，关键还得玩得开心。"

柯米有点不敢相信自己的耳朵，心中不禁喜欢起来，以为他终于开窍了，精神为之一振，活跃着脸说道："联棋，你终于想通了？"

林联棋笑道："当然想通了，夫人开心我才能开心嘛！"

柯米早忘记了昨晚三心二意的想法，兴奋地搂住林联棋的脖子，激动地说道："联棋，你真好！"她松开了手，双手扶着林联棋的双肩，睁圆了眼睛说道，"那你以后可以天天陪我了，对不对？"

林联棋尴尬地笑道："我当然想每天下班后就回家陪你了，可是你看我每天那么忙，公司还有那么多事要处理，我是心有余而力不足啊！"

一种被戏弄的感觉让柯米脸色铁青了下来，冷言道："那你刚才说想通了，是什么意思？"

林联棋堆了一脸的笑："柯米，你先不要着急，听我先把话说完嘛！我不陪你，不代表没人陪你呀！"

柯米只道他在含沙射影，凝色道："你这话什么意思？"

林联棋笑道："我看你一个人在家里闷得慌，出去玩吧，我又不放心，万一出了什么事，你让我怎么办？所以我今天特地给你找了一个保镖，以前曾是女特警，我让她二十四小时保护你。这样，不但有人陪你一起出去玩了，还可以保护你的安全，那样我也放心了。我跟她说好了，让她明天来上班。"

柯米一听，火气旺了，倏忽从沙发上弹了起来，冷笑道："林联棋，你不相信我？找个人来监视我？"

林联棋又是赔笑，说："柯米，你想到哪里去了？我这不是为了你好嘛，看你一个人无聊，又不放心你，你不要把我的好心当成驴肝肺哟。"

柯米"哼"了声，说道："好心？如果你是真的好心的话，你干吗自己不陪我，却要找个不相干的人来陪我？你不要总是跟我说你忙，忙的人我见多了，像你这样忙得不顾家的，我倒是第一次听说。我告诉你，我不喜欢拐弯抹角，如果你不相信我的话，你可以跟我明说，没有必要搞这些的。"说完，她转身向楼上走去。

林联棋也冲动起来，在她身后叫道："如果你问心无愧，这么心虚干吗？"

柯米转过身，气得呼吸也粗犷起来，冷笑了一声道："你终于说实话了，原来你是真的不相信我。既然你不相信我，那我们还是离婚好了。"说完，她飞快地往楼上跑去，眼中噙满了泪水。

林联棋呆呆地站在那里，柯米提到跟他离婚太让他意外了。在他眼里，她已经是一个被他用金钱牢牢控制住的女人。他一直认为这个女人野心很大，城府很深，只是外表单纯得毫无痕迹。就算她背叛他，也只是一时耐不住寂寞，在他金钱的磁性下还是飞不出他的五指山，要不然她当时为什么要嫁给他，自己长得又不怎么帅，比那个叫什么左广涵的要差远了，说到底，还不是为了钱。

现在柯米竟然主动提出跟他离婚，也就是她愿意放弃他所能给她的一切，这让他心坎里一直亘古不变、一厢情愿的理论动摇起来。

"我就不相信，这个世上还有不喜欢钱的人。她一定是犯糊涂了，等明天再哄哄她就没事了。"他想。

也许他从来没有试图去真正地了解过她，因为他心中镌刻着一条世人公认的定律，就像牛顿的万有引力定律一样，百试不爽！

金钱是他人生最大的筹码。

Chapter 10
梅开二度

1

秋，已经很深了，在枯黄的落叶中见到了它的萧瑟。

柯米比以前也更孤独了。白天越来越短，在她的心中却长了许多，愈加难熬。"每天能开奔驰去坐牢，全世界也大概只有我一个人了。"她经常这样想。

有的时候，她也会静下心来看着周围忙碌的人们，不由得就会想起老家屋前的老槐树下，夏天成群成群的蚂蚁，她感到可笑。

在她眼里，全世界也只剩下她一个在孤独地活着，其他的人跟街边的树木一样，已经被秋风枯萎了绿色，只剩下一条虚度的生命。他们已经不是正常人了。有时，她也会忽然觉醒，是自己不正常了。

每日下班后，她再也不开电视了，电视的噪音更使她焦虑不安。刚开始，她会到李婶的佣人房去聊聊天，后来聊得多了，只剩下四只眼睛默默地互相瞪着。再后来，她干脆回来后便蒙头大睡，睡不着，就起来翻起那本《尼各马可伦理学》。兴致好时，也能翻上几页，兴致不好时，看不上一页就会气急败坏地将书扔在床头柜上。

日复一日，已闻到冬的气息了。泥鳅跟夏芷雪的恋情似乎已经确定了。

这一点,并不是秦夕已经感觉到了,而是全维修科的人都已经知道了。好在秦夕擅长自欺欺人,也就自以为是地习惯了。

那一日,明媚的太阳像烤红的煤球,卖力地温暖着几乎要承受不住寒冷的人们,照得人的骨头都散了架,提不起精神。

下午一点多钟,钱华良找到秦夕,李婶刚才打电话给他,说别墅的监控坏了,让他派个人过去维修一下。而整个维修科也只有秦夕最熟悉别墅的线路,所以这个任务一直都是非他莫属。

钱华良找到他时,他正跟泥鳅坐在维修科材料室的角落里抽着香烟。两人边抽边聊,惬意了得。公司有明文规定,员工在上班时间不准抽烟,而这个角落无疑就成了秦夕和泥鳅专用的吸烟区了。赵尉成跟孙玉谷早有举报之心,只可惜举报无门,就算是科长看到了,也只会一笑了之。

提起去别墅,秦夕不由得想起了柯米,心中荡起了她天真又高贵的笑容。他平时也会想起她,想起时他就会傻笑着摇摇头,那感觉太不现实了,她也许早把他给忘了。

跟泥鳅到了别墅,是李婶给他们开的门。门刚打开,李婶就忍不住笑道:"秦夕,又是你们师徒呀?公司难道就没人了吗?"

秦夕笑道:"李婶这是什么话?好像是很不欢迎我们似的?如果你不欢迎我们的话,那我们就回去了。到时就算你哭,我们也不来了。"嘴上虽这么说,人还是走了进来,又道,"我们自行车放在外面没事吧?不要被人家偷去了。"

"就你们俩人那两辆破车,送给人家,人家未必会要。"李婶嗤笑道。

"什么破车呀?李婶你说话可得凭良心呀。你到门口去看看,我那辆私家车还崭新崭新的。我才买个把多月,还是个黄花大闺女哩,就被你败坏了声誉。"泥鳅笑道。

李婶笑道:"人小鬼大,没正经。"

"要不我把车推进来,放到董事长的车库里,免得又被人家偷去了,又得心疼得几个月吃不下饭了。"秦夕笑道。

"你成精喽,几个月不吃饭。就你们那破车推进来,被董事长看见了,还不骂死你们。放在外面没事的,不是有监控吗?"

"你不是说监控坏了吗?"秦夕疑惑道。

"噢,噢!"李婶拍了几下脑门,说道,"你看我这脑子,我都忘了你们就是来修监控的。"

"就因为监控坏了，所以我才觉得车放在外面不安全。现在是你不让我们把车开进来的，到时车要是被人家偷了，你可得给我们赔钱哦。"秦夕一脸认真地说道。

"我给你们赔钱？你想得倒美，就是你们连人也丢了，也不关我的事。"

"所以说李婶，你就是太铁石心肠了。"

他们边说边走，已到了主体房屋的门口，秦夕转过头对泥鳅笑道："把工具箱放在门口吧，我们先进去坐会儿！"

"不准坐！先把监控修好了再说。"李婶在一旁嚷嚷道。

秦夕咂了下舌，说道："李婶，你看你到更年期了吧，性子这么急。我们骑了这么远的路，出于人道主义，也得让我们先进去喝杯茶，歇歇脚。"

"想喝茶回家喝去！"

他跟泥鳅了解她的脾气，便没有理她，各自拿了双拖鞋，进了客厅，在沙发上大大咧咧地坐了下来。秦夕又叫道："李婶，麻烦你给我们倒两杯XO过来，谢谢！"

李婶在门口刚把他们脱掉的鞋子摆放好，这时直起腰说道："你想得倒美，你以为这是你家噢！我来这么久，都没有喝过。"

"那你干吗不喝？有权不用，过期作废。你先给我们倒两杯过来嘛！"秦夕头仰在沙发上向后叫道。

"不行，你还是死了这条心吧。"李婶这时也已走进客厅。

秦夕转头对泥鳅说道："求人不如求己，泥鳅，你去倒两杯过来。"

"你们敢！"李婶拦住了准备去隔壁的泥鳅。酒就放在隔壁的小客厅里，那里是林联棋招待贵宾用的，里面的货架上琳琅满目地摆满各式各样的名酒。

泥鳅笑嘻嘻地说道："李婶，又不是你的东西何必那么认真呢？何不做个顺水人情，等将来你老了，我们也能提点东西去看望看望您老人家。"

李婶撇了下嘴，不屑地说道："哼，去看望我？就你们这两个混球会那么好心？"

"你不要总是门缝里看人嘛，怎么说大家也那么熟了，说这些见外的话多伤感情。"说着，他从李婶身边绕了过去，向隔壁小客厅走去。

李婶没有再阻拦，在他身后叫道："少倒一点，别倒那么多。那些没有开封的酒你千万不要动。"她拿这两个活宝是一点办法都没有。

Chapter 10 梅开二度

"知道了!"泥鳅头也不回地应道。

"不知道公司怎么又派你们两个小混球过来维修,简直就是强盗。明天我要打一份报告,向你们领导好好反映反映。"李婶站在那里喋喋不休地说着。

秦夕坐在沙发里向她招手道:"李婶,你不要着急嘛!先坐下来,我陪你聊聊天。"

"谁要跟你聊天,你们两个小混球,我的饭碗迟早有一天要被你们端掉。"

"没事的,如果董事长不要你了,你就到我那里去上班,我也照样付你工资。"秦夕笑道。

"就你?我看你自己都快穷死了,还付我工资?"李婶藐了他一眼说道。

这时,隔壁传来泥鳅的叫声:"秦夕,你过来看看,这些酒上面都是英文,我不知道哪一种好。"

"我也不知道,你随便挑一瓶,这里不会有垃圾货的。你看哪种酒年代比较长一点的,最好是一九八几年的,那最好了。"

泥鳅没有再做声,李婶耐不住性子,说道:"我过去看看,不要把小客厅搞得乱七八糟的,董事长回来又要发脾气了。"

她还没走到小客厅,泥鳅就颤颤巍巍地端着两个高脚杯走了过来,暗色血迹一般的酒在酒杯里泛起的涟漪快要溢出了杯口。李婶立刻嚷嚷开了:"你这个混球,要死了,你倒这么多干吗?董事长回来要是看到瓶里的酒没了,你让我怎么交代?"

泥鳅嬉皮笑脸地说道:"你别怕呀,天塌下来还有我们这些高个子的给你顶着哩。你就放一百个心吧,这两杯酒我不是在一个瓶里倒的,董事长是绝对看不出来的。"

"你们两个混球,我迟早要死在你们手上。"

"李婶,你好人有好报嘛!"

李婶哼了一声,便朝小客厅走去,看看有没有留下异样的痕迹。在得到满意的视觉感受后,便又折回客厅。秦夕跟泥鳅正坐在那里不紧不慢地在碰着杯,她便催道:"你们两个不要磨磨蹭蹭的,赶快把酒喝了,把监控给我修好,董事长马上就要回来了。"

秦夕在茶几上放下酒,笑道:"还早嘞,现在才两点多钟。"说着他从身上掏出一包烟,挑了一支递给泥鳅,还未点燃,就被气急败坏冲过来的李婶从他们手上夺了过去。她把两支烟放在手心里揉成一团,塞进了秦夕上衣的口袋里，忿忿地说道："你们俩真的要死了，你们想害死我呀？你们上次来的时候在这里抽了烟，董事长一下班就闻出来了，问我有没有人在家里抽烟。那次把我吓死了，你们倒好，又要抽了。"

秦夕笑道："真不好意思，李婶！你干吗不早说呢，早说了，我们不就不抽了嘛！"

李婶朝他翻了个白眼："我上辈子真是欠你们两个的。"

喝完酒，秦夕便打发泥鳅去检修监控了。当李婶拿着抹布过来擦拭茶几上的酒迹时，秦夕开口问道："李婶，我想问你点事！"

李婶见已有人去维修了，便在他身边安心地坐了下来，说道："什么事？"

秦夕深吸了一口气，说道："你说王总她每天回来都干些什么呀？"

李婶将手中的抹布放在茶几上，又转头四处瞧瞧，虽无他人，她还是压低了嗓子说道："你是说王总呀？她最近不知是怎么回事，总是怪怪的。每天回来吃过饭就上楼睡觉了，也不看电视。前一段时间，她还每天到我的房间里跟我聊天，后来我跟她能聊的都聊完了，她就不下来了。"

"她不出去玩吗？"秦夕又问道。

"她从来不出去的。以前她回来时就让我陪她在客厅里看电视，可自从她上次夜里回来得晚了，董事长对她发过脾气以后，她就连电视也不看了。"

"董事长对她发脾气了吗？"秦夕惊道。

"也不是发脾气，就是不高兴了。我当时在房里没敢出来，听他们好像在吵架。"

"他们经常吵架吗？感情是不是很不好？"

"不，他们很少吵架，不过感情也好不到哪里去，因为董事长从来不跟王总睡在一起。"

"他们不睡在一起？"秦夕觉得不可思议。

"对呀，我没跟你说过吗？反正我来了两年多了，很少看到他们睡在一起，一年最多也就一两次。"

秦夕诧异起来，这时不禁想起柯米上次曾无意中说起的那句话。"如果他真的能做出对不起我的事那就好了。"他上次在脑海里生成的想法在李婶的话中仿佛得到了印证。他便问道："你说，会不会是董事长不行呢？"

李婶想了想，道："这谁知道呀，也有可能。"

"那你上次干吗跟我说，王总是世界上最幸福的女人，你都羡慕死了？"

"她本来就是这个世界上最幸福的女人，吃最好的，穿最好的，还有佣人伺候，还要怎样啊？如果我下辈子能这个样，我就心满意足了。"李婶反驳道。

秦夕开始沉默了，原来她真的这么孤独，他开始同情这个女人了。

李婶见秦夕倏忽间郁郁寡欢起来，一副爱理不理的样子，便觉无趣，起身准备离去。她刚走出没两步，又回头不放心地交代秦夕："我跟你说的，你千万不要告诉别人。"

"李婶，你还不放心我？"秦夕笑道。

"我不是不放心你，只是提醒你一下。"

秦夕笑笑，站起身来说道："我想到王总房里去看看。"说完便朝楼梯走去。

"你不要乱动她的东西呀！"李婶嘱咐了一句。对这师徒俩的人品，她是向来放心的。

进入柯米的房间，跟以前进她房间随意参观时的感觉截然不同。她房间的空气似乎也变得格外安静，屋子里死气沉沉的，让他蓦然感到，这不是一间高档卧室，而是一间停尸房，那样的凄凉。

他眼睛在房间内跑了一圈，偶然发现床头柜上那本书，他不禁怦然心跳。他拿起书，随手翻了几页，无限感慨。看来这本书并没有给她带来快乐，反添了无尽的烦恼。

他又在柯米的床边坐了会，感受这种豪华的寂寞。这时，楼梯上传来急促的脚步声，他忙起身刚走到门口，见是泥鳅，便问："修好了没有？"

泥鳅气呼呼地说道："我找了半天，也找不出原因，还是你去看看吧！"

2

柯米驾车往家中驶去，路边的景色依然如故，绿叶已在不知不觉中苍老了容颜，稀稀落落地摇曳着，苟延残喘地笼络着大树的无情。她感到自己就像一片树叶活着，生活中除了白天就是黑夜，再无其他，想象的未来中一片空白，一直到它凋零的那一天。她害怕上班，也害怕下班，她在渴望什么？究竟在期待什么？她自己也说不上来。

回到家中，跟往常没什么不一样，机械性地吃点饭就上楼睡觉了。

躺在床上,翻来覆去地睡不着,心中焦虑地窝着一团火。她打开灯,习惯性地将手伸到右边的柜头上摸索着,却空空如也,书呢?她索性坐了起来,再仔细看看,书却跑到了左边的柜子上。书翻开着,且用杯子压着随时准备弹回的封面。她刚进卧室却没在意。

她的第一个念头就是,有人上来动过她的书。她从来没有把书放在左边柜子上的习惯,更没有用杯子压过。会是谁呢?一定是林联棋。难道他还不相信我,想在书里找什么证据吗?

她气愤地移动着书上的杯子,偶然看到书的扉页多了几行陌生的文字,这几行字以前好像从未见过,只见上书:周梦情已回信予我,她让我替她给你转述一句话:大恩大德,永世不忘。

疑惑地看着书上的几句话,心中悸动不已,仿佛接收到了共鸣的信号,唤醒她心中沉睡的火种。蓦然间,她感到那团火已经开始燃烧,越来越旺,熔化了冰冻已久的渴望。她胸脯急速跳动起来。

可短暂的一瞬间后,她蠢蠢欲动的心又恢复了平静。怎么可能会是他,他怎么可能到她家里来呢?肯定是这几行字原来书上就有,只是自己没注意罢了。可她又转念一想,书上的字明明就是针对她写的,难不成是林联棋知道了这件事,故意来刺激她的?仔细看看,也不是林联棋的笔迹。

去问问李婶,事情不就清楚了吗?心中抱着一丝希望,跳出了被窝。

李婶正在厨房里擦拭着厨具,听到柯米叫她,慌忙在围裙上马虎地擦了下手就跑了出来。问道:"王总,你叫我吗?"

柯米还站在楼梯的扶手边,点头道:"嗯!我想问你,今天家里有没有来人?"

"没有!"李婶转了下眼珠说道。

柯米有几许失望,但还不死心地追问了一句:"真的没有?"

"是真的没有。如果有人找你的话,那我肯定早就会通知你了。"李婶认真地回答道。

"我不是说一定是找我的人,其他任何人都没有来过吗?"

李婶想到了秦夕,额头沁出细细的冷汗,惊道:"你屋子里是不是差什么东西了?"

"那倒没有,你这么紧张干吗?"

"那就好!"李婶缓了口气,又道,"今天家里只来过两个维修的电工,家里的监控坏了。"

柯米眼睛一亮，问道："是不是公司的电工？"

"对呀！"李婶有些奇怪。

"他们叫什么名字？"

"一个叫秦夕，一个叫李丘，他们是师徒俩。"

柯米生出几许欢喜，说道："李婶，我要出去一趟。"

"噢！"李婶呆呆地站在那里，看着含笑上楼去换衣服的柯米，纳闷不已。好久没有见过她笑过了。

秦夕的住处一切都没有变，只是比上次多了一轮皎洁的明月。

车子停在秦夕的楼下，柯米却犹豫了，我怎么一时冲动真的就跑过来了，我该去见他吗？在车内挣扎了好一段时间，自己才终于跟自己达成了协议，朋友嘛，看看也是正常的。她硬着头皮下车向楼上走去。刚爬上两级楼梯，心中又犯嘀咕了，上去后见面该怎么开口？难道说是老朋友好久不见想他了吗？真是难以启齿。思来想去，觉得这样冒昧拜访又失妥当，羞于颜面。

她带着很浓的失落感向车子走去，她不应该来。开启了车锁，又有几许遗憾袭上心头。开了又锁，锁了又开，反复几次，终于铁下心来，有机会下次再来吧。

刚打车门，准备进车时，听身后有人叫道："王总，怎么有空到这穷乡僻壤来呀？"

柯米的心顿时提到了嗓子眼，满心激动地回过头来，果真是秦夕。朗朗的月光下，他还穿着工作服，提着一个塑料袋，还是她熟悉的那种笑吟吟的表情。她语无伦次地说道："我顺便到这边来看看。"

"王总是来找我的吗？"秦夕笑道。

柯米不知该怎样回答，却巧秦夕又追加了一句："既然来了干吗不上去呀？到我这里你就别客气，当成自己家一样。走，上去吧！"他就没好意思说，我到你家也没客气过，今天连你家的酒都偷喝了。

柯米心想，他还是那个样，一点都没有变，可是我好像已经变了，变得我自己都有些不认识自己了。

进屋后，秦夕将手中的塑料袋放在门旁的货架上，指着床边对柯米笑道："你坐那里吧，我看你挺喜欢坐那个地方的。"

柯米的内心还在尴尬地痉挛着，不知该怎样接口，只是莞尔一笑，便在他的床边坐了下来。

秦夕又道:"你是不是看到我给你的留言了?"

"对,看到了!"

"是不是很惊讶?"秦夕坐到桌子上笑道。

柯米笑了笑,没有回答。

秦夕接着说道:"本来我也没有打算给你留言的,我以为你肯定早已把我跟梦情给忘了。没想到我今天无意中会看到我送你的那本书,还在床头放着,我就知道你还没有忘记我这个朋友。于是一时冲动,就写了那段话,让你知道远方还有个小女孩在惦记着你,希望你能开心起来。"

"谢谢你!"柯米动容道。

"你不用谢我,你自己种下的善因就应该得到善果。我今天才知道,你一个人在家里连个说话的人都没有,太寂寞了。虽然别人都很羡慕你,但我今天在你的房间坐了一会儿,却非常可怜你。如果你信得过我的为人的话,以后没事的时候就到我这里来坐坐,聊聊天,心情或许会好一点。"他看柯米愣愣地瞅着他,不好意思道,"你不要误会,我只是以一个朋友的身份跟你说这句话的。当然,那也要你把我当成朋友才行。"

"我怎么会误会呢?有机会我会过来的。"柯米说道。刚才秦夕的一席话说到她的心坎里了,原来,在这个世界上,真的只有他一个人能理解她,同情她。

"这里什么时候都欢迎你!"秦夕笑着从桌子上跳了下来,向刚才放塑料袋的货架旁走去,又道,"你晚饭吃过了没有?"

"早就吃过了,你还没吃吗?"

秦夕从货架上提过那只塑料袋,从里面拿出一桶方便面,笑道:"还没有。要不要也给你泡一桶,我买了好几桶。"

柯米惊道:"你每天就吃这个吗?"

"也不是每天都吃这个,有时到饭店去吃或者到朋友家去,今天回来得晚了,懒得再往外面跑了。"

"那你为什么不做饭呢?"

"做饭?"秦夕摇了摇头,笑道,"有的时候也想做,只是做出来的还没有猪食好看,更别提吃了。"他说着拿了两桶面放在了桌子上,剩下的连同塑料袋被他提进了厨房。

柯米忍不住笑道:"有那么夸张吗?"

秦夕从厨房里提出一个热水瓶,说道:"我跟你说,我说的一点都不夸张。

也就在两年前吧，在一个偶然的机会，我在我老家做了一次饭，不过那顿饭我没吃到，我把饭做好后就给我朋友叫走了。我回来时，我奶奶偷偷告诉我，我做的那顿饭实在太难以下咽了，所以被她倒进了猪圈，她说连那头猪都没有吃，再后来，我就把那头猪扁了一顿。"

柯米"扑哧"笑出声来，在她的印象里，好久没有这般由衷地笑过了。

秦夕将热水瓶放在地上，又道："我给你也泡一桶吧？"

"不用了，我真的吃过了。"柯米笑道。

"吃过也再来一桶。哪有主人吃饭，客人在边上流口水的。"

"谁说我流口水了，我真的不饿。"柯米笑道。

"你知道我刚才为什么要给你讲那头猪的悲惨故事吗？"秦夕忽然问道。

"为什么？"柯米纳闷。

"我就是要让你知道，凡是不吃我东西的人，下场就跟那头猪一样，被我扁。"秦夕笑道。

柯米被他逗乐了，笑道："你敢！"

秦夕不管她同不同意，也给她泡了一桶，他把面连同桌子搬到屋子中央，笑道："开饭喽！"

事已至此，柯米也不好再推辞，搬了张凳子在桌边坐了下来。她跟秦夕相对而坐，俩人都双手握住那桶还未泡开的面。四目相视，柯米感到很温馨。秦夕笑道："第一次在我这里吃饭，就吃泡面，真是过意不去呀！"

"这有什么，我挺喜欢吃泡面的。"柯米笑道。

片刻过后，桶中的面估计也差不多了，俩人刚撕掉面桶上的锡箔纸，忽传来一阵急促的敲门声，且伴着恶狠狠的叫声："快开门，查暂住证的。"

柯米吓得手中的叉子差点滑落，全身一阵轻微的抖动。这怎么办？警察问起来她该怎么说？万一他们得知她是响当当的台企董事长林联棋的妻子，他们会怎么想？更何况自己什么证件都没带，万一他们打电话到公司确认此事怎么办？到时自己真是百口莫辩。一刹那，脑中闪现出无数种可能，惊出一身冷汗。

可秦夕似乎并没感觉到她的窘况，含笑往门口走去，边开门边叫道："叫什么叫？敲门不知道温柔一点。门敲坏了，你赔得起啊？"

门开了一点缝，只听门外那人说道："你什么态度？把暂住证拿出来让本警官看看。"

门外那人边说边挤了进来。柯米定睛一看，原来竟是上次在酒吧里跟秦夕一起的那个人。

来人正是泥鳅。进门后见柯米坐在那里，愣了好一会，继而嘿嘿傻笑了两声，说道："王总也在啊！不好意思，打扰了。"

柯米给她虚惊了一场，又好气又好笑，又不便发作，只得笑笑："没什么！"

"你现在怎么想起跑到我这里来了？"秦夕在他背后关上门问道。

泥鳅没有理他，走到桌前，端起秦夕的那桶泡面，放在鼻前嗅了嗅，笑道："师父，您老人家真是太好了，知道我骑了这么远的路，肯定是饿了，还特地为我准备一桶泡面，真是让我太感动了。如果我是个女人，我一定会嫁给你。不过档次好像低了点，但我不会怪你的。"说着，便用叉子挑起一团面，鼓起气用力吹了一口，面条上顿时泛起一团雾气。

秦夕无奈地摇了摇头，笑道："怪不得当时李婶说你简直就是个强盗。我现在才发现，她说得一点都没错。"

泥鳅塞了满嘴的面，吐字不清地说道："我是强盗？我看那酒你也喝得有滋有味的。"

柯米把她的面推到了桌子的另一边——秦夕的面前，说道："要不你吃我这桶面吧，反正我也不饿，这面我还没有动。"

秦夕笑着又把面推了回去，说道："不用了，你吃吧，我今天买了好几桶。"

泥鳅把口中的面咽了下去，对柯米说道："王总，你吃吧，就不要理他了，给他吃了一点用都没有，只会加重城市污染排放。"

柯米忍俊不禁，笑了笑没有说话，也不觉得倒胃口，她被这种无拘无束的生活气息所感染。

秦夕去厨房拿面，泥鳅又叫道："既然你买了好几桶，顺便再给我泡一桶，吃不掉也是浪费。"

"你以为这里是慈善机构啊？面不是钱买来的？你小子每次来都是空着两只手，也不知道提点东西过来，我被你吃得快倾家荡产了。"秦夕把剩下的三桶泡面都提了出来放在桌子上，拿出一桶，撕开锡箔纸，倒上开水后，便在原来的位置上坐了下来。

泥鳅也自己搬了张凳子坐了下来，看着秦夕说道："你知道我今天晚上为什么会大驾光临你的寝宫吗？"

"你能有什么好事，是不是又要我帮你什么忙？"

泥鳅摇头说道："不对！我跟你说，是这样的，我们家房东的老爸早不死迟不死，今天突然就死掉了，你说奇不奇怪？请了那么多道士和尚在家里做法事，咿咿呀呀的，吵都被它吵死了，根本就睡不着觉，所以我想到你这里来小睡几天，避避风头。"说完，目光在秦夕和柯米身上来回跑了两遍，小声地试探道："不妨碍吧？"

柯米听他话中有话，脸上爬上一堆潮红。

秦夕也听出他的意思，说道："妨碍你个头，你随便住几天都可以。"

泥鳅笑道："那就好。"

"但房租费及水电费照算。"秦夕说道。

"算什么呀？谈钱多伤感情。大不了您老人家以后也到寒舍去小住几日，不就扯平了吗？"

"对了，你为什么不到夏芷雪那里去睡？"秦夕忽然问道。

泥鳅拍了拍秦夕的肩膀，老气横秋地说道："你没有真正谈过一场恋爱，你那枯燥的小心肝没有受过爱情的滋润，所以你就不懂了吧。爱情是用来慢慢品尝，慢慢回味的，就好像这桶面，"他说着又挑起一团面，"你一下狼吞虎咽地吃了下去，虽然肚子是吃饱了，却什么味道也没有，只有细细地品尝，你才能享受得到它的美味。"说着，他把叉子上的面放入嘴里美滋滋地咀嚼起来，一副其乐无穷的模样。

柯米听了，心里暗自好笑，但仔细想想好像也觉有点道理，她不就是一个活生生的例子吗？值得她回味的东西实在是太少了。她静静地坐在那里听着他们师徒俩说话拌嘴，觉得也是一种享受。

泥鳅吃完面后，习惯地从身上掏出香烟，抽出一支准备递给秦夕，忽又想到了柯米，看了看她，又把烟放了回去。

柯米笑道："没事的，你们抽你们的。"

泥鳅正色道："那不行！师父经常教导我，在女人面前一定要装出绅士的样子，不抽烟，不喝酒，不说脏话。"

"你什么时候变得这么听话？"秦夕笑道。

"这不叫听话，这叫迎世博，讲文明，树新风！"泥鳅笑道。

"哼，就你那副德性，还树新风？"秦夕笑道。

又过了盏茶工夫，柯米便要回家了，有泥鳅在场，她也不便久留。

当秦夕把柯米送到楼下时，柯米小声说道："你能不能跟你徒弟说一声，让他不要跟别人说我到你这边来过。"

秦夕笑道："你放心吧，他那个人嘴严实得很，你别看他平时话多，只要是我不让他说的话，他是绝对不会说的。"

Chapter 11
此恨绵绵有绝期

1

柯米开车往家中驶去，道路比来时豁然开朗了许多，两排高压钠灯散发出橘黄色柔和的灯光，顺着她的视线无尽地延伸下去，一直延伸到另一个空间，亮堂了她灰暗的内心。在一段空旷的路上，她索性停下车，走出车外，深深地呼吸着在瑟瑟凉风挟持中的野外空气，比薄荷还清新般，沁人心脾。视野忽然间也开朗了许多，就连藏匿在黑暗中远处村庄的微弱光亮，她此刻也注意到了，闪眨间，都市的霓虹也黯然失色。

抬头仰望天空，空气如滤过一般，清彻透明，玉雕似的银月仿佛也膨大了许多，大得可以让她清清楚楚地看见上面的一切事物，包括那一座萧条的广寒宫。广寒宫已没有昔日的生气，颓废地矗立在苍凉的月球上，因为嫦娥已经不在，她肯定早已忍受不了广寒宫的寂寞，带着月兔奔向人间了。

"她一定不在广寒宫了！"柯米扶着车门想着。

柯米回到家中才八点多钟，林联棋还没有回来。李婶正在佣人房里看电视，听到动静便走了出来。

柯米已经坐在客厅的沙发上打开了电视，她招呼道："王总，你回来了，要不要给你做点吃的。"

柯米回头向李婶招了招手，笑道："李婶，你还没睡啊？来，过来跟我一起看电视吧！"

李婶应了一声便在柯米对面坐了下来，说道："你今天好像挺高兴的，好久没看见你这么高兴过了。"

"是吗？我看着高兴吗？"柯米笑道。

"那当然了，你笑得这么开心能不高兴吗？"李婶笑道。

"我高兴吗？"柯米自言自语地说了一句，看着李婶又道，"李婶，你明天陪我去买衣服吧，顺便再买点化妆品。"

陪柯米去买衣服，是李婶求之不得的事，每次陪她去，柯米总免不了也给她买上一两套，而且是名牌，是她老家县委书记夫人都穿不起的名牌，她经常这样跟老家的村里人这样吹嘘。虽然内心澎湃，但她还是不露声色地说道："那你明天不去上班吗？"

"不想去了，天天上都腻了。"柯米说道。

"对，王总！你别怪我多嘴，人就要看开点。我看你每天都闷闷不乐的，我都替你揪着一把心。现在看你高兴了，我心里也一样高兴。"李婶说道。

柯米笑着点了点头。

时间又爬过几日，那天上午刚上班不久，柯米接到了父亲从上海打来的电话。她父亲自从上次从她这里拿走十万块钱后，就再也没有联系过她。听出是父亲的声音后，柯米疑惑地问道："爸，是你呀，你找我有事吗？"

父亲在电话里犹豫了好长时间，才磨磨蹭蹭地说道："我想让你过来看看琼花，不知道你有没有空？"父亲的口气中有几许哀求。

柯米愣了一下，父亲怎么了，拿钱给她治病，我已经很不情愿了，还让我去看她，真的有点得寸进尺了。她坚决了口气说道："我不想去看她！"

父亲又沉默几许，说道："柯米，我知道你恨她。上次我从你那里把钱拿回来后，琼花也哭了，她还打了自己几嘴巴子。我知道你肯定不会原谅她，可她偏要等过几天出院后到你那边去，给你赔礼道歉。我想我们两个人过去，农村人，还不是给你丢脸？可她就是不听我劝，一定要过去，所以我才想让你过来一趟，免得她过去给你丢脸。既然她已经悔改了，你就原谅她吧！现在你已经出人头地了，何必跟她一个泼妇斤斤计较呢？你就当过来看看我好了。"

柯米心动了。小时候被秦琼花毒打虐待时，她就曾暗暗地发过誓，长大后一定要出了这口怨气。看着秦琼花在她面前摇尾乞怜，已成了她多年来变态的幻想，没想到这个幻想这么快就变成事实了，她心跳加速起来。想着秦琼花痛哭流涕的样子，她脸上流露出胜利的喜悦。

最后，她竟鬼使神差地答应了她父亲的要求，她一再地对自己说，只是给年迈的父亲一个面子。但事实绝不是这个样子。

下午，她走进了林联棋的办公室。在她的印象中，每次好像都是怀着一腔的希望进来，带出去的都是无尽的失望。而这一次，她似乎已经看到了失望的答案，内心却并不觉得紧张失落。她为这种奇怪的感觉感到奇怪。

林联棋正在看一份文件，看到柯米进门，抬头笑道："柯米，怎么想起到这边来了？"

"我爸想让我过去看望我妈，他们就在上海，你能陪我一起去吗？"柯米开门见山地说道。

"你不是很恨你的后妈吗？怎么想起来去看她了？"林联棋迟疑道。

"是我爸的意思，我不想让他伤心。"

林联棋面露难色，紧锁着眉头说道："我最近正忙着准备在广东开一家分公司的事，可能抽不出时间哪！要不你一个人过去看看吧，我让人买点东西给你带过去。"

虽然是意料中的回答，柯米却追加了一句："可是上海我一点都不熟，我怎么能找得到？"

林联棋抿了下嘴，说道："我让经常去上海送货的司机送你过去吧！"

"不用了！"

一切都在预料中，柯米说完扭头向门外走去。

林联棋听着办公室的门砰的一声关上了，心中大惑不解，这不是柯米的性格呀？每当他拒绝她时，她总会表现出一副委屈的样子，这次他连准备在口中的花言巧语还未用得上，男人粗糙的敏感也让他心中腾起一丝不对劲。

柯米站在林联棋的门口，心里也暗暗吃惊，怎么心里一点都不难过呢？难道自己强装坚强？可也不像，自己内心确实很舒坦，没有一点别扭。以前她遇到这样的事，准会掉几点委屈的泪水，因为这已经不是第一次了。以往每次让他陪她回老家看看她的父亲跟柯词，他总会找不同的理由拒绝，仿佛去那种穷乡僻壤跟那些乡巴佬攀亲谈戚有失他身份似的。为此事，柯米心里落过几次泪。她一直耿耿于怀。

也就是在出门的一刹那，她想到了一个人，或许她早就想到了，只是现在确认了而已。她笑了笑。

初冬的太阳总是早早地下班了。柯米吃过晚饭，屋外早已被黑夜笼罩了。

她驾着车向她熟悉的村庄驶去。在那个村庄里，有一个可以让她忘却烦恼的人。那个人就像广寒宫里的玉兔，是唯一慰藉嫦娥的伙伴。

到达秦夕的楼下，她没有像上次那样犹豫不决，稍微壮下胆，就上楼敲响了秦夕的房门。只听得屋内传来秦夕熟悉的声音："谁啊？"

柯米这时倒僵住了，难为情起来，不知该怎样回答，只是又敲了敲门。

却听到屋内传来秦夕骂骂咧咧的叫声："泥鳅，你小子别跟我装神弄鬼的，你把我门敲坏了，小心我扁你。"

柯米暗自好笑，尴尬地说了声："我不是泥鳅！"

话音刚落，只听见屋内响起窸窸窣窣的忙碌声，忽又听到"哎哟"一声叫喊。柯米吓了一跳。

没一会，秦夕便开了门，揉着头皮嘿嘿地笑着，说道："不好意思，我没想到是你。"

柯米关心地问道："你没事吧？"

秦夕说道："没事，刚才起床太急了，撞到床上面的货架了，进来坐啊！"

"你急什么呀？真不好意思，都怪我。"柯米歉道。

"真的没事的，一会儿就不痛了。进来呀！"秦夕笑道。

柯米进屋后，在一张凳子上坐了下来，说道："没打扰你吧？"

"没有，怎么会打扰呢？你来我高兴还来不及哩！我也正在看书，无聊得很。你坐到床边上去吧，凳子上比较凉。"

"一样的，天又不冷。"柯米笑着，又道，"你徒弟回去了吗？"

"早走了，回去好几天了。"

"你那徒弟挺有意思的。"柯米笑道。

"他呀，滑头一个。"秦夕笑道。随即又说："不过他人挺不错的，蛮实在的。"

"看得出来，跟你一样。"柯米笑道。说完又觉得不好意思，切入正题道，"你来想请你帮我一个忙的。"

"什么忙？你说吧，能帮得上的，一定尽力而为。"

"你对上海熟吗？"柯米问道。

"上海？"秦夕疑惑道，"你是想让我到上海帮你什么忙吗？"

"那倒不是，不过也差不多。我妈在上海住院，我想过去看看她，可上海我又不熟，想请你把我带过去，不知道可不可以？"

"就这事啊，没问题。我还以为是什么大事哩！"秦夕笑道，"不过大事你也不可能找我帮忙。"

"那倒不是。你能找得到吗？"

"这有什么！要有地址，哪里找不到，买张地图不就得了。"秦夕说着，想了想又道，"你怎么不让董事长陪你去呀？"

"他怕丢他的人。"柯米没好气地说道。

"这有什么丢人的？看望老人是一种美德，百善孝为先嘛。难道台湾不兴这个？"秦夕开玩笑道。

"台湾提倡百善钱跟面子为先。"柯米笑道。

"噢——"秦夕装出恍然大悟的模样，"原来如此。"

柯米笑道："那我明天早上过来接你，可以吗？"

"明天？明天我还得上班哩！"秦夕说完，抿了抿嘴又道，"那我明天请一天假吧！"

"那就这样定了。明天早上我过来接你。不过，你放心，明天的工资我会补给你的。"

秦夕脸色阴沉了下来，说道："王总，你这句话说得太伤我的心了。你没有把我当一个朋友？"

柯米后悔不迭，忙道："对不起，对不起，我说错话了。咱们是朋友嘛，不应该说这些。就当我什么也没说过，我收回那句话，好不好？"

柯米语无伦次的样子让秦夕笑了起来："开玩笑的，何必当真呢？"

两人相视均笑了起来。

第二天上午，刚过了公司的上班时间，柯米便来到了秦夕的住处。她原打算早点过来的，但又怕村子里许多上班的员工会见到她，一直拖到八点多钟才过来。村子里静悄悄的，像是被鬼子扫荡过一般。

再见秦夕，让柯米略为惊讶。他穿着一套紧身的黑色西服，黑色面料中隐约可见一条条淡紫色的条纹平行穿梭其中。白色的衬衫方领翻出西服低领搭在宽厚的肩膀上，格外的抢眼。人看着愈加俊朗挺拔，英气勃发。

秦夕开门后，就迫不及待地说道："我还以为你不过来了呢，又没有你的电话，急死我了。"

柯米歉意道："对不起，让你久等了，我有一点事耽搁了。"

"来了就好，那我们现在就走吧？"秦夕笑道。

"嗯！"柯米点头道。

下得楼来，柯米刚准备上车，秦夕忽然问道："王总，去上海的路你熟吗？"

柯米扶着打开着的车门，抬头说道："不熟，你不是熟吗？"

"也不是熟，只是走过几次。如果你放心我的话，让我来开可以吗？免得指挥来指挥去的。"

"这有什么不放心的，"柯米笑道，"你有驾照吗？"

"刚巧有一本。"秦夕笑道。

柯米笑笑，便关上车门，朝车的右侧走去。

坐在车上，看着秦夕娴熟地开着她的车往村外驰去，不免惊讶道："你怎么什么都会啊？"

"还不是托你家的洪福！"秦夕笑道。

"关我什么事？"柯米一头雾水。

"当然关你的事了。还记得去年公司评选'十大技术骨干'的事吗？为了奖励那十个人，你家出钱为他们每人培训了一本驾照。"

柯米难以置信地问道："你是公司的十大技术骨干？"

秦夕点了下头，得意地笑道："不才，不才，在下正是。"

柯米斜过身，凝视她片刻，忽又笑吟吟地说道："真看不出来，我还真小瞧了你。"

"那没办法，谁让我天生就长着一副谦虚的面孔呢？"

"我看你一点都不谦虚。"

"是吗？很多人都这样说。不过话又说回来，我有的时候是有点太自恋了。"秦夕笑道。

柯米笑了起来："这个你跟我说过。不过，你也挺不容易的，从五六千个人当中选出十个技术含量最高的人，确实不简单呀！"

"再厉害还不是给你家卖命。"

柯米脸色颓暗了下来，难道真的是在给我卖命吗？为什么几乎每个人都这样想，可我却没有这样的感觉呢？

2

根据柯米父亲留给她的地址,秦夕追究地图的标示,中午十二点多钟便找到了那家医院的所在地。这家医院是上海最为有名的骨科医院。

在通往病房的走廊上,柯米慢慢地开始怀疑自己的做法,脑海中又添上了另一层忧郁。一旦走进秦琼花的病房,那就代表着她已经原谅了她,原谅了她以前对她所做的一切,最起码秦琼花肯定会这样想,这是她不愿看到的。这也不是她小时就立誓要做的事,她违背了自己的原则,为什么昨天就没有想到呢?她想到回去,可看看跟她并肩走在一起的秦夕,又鼓不起勇气。她现在走了,他会怎么想?

她悔青了肠子走进了秦琼花的病房。秦琼花的病床放在最南边靠近门边的墙上。她正倚在墙上半躺在病床上,脖子上围着一个白色的护颈套,那是用来固定脖子用的,以免脖子过大幅度的动作伤及还未痊愈的颈椎。她双手摊在被子上,正盯着坐在床边凳子上的柯米父亲在交谈些什么。柯米的父亲正低着头,用水果刀削着手中一个硕大的苹果,边削边说着。

眼角的余光瞟到柯米的身影,秦琼花如电击一般,神经一刹那痉挛了。柯米父亲觉得异样,顺着秦琼花的眼神回头望去,也呆住了,他知道她要来,没听说她会来得这么快。空气在慢慢凝固,凝住了眼神,凝住了心跳。

终究还是秦琼花先开了口,拼命地挤出点笑容,窘迫地说道:"柯米,是你呀!我真没想到你会真的过来看我,我还以为是你爸在骗我。来,坐啊。"她指着床边,把自己的脚往墙边挪了挪。她又看着柯米边上站着的秦夕,说道,"这位就是姑爷吧?长得真是俊气,也过来坐啊。"她又扭头对柯米父亲说,"你站起来把凳子让给姑爷坐。"

柯米懒得跟她解释,倒是秦夕难堪地笑了笑,欠身说道:"大婶,我想您看错了,我不是林总,我只是王总的朋友。"嘴上说着,心中却道:"她病的可真不轻啊!连自己的女婿都不认识了。"心里想归想,还是把手中的一篮水果向病床床头的柜子上放去。柯米原打算是空着手来的,来看她已经很给她面子了。可秦夕却自作主张,买了一篮水果,说看望病人空着两手脸面放不下去。秦夕当时还纳闷,柯米平时很善良的一个人,怎么对自己的亲生母亲如此苛刻呢？

秦琼花看着走到床边的秦夕，堆满歉意地说道："对不起呀，我老糊涂了，认错人了。"

秦夕笑道："没事的，大婶。您病情好些了没有？"

"好得差不多了，再有一个星期就准备出院了。这里的费用太高了，回家慢慢疗养也是一样的。"秦琼花说道。

"那倒是，回家吃得也比这里调顺些！"秦夕说道。

秦琼花无力地笑了笑，没有再说话。

秦夕感到气氛有些不对劲，柯米从进门到现在连句慰问的话都没有，这哪像一个做女儿的。他不说话，空气又浓稠了起来，旁边病床上的交谈声，远远地从另一个空间传送了过来。

一阵沉默过后，一直未开口的柯米父亲说道："柯米，既然来了，就别站着，过来坐。"

柯米这才极不情愿地在她父亲腾出的凳子上缓缓坐了下来。

秦琼花看了她好一会儿，才幽幽说道："柯米，我知道你过来看我，都是给你爸逼的，其实你心里还是很恨我，对吧？"

柯米的目光紧锁住对面的墙壁，没有言语。

秦琼花苦笑了一声，又道："恨我也好，我对你们姐弟俩所做的一切根本就不配得到原谅。本来如果你不过来看我，我也会过去找你的，不管你打我也好，骂我也好，我都无所谓了。我想这样做，并不是因为你拿钱救了我这条烂命。我这次从鬼门关走了一遭，也明白了许多。当我在县医院亲眼看着你爸签完病危通知单，又把我推进手术室的时候，才想到自己可能已经忙忙碌碌地走完罪恶的一生了，再也没有弥补的机会了。我小的时候，经常会听老年人说，人只有在快要死的时候，心才会变得最善良。我也直到看着你爸签病危通知单的时候，才想到我对你们姐弟俩太残忍了。对你们姐弟俩造下的罪孽真是天理难容啊。"

秦夕站在一旁听得一头雾水，柯米却震惊了，目光慢慢的从墙壁上向秦琼花移去。她看到秦琼花的脸已有两行热泪滚过的痕迹。

秦琼花继续说道："没想到我大难不死，医生说我这是不幸中的万幸，我不知道菩萨为什么还要留我这条命，我想肯定是我坏到连地狱都不愿要我了。我更没想到你会拿钱给我看病，你不知道你爸拿着钱回来的时候，我感到我自己真的连畜生都不如啊。为什么老天爷非要等到这个时候才让我觉醒？你现在已经出人头地了，我想弥补你们姐弟俩也已经晚了，我现在后悔也已经晚了。以前上天给我一个这么好的女儿，可我呢？"她苦笑了一声，"我知道我说的这些话你肯定不信，你信也好，不信也罢，对我都不重要了。我回去后，一定要当着全村人的面，到你亲妈的坟头，给她磕头道歉。我对不起她，我糟蹋了她的女儿，也糟蹋了我的女儿……"说着说着竟呜呜咽咽地哭了起来。

情真意切的哭声撩动了柯米不堪回首的往事。在她的童年岁月里，多么渴望秦琼花能发自肺腑地疼爱他们，感受她慈祥的爱意，这已是她积压在潜意识里不敢奢望的梦。当这个梦想实现时，虽然事隔多年，却仍然可以一举击溃她的理智，激动她体内的每一根神经。这种渴望的根已经扎得太深了，穿透了她大脑内的每一个细胞。

柯米也哭了，扑到秦琼花的怀里哭了起来，哭出了十多年无处伸冤的委屈。这种迟来的母爱可以慰藉她多年来对母爱的渴望。她忽然间觉得自己好小，仍停留在童年时代。

秦琼花哭得更凶了，抱紧了柯米，号道："女儿啊，妈知道错了，你真的原谅妈了吗？老天爷啊，我上辈子积了什么德，让你这辈子这么照顾我？"

柯米的父亲站在一边也纵横了老泪，泪水中他苍凉地笑了，笑得那么满足。

秦夕一直郁闷地站在一旁，直到此刻，他才微微摸出一点头绪，被眼前这对泪人儿也感染得潮湿了眼眶。

病房内其他两张床上的病人及其家属也都沉静了下来，好事的眼睛齐刷刷地注视着这对母女撕心裂肺的哀号，心中都酸涩起来。他们并不明白整个故事的来龙去脉，只是被故事的片断情节所感染。

两人都哭得累了，秦琼花双手托起柯米的腮帮，含泪道："柯米，你让妈好好看看。你在我身边十多年了，我却从来没有仔细地看过你。"看着看着，一阵酸楚又涌上心头，豆大的泪珠又滚落了下来。

柯米也用心地看着她恨了十多年的秦琼花的脸庞，却是从没有过的慈祥，符合了她童年中的渴望。虽然迟来了十多年，却还是那样的温暖着她的心，因为她的心一直还是孤独的。

秦琼花还拉着柯米的手说着道歉的话，秦夕站在那里却是不尴不尬的，

Chapter 11
此恨绵绵有绝期

自己也觉得碍眼，便走出了病房，倚在门口的墙上点燃了一枝烟。

刚吸了不到两口，还没过足瘾，一个小护士路过时停了下来，对他说道："喂，这里是不准抽烟的。"

秦夕抬头看了看她，长得挺漂亮，笑得也甜美。他便抬起一条腿，在鞋底掐灭了那支短命的香烟。他手捏着烟蒂，笑道："走廊也不行吗？"

那护士瞪了他一眼，指着走廊尽头的门楣上方挂着的一块显眼的"禁止吸烟"的标示牌，笑道："那么大的字你没看到吗？"

秦夕笑道："让你见笑了，我吸烟的时候，从来都没有寻找禁止吸烟标志的习惯。"

那护士莞尔笑笑，便准备离去。秦夕又问道："那请问你，这里哪里还可以抽烟？"

护士刚转一半身又转了回来，说道："厕所！"

秦夕愣了一下，僵笑一声，又道："有没有比厕所空气稍微新鲜一点的地方？也就是说，档次能不能再提升一点。"秦夕边说边竖起右手的食指，做了个缓慢的上升手势。

"有！"护士笑道。

"可以透露一下吗？"

"院长办公室。"护士眨着眼睛说道。

秦夕又愣了一下，笑道："他会让我抽吗？"

"你跟他商量一下不就得了。"

"噢，那是！真是太谢谢你的善良了。"秦夕笑道，"那你能告诉我院长办公室怎么走吗？"

"你还真准备去呀？"护士笑道。

"对呀！因为我讨厌厕所！"秦夕一脸稚气地说道。

"也不知道你是真傻还是装傻？"护士格格地笑了起来，便转身离去。走了一多步，又转身指着秦夕右边不远处的一扇门说道，"你推开那个门，那是楼梯间，你到那里去抽就可以了。别让我再看到你还待在这个地方抽烟，要不然你就麻烦了。"

"不会的，谢谢你，有空请你吃宵夜！"秦夕向她摆了摆手笑道。

"想请我吃宵夜也容易，到护士值班室来找我就可以了。"护士也向他摇了摇手，笑着离开了。

柯米在病房内听到秦夕说话的声音，便跟秦琼花说了一声后走了出来。秦夕跟那个小护士说的最后一句话她是听到了。见秦夕双手抱胸倚在墙上，注视着护士远去的背影，便轻轻地咳了一声，说道："不好意思，让你久等了！"终究只是一时性起，声音基本恢复来时那般清甜。

　　秦夕这才注意到不知何时已在门口的柯米，忙道："没什么，你们聊吧，不用管我的。"

　　柯米用眼睛示意着护士的背影，问道："你跟她以前认识吗？"

　　"不认识，她是医院的护士，挺有意思的。"秦夕笑道。

　　"她长的蛮漂亮的！"

　　"你看见了？长得是不错。"

　　"我看她对你有意思。"

　　"有吗？"秦夕笑道。

　　"肯定有。要不你今晚请她去吃饭？如果你不敢去的话，我帮你去说。"柯米看着他说道。

　　"我有什么不敢说的，只是我不想去。"

　　"哦？你眼光挺高的嘛，这么漂亮你都看不上？"

　　"我倒不是嫌她不漂亮，只是她那种性格根本就不适合我。"

　　"那你喜欢哪一种性格？"

　　"像你这么成熟，这么善良的。"秦夕说道。

　　柯米脸刷地一下红了，心中一阵悸动，窘迫道："像我这样有什么好的？"

　　秦夕看着她害羞得红扑扑的脸蛋，白里透红，煞是好看，心跳也沉重起来，才觉自己说话有失分寸。他又不便解释，笑了笑说道："我只是随便说说，你别介意。"

　　"没什么！"柯米说道，"我们现在去吃饭吧，今天让你饿着了，真对不起。"

　　"哪里？我肚子还没有什么感觉哩！"秦夕笑道。

　　"你就别哄我了，现在都一点多钟了，你是神仙呀！我都快饿死了。"

　　秦夕笑了笑，没有做声。

　　柯米便转身回房，站在门口对她父亲跟秦琼花说道："爸，妈，那我们先下去吃饭了，你们吃过了没有？"

　　"你们到现在还没有吃中饭？都几点了？那你们赶快去吧，别饿着了。"

秦琼花惊讶道：

"你们吃过了没有？"柯米又问了一句。

"我们早就吃过了，你们赶快去吃吧。"秦琼花催促着，关切之情溢于言表。

"那我们就先下去了。"柯米说道。

柯米刚走出没两步，秦琼花从柜头上拿起两只富士苹果，叫住了柯米。柯米回过头来，她又说道："你跟你那个朋友带两个苹果在路上先垫垫肚子，炒菜还要等好长时间哩。"

柯米听着暗自好笑，但心中却是一暖，长这么大也难得有几个人关心过她。她笑道："不用了，在路上啃苹果，难看死了。"

柯米父亲也说道："就是呀，你以为这是在咱们村哪？"

"怕什么？又不是偷来的。"秦琼花嘟哝道。

柯米笑笑，便出门跟秦夕一块下楼去了。

柯米刚走，秦琼花便小声地问坐在床边的柯米父亲："跟柯米一起来的那个小青年，真的不是咱女婿？"这个问题如果让不知情的人听到，不知会笑掉几颗大牙。

柯米父亲转了转眼珠，想了想说道："柯米说不是，应该就不是吧？我也有好几年没见过咱女婿了，还是他们结婚的时候我见过一次，现在都几年过去了，我也不知道他有没有变样，应该不是，我记得姓林的没有这个小青年这么俊。"

秦琼花瞪了他一眼，说道："我看你比我还糊涂，见过一个人也能忘了？你说如果那个小青年真不是咱女婿，那跟柯米会是什么关系？"

"你没听柯米说是她的朋友吗？"

"我看没那么简单，男的怎么可以和女的做朋友呢？我怀疑那个小青年是个骗子，他一定是看中了柯米的钱。等一下柯米来的时候，你把她叫到一边去，跟她说一下，不要让那个小青年给骗了。现在外面的骗子可多了，都骗像柯米这种直心眼的人。"

"我看那个小青年不像个坏人，说话也讲情讲理的，挺中听的。"

"你以为骗子都写在脸上啊？我跟你说，骗子都是很会演戏的，他骗得了柯米可骗不了我。我看刚才柯米跟他在门口说了几句话，柯米就红着脸进来了，我就知道事情没那么简单。"

柯米父亲被她说得心动了:"柯米刚才好像真的脸红了,那你说该怎么办?"

"怎么办?等一下她回来了,你跟她说呀,让她要小心一点。"

"她现在大了,我怕她不听我的话。说不好她又要生气了。"柯米父亲担忧地说道。

"你真没用,咱们还不是为了她好。你不说让我来说,我不能眼睁睁地看着柯米让那个骗子给骗了。她气也好,不气也好,反正我也是为了她好。她现在既然真心真意地叫我一声妈,那我就得对她负责,万一给那个骗子骗了,赔了钱不说,还毁了柯米的声誉。"

3

秦夕跟柯米下得楼来,看着医院门口车水马龙的大街,柯米歪头笑道:"你说到哪里去吃饭?"

"我随便,要不咱们去吃拉面怎么样?"秦夕盯着马路对面的一家清真拉面馆无心地说了一句。

"吃拉面?"柯米循着秦夕的目光望去,口中颇为迷惑地重复了一句,这个名词对她太陌生了。

听她惊讶的口气,秦夕不意思地笑道:"跟你开玩笑的,那种地方太脏了,根本不适合你!"

"谁说不适合我了?有什么脏不脏的,我也是农村出来的。走,就吃拉面去。"柯米笑道。

"你不要勉强自己哦!"秦夕笑道。

柯米盯着他说道:"没想到你会把我当成这种人,你真是太瞧不起我了!"

这句话是秦夕在帮她修车的那天夜里对她说过的,而她此时分明也在刻意模仿他的口气,两人心神领会,相视一笑。

在过马路向拉面馆走去时,柯米忽然问道:"拉面好吃吗?"

"你没吃过吗?"秦夕惊讶地盯着她,那眼神就像盯着一个没喝过咖啡的巴西人。

"吃过了我还问你干吗?"柯米笑道。

"不会吧？连拉面这种美味你都没有吃过，真是太遗憾了！"秦夕撇着嘴摇了摇头说道。

"那没办法，小时候家里穷，吃不起，再说我们那镇上也没有；后来出来那几个月，又舍不得吃；等以后有钱了，也就忘了吃了。"

"不是忘了，而是不屑一顾。"秦夕笑道。

"没想到你会把我当成这种人……"

秦夕知道她又想说什么，接上她的话，两人异口同声地继续说道："你真是太瞧不起我了。"

两人相视，呵呵地笑了起来。秦夕说道："你不要总是学我的话，学的次数多了，我都不好意思了。"

"你也知道不好意思，我看你当时说得理直气壮的，一点都不觉得惭愧。"柯米笑道。

"此一时，彼一时嘛！"秦夕笑道。

到了拉面馆，因为柯米早已陌生了这种小爿店面的习惯，全由秦夕做主，两人都点了一份大碗的拉面。

由于已过了午饭时间，空荡荡的店里只有他们俩人相对坐着，空气中弥漫着城市的噪音。时间闲暇了此刻，秦夕便趁机把憋在心里的疑惑说了出来："王总，你来看望的那个人不是你的亲妈吗？"

"不是，是我后妈！"

"她以前对你很不好吗？"

柯米便把她们身世及秦琼花对他们姐弟俩的刻薄，大略地跟他说了一遍。

秦夕静静地听着，心中却惊诧不已，没想到她的过去竟如此凄苦。听她淡淡地说完，也不知该不该安慰，毕竟事过境迁已多年，何况这对母女现已冰释前嫌。

吃着面，柯米也不想再跟他提她那些感伤的往事，打岔笑道："这次幸亏请你过来，要不然真的要遗憾终生了。"说完，指了指碗中的面。

"有那么好吃吗？"秦夕笑道。

"当然，好久没有吃过这么好吃的东西了！"

"这可能跟你的心情有关吧？"

"也有一部分。"柯米笑道。

走出拉面馆，只不过是一顿饭的工夫，天又暗沉了许多。落叶也失去了自由，被冷风卷着满大街地乱窜。路边的行人也稀落许多，仿佛被风席卷去了一般。柯米来时穿薄了衣服，站在路旁不禁哆嗦了一下，看了看天说道："不会是要下雨了吧？"

"好像是，听说是冷空气来了。"

"冷空气比我们跑得还快呀？我们早上来的时候还那么大的太阳。"

"它跟你又不是从一个地方来的。要不我们等会就回去吧，免得淋雨。"

"这么早就回去了？我还想让你陪我去买衣服哩！"

"回去买不是一样吗？"秦夕不解道。

"我想给柯词买几套衣服，让爸妈带回去。每次我给他买的衣服，他都不太喜欢，所以我想请你帮我去看看，你们男孩子的眼光肯定都差不多。"

"什么男孩子？我是男人！"秦夕故作严肃道。

柯米笑了起来，说："不一样吗？"

"当然不一样，只有成熟的男性才可以称为男人，就像我这样的。"

"你还真不谦虚。"柯米笑道。

"因为我诚实嘛！要不我们现在直接去帮你弟弟买衣服，就不要上去了。"

"我也是这么想的。顺便再给我爸妈买套羽绒服，现在天气冷了。"

"你还要给你妈买吗？"

"对呀，不管她以前对我怎么样，毕竟我也是她把我养大的嘛。善也是一种快乐，不是你说的吗？"

秦夕钦佩地点了点头，笑着向她竖起了大拇指。

俩人并肩向医院的停车场走去。

为了给柯词买好衣服，秦夕还真用起心来，从一上车便开始滔滔不绝地询问起柯词的一些生理特征。他问得很详细，柯词的肤色、身高、脸型、肥胖度等等，他是一样都没有放过。有的问题甚至连柯米也回答不上来，比如说他问到柯词的腿长不长，上身跟下身的比例匀不匀称？还有他问柯词的肩膀宽不宽，屁股大不大？他问得头头是道，柯米被他一副资深的模样唬得一愣一愣，也不知道他对服装是真懂还是装懂，不过看他能把俗气的西服在身上穿得那么精神，倒也有几分相信。

他们足足逛了一个下午，也忘了跑了多少商场转了多少专卖店，总算满足了柯米的心意。柯米在秦夕满嘴关于服装的专业术语中，禁不住给自己也买了几套，穿在身上，自我感觉真的满意非常，心里不由得佩服起秦夕。

当秦夕提着大包小包跟柯米下车走进医院时，秦夕开玩笑道："不知道是哪个缺德的哲学家曾经说过，男人最大的痛苦就是陪女人逛街了，为什么非要让我做他理论的实践者呢？"

柯米偏头笑道："我今天不都是跟着你跑的吗？是你自己要这家跑到那家的，也不能怪我。来，我再帮你提几个。"

"不用了，我提得动，你提的已经不少了，我只是跟你开玩笑的。其实男人最大的痛苦应该是没有女人陪他逛街，你说对不对？"秦夕笑道。

"我不知道。"柯米笑了起来。

秦琼花的病房比刚才安静了许多，其他两个病人的家属都已不知去向，只剩下那两个病人四只眼睛无聊地盯着门口，好奇地看着刚走进门的柯米和秦夕，仿佛柯米他们今天就是来给他们解闷的。刚才的一出哭戏让他们看得意犹未尽，他们满心期待故事将有详细的发展，以解开他们刚才心中埋下的疑团。

柯米刚走进屋，还未开口，她父亲就站起来抱怨道："柯米，你一个下午到哪里去了？我们还以为你已经回去了哩！我说，你回去怎么也不跟我们打个招呼？"

柯米跟秦夕把手中的大包小包放在床边的地上，柯米直起腰来，笑道："爸，你这不是瞎操心吗？我回去怎么可能不跟你打个招呼呢？我是去给柯词买点衣服让你们顺便带回去。"

父亲看了看地上的衣服，蹙了蹙了眉头，说道："你怎么又给他买衣服了？他那么多衣服哪里穿得完？你这不是浪费钱吗？还有，这么多衣服你让我怎么带回去？"

柯米弯腰提起一件羽绒服的袋子，说道："没事的，你走的时候给我打个电话，我叫辆车过来把你们送回去。还有，这里也不全是柯词的衣服，我也顺便帮你跟妈一人买了两件羽绒服，你们能穿在身上的也没剩几件了。"柯米边说边把羽绒服从袋子里拿了出来，递给她父亲继续说道，"你先试试看，如果穿着不合身，我们再拿回去换。"

"你又给我买什么衣服啊？你买那么多衣服我哪里穿得完？"柯米父亲接过衣服埋怨道。

柯米没有理他，又从地上拿起一件羽绒服，递给秦琼花说道："妈，你也试试吧。这种颜色是秦夕帮你选的,不知道你喜不喜欢?"

秦琼花接过羽绒服,不管喜不喜欢,两颗热泪已趁机逃出她的眼眶,滴在暗紫色的羽绒服上,很快渗透进去,只剩下一块潮湿的斑。她含泪说道:"柯米,你能原谅我,我已经很知足了。你为什么还要对我这么好?你越对我好,我越惭愧啊!"

柯米笑道:"妈,过去的事还提它干吗?一家人开开心心的不好吗?"

秦琼花含泪点着头,不再多说。虽然她没有读过多少书,但她也知道言语永远也弥补不了她曾经犯下的过错。她现在除了每天给柯米默默地祈祷,她还能做些什么呢?

秦琼花跟柯米父亲试完衣服后,秦琼花对柯米父亲使了个眼色,柯米父亲立即会意。他将衣服重新放入袋中,走到秦夕身边笑道:"小伙子,陪大叔抽支烟去。"

秦夕正在为自己手足无措地站在那里郁闷着,顿时眉开眼笑道:"大叔原来也抽烟哪?太好了,刚好我发现一个好地方,可以不用躲到厕所里去抽。走,大叔,我带你去。"

秦夕喜滋滋地领着柯米的父亲出去了,病房内又安静了下来。边上两张床上的病人,这时又张大了耳朵,敏感地嗅出了什么兆头。

秦琼花对站在那里发愣的柯米说道:"柯米,你过来,我有话对你说。"

柯米顺从地在床边的凳子上坐了下来,笑道:"什么事呀?"

秦琼花拉过柯米的手,说道:"柯米呀,我是个过来人,有些事比你看得明白。我知道我说了你可能会生气,不过你信也好,不信也罢,我不能眼睁睁地看着你被人骗。"

柯米有些莫名其妙,笑道:"妈,你说什么呀。我怎么一点都听不懂。"

秦琼花示意柯米将耳朵凑近,她似乎感觉到有人正憋住气地竖着耳朵。她附在柯米耳边小声地说道:"我看跟你来的那个小青年不像个好人,他肯定是想骗你的钱,你一定要小心点。"

柯米见她神神秘秘的,还以为她会透露什么秘密呢?不禁笑道:"这有什么好小心的,他是我的朋友!"

秦琼花再次附耳说道:"柯米,你别怪我多嘴,有些事你一定要把持住啊,并不是妈想花你的钱,可你想想,你能嫁给林家这样的好人家,是你三生修来的好福气。你一定要好好珍惜,以后后悔了可就来不及了呀!"

柯米能理解她是真心为自己考虑，但把她想成已是一个红杏出墙的人，她还是不悦道："妈，你想哪里去了？我们之间又没有什么，我们只是普通朋友而已。"

秦琼花见柯米面有愠色，也不敢多说了，含蓄了口气说道："是朋友最好，但你也要小心一点，现在这个社会乱得很，妈现在也是为了你好，你自己小心点就行了。"

柯米点了点头"嗯"了一声，虽然她误解她让她很不高兴，但她的关切之情还是让她体内暖流澎湃，她枯燥冷漠的生活太需要爱来滋润了，哪怕是这种用恨换来的爱，她也不挑不剔地接受了。

秦琼花摸着柯米的头，也没再说什么。她也第一次感到柯米是那么可爱。

Chapter 12
赌注背后

1

自从打上海回来以后,柯米不知怎的,更加厌烦这种枯燥无味的生活。有个人影已占据了她生活的全部空间,因为是他重新燃起了她对生活新的憧憬。林联棋给她设计好的生存方式,现在她感觉活得很累、很疲倦。如果不是他的出现,她或许会拖着疲惫的身躯走完这平坦的一生。可心中的欲望之火一旦被点燃,那将是欲罢而不能。

她想摆脱这种生活,可又下不了这个狠心,找不到能说服自己的理由,毕竟林联棋并未做过什么对不起她的事。她还心存一丝侥幸,希望林联棋能揽住她那颗蠢蠢欲动的心。可林联棋并未感觉到他感情上的危机,天天还像以前一样,家对他来说只是一个旅馆,而柯米只是旅馆里的一个花瓶,摆放在那里安全得很,根本不需要理会。除非有时他见到花瓶上积落的灰尘太过厚实,自己都觉得看不下去了,为了不影响房间整体的美观性,不得不拿起花瓶,细心地擦拭一遍。之后,就会重新搁放在那里,直到尘埃再一次厚厚地覆盖它。

柯米对他彻底心灰意冷了,已不再抱任何希望了。

从上海已回来十多天了,日子又慢慢地平淡了回忆,只剩下令她望而生畏的生活。每当万籁俱寂的夜晚，柯米躺在那张空旷的床上，虽然只少了一个人，却少了一切，世间的一切，感觉就像睡在一望无垠的戈壁滩上，一片荒凉，看不到边迹。每到此时，她就会想到秦夕，他就是戈壁滩上的一片绿洲。几乎每个夜晚，她都是枕着他的影子入睡，他成为她精神上的干粮。她想去找他，偏又鼓不起勇气，每每被这种想法怂恿时，便会不由自主地想起秦琼花在医院里跟她说的那席话。她就会问自己，我为什么还要去找他？难道我真的想红杏出墙吗？

她也几乎每次都是这般羞愧难当地平息了这种想法。

对秦夕来说，柯米本应只是他生命中的一个匆匆过客而已，可就是这样一个八杆子打不着的过客，却在他生命的长河中，激起层层涟漪。他每天下班后，都会静静地等待着敲门声的响起，手中的书完全成了他自欺欺人的摆设。他不知道柯米何时在他心中烙下了这个不可磨灭的印痕，让他魂牵梦萦。

十多天了，柯米再也没有来过，他那颗火热的心也慢慢地凉了。"算了吧，以她的地位怎么会看得上我这个穷困潦倒的打工仔呢？再说了，她是个有妇之夫，我们怎么可能呢？她除了寂寞，什么都不缺。"秦夕经常这般想着。

这一日，天空被冷飕飕的西北风从西伯利亚吹来的黑云笼罩着，空气仿佛也变污浊了，灰蒙蒙的。风像汉奸一样，领着冷空气扫荡了江南的每一个角落。这一次罕见的冷空气南下，让温暖惯了的南方人，感觉到了西伯利亚的不友好。

下午一点多钟，秦夕跟泥鳅在车间维修完机器，便向维修科走来。在维修科大门口拐弯处的厕所边，泥鳅停下脚步，把手中的工具箱递给秦夕，笑道："不好意思，你先帮我提一下，我方便一下，很快的，几秒钟就可以了。"

秦夕笑着接过工具箱，说道："我管你多长时间，反正我又不会等你。"

"哎！给你机会你却不知道珍惜。"泥鳅摇着头嘀咕着走进厕所。

维修科一组有一张长方形的工作台，长约四五米，宽两米左右。夏芷雪正坐在工作台的一头，看着手中的一张纸条。她左边的桌面上还坐着两个人，是孙玉谷跟赵尉成，俩人正在缠绕着电机的线圈。夏芷雪见到秦夕过来，开口问道："秦夕，你有没有看到钱华良？"

秦夕走进来将工具箱放在工作台上，便在台面的另一边找了个铁凳坐了下来，跟夏芷雪只隔了一个桌角。他说道："没看到，我跟泥鳅一直都在车间里，你找他干吗？"说着，他从夏芷雪手中抽出那张纸条，见是请假条，便又道，

"怎么？你想请假？"

夏芷雪点了下头说道："对，钱华良也不知哪里去了？"

"你怎么忽然想起来请假了？明天有雨的，出去玩都不方便。"

"我有点事，我弟弟生病了，我想过去看看。"

秦夕盯着她问道："病得很严重吗？"

"严重倒不严重，但我不放心，想过去看看，我爸妈也在那里。"

"你弟弟好像是在杭州吧？"

"对，他在那里几年了。"夏芷雪说道。

这时，泥鳅提着两只湿漉漉的手走了过来，也搬了张凳子在秦夕和夏芷雪之间的那个桌角坐了下来，张开双臂，一并在夏芷雪跟秦夕身上拍了一下，笑道："你们在说什么呢？说来听听，是不是又有什么新闻了？"

"你要死了，手上都是水，往我们身上擦。"秦夕瞪着他叫道。

泥鳅将双手举起，在他面前晃了晃，笑道："哪里？哪里有水？你不要冤枉我哦！我可是个老实人。你看，被你急得，我手心手背都开始冒汗了。喏，这么多汗。"

秦夕把他举起的双手按了下来说道："你安静点，你小舅子都生病了，你还这么开心。"

泥鳅这才注意到一直愁眉不展的夏芷雪，忙把两只手在自己的工作服上揩了揩，关切地问道："你弟弟真的生病了吗？"

夏芷雪轻轻"嗯"了一声。

泥鳅又道："怎么没听你提起过呀？"

"我妈刚刚才打电话给我，要不然我怎么知道？"

"是什么病？有救吗？"

夏芷雪瞪了他一眼，没好气地说道："你说话就不能好听点，没病的人也被你骂出病来了。"

泥鳅赔笑道："我看你心事重重的样子，以为他得了什么大病。那他是什么病？"

"好像是急性阑尾炎！"

"阑尾炎呀！那没事的，你不用怕，小毛病而已！"

"我知道是小毛病，但我想明天去看看他。"

"你明天要去看他？"

秦夕插嘴道："泥鳅，要不你明天也陪夏芷雪一起过去吧。她爸妈也在那里，刚好你过去顺便看看他们。"

泥鳅目光从秦夕脸上移回夏芷雪脸上，问道："你爸妈也在吗？"

"他们也是今天刚到的。"

"那我明天陪你一起过去吧。你上次不是跟我说，你爸妈想见我吗？刚好我明天跟你一起过去，给他们二老请个安，联络联络感情嘛！"泥鳅说道。

"我也想让你陪我一起去，可就怕我们俩人一起请假，不太好请啊。钱华良这倒也没什么，关键是何中弘那里，我怕他不肯批。"

泥鳅也犹豫了起来，公司事假一向不太好请，何况他们事由也十分勉强，毕竟她弟弟也没得什么重病，而且还是两个人一起请，又要请两三天，他也没有多大把握。忽然，他紧盯住秦夕，笑道："夕哥，你跟何中弘的关系不是很好吗？要不你帮我们把请假条拿过去给何科签个字，怎么样？"

秦夕得意地抖了抖手中的请假条，笑道："你们就放心去吧，一切都包在我身上了。如果我高兴起来，明天我给全公司都放假一天，你们连假都不用请了。"

夏芷雪笑道："你要是董事长那就好了。"

这时，同坐在一张工作台边，一直没有动静的孙玉谷，低着头绕着手中的线圈，自言自语地说道："哎！有的人哪，想当官是想疯了，都能想到给全公司放一天假了，我看他真是忘了自己是谁了。"

秦夕听了就火了，起身狠拍了桌子："你小子说谁呢？"

孙玉谷心中微微起了怯意，虽悔恨起这张嘴口没遮拦，但话已放出，已有好几个人在注意着他，不能就这样蔫了，让人笑话，况且他有把握在公司里秦夕也不会对他动手，便又长了三分勇气，说道："谁吹牛我就说谁了，我又没说你。"

"你敢说我吹牛，你以为我放不掉啊？"秦夕大声说道。

"光吹谁不会啊，我都可以给全国放三天假。有本事你就放啊。如果你真的给全公司放假一天，我当着全公司的面给你磕三个响头。"

"哼！让你给我磕头，简直是污辱了我。"秦夕轻蔑地说道。

孙玉谷还是不动声色地说道："既然你认为我给你磕头是污辱了你，那咱们就赌钱吧，钱总是一样的吧？我就跟你赌一个月的工资，你敢吗？光吹谁不会呀？"

"你一个月工资才多少，也配跟我赌。"秦夕冷笑道。

"我工资是没有你高，但我们两个人的总跟得上你了吧？"孙玉谷指了指坐在他边上的赵尉成。

"对呀，我们两个人的工资赌你一个人的工资你敢不敢？"赵尉成也起哄道。

泥鳅在边上见势头不对，忙拉了拉秦夕的衣服，小声说道："算了，别跟他们两个一般计较了，大不了我们下班后揍他们一顿。"

孙玉谷这时又煽风道："不敢就算了，也不用吓得不敢出声嘛！不就是几千块钱的事嘛！"

秦夕真的被激怒了，指着孙玉谷吼道："你他妈的，你以为我真的不敢？"

孙玉谷还是那副德性，不紧不慢地说道："我没说你不敢呀！如果你敢的话，有本事就证明给我们看哪！"

泥鳅也发火了，指着孙玉谷说道："我告诉你，你别得寸进尺！"

孙玉谷双手一摊，一副很无奈的样子，说道："什么得寸进尺？我又没逼你师傅，是他自己说他能放假的，要是他不敢赌就算了，对不对？"

"你别跟我叽叽歪歪的，说，你想赌多少，老子跟你玩上了。"秦夕冷冷地说道。

孙玉谷笑嘻嘻地说道："不是跟你说过了吗？我们就赌一个月的工资好了，我跟赵尉成一个月的工资差不多四千块钱，你一个月的工资也差不多四千块钱，我们就赌四千块钱好了。如果你现在害怕的话，还来得及。"

秦夕盯着他冷笑了一声，点了点头，咬牙道："好，老子就跟你赌了。"

泥鳅猛拉了下秦夕的膀子，急道："你疯了，这不是开玩笑的。"

"不用你管！"秦夕甩开了他的手。

夏芷雪也起身走到秦夕的身边说道："秦夕，忍口气就算了，何必跟钱过不去哩！你这不白白地送四千块钱给他们吗？赌输了，你还不是一样的没有面子。算了，退一步海阔天空嘛！"

"我为什么要退？"秦夕说道。

这时，孙玉谷又催促道："好，既然你同意了，那咱们就拿钱吧！"

秦夕从身上掏出钱包，从里面拿出一张银联卡。他拿着卡指着孙玉谷道："我可以跟你赌，但规则一定要跟你讲清楚。只要公司有放假的通知就算你输了，如果公司有特殊需要，需要有人临时加班，那就不关我的事了。"

孙玉谷得意地笑道:"这我知道,公司放假不可能放得一干二净的,只要公司能放掉一半的员工,就算你赢了。"

"你小子总算知道点好歹,也对得起你妈疼爱你这么多年了。"秦夕说着,又转头对泥鳅说道,"泥鳅,你帮我到银行去取四千块钱过来。"

泥鳅为难道:"秦夕,算了,现在受点气,等晚上下班后再把它给出了。"

秦夕摇了摇头说道:"我秦夕不喜欢说算了,鹿死谁手还不一定呢?"

泥鳅还是不同意,秦夕也不好过于强迫,刚巧,这时进来一个同事,秦夕便把他叫了过来,把卡递给他说道:"海洲,帮我出去到银行取四千块钱过来。"这个叫海洲的,刚进公司还不到半年,虽不是秦夕的徒弟,但对秦夕的技术早已仰慕已久,况且秦夕平时也少不得指点他几次,现在刚好是报答、巴结的机会,他爽快地应道:"没问题!"刚说完,又面露难色道,"可是警卫不让出去呀!"

"你去吧,没事的,你就说是我让你出去的。"秦夕说道。

接着,秦夕便把密码告诉了海洲。海洲刚移步,赵尉成叫住了他:"海洲,你等一下,我跟你一起去。"

看着消失的两个身影,秦夕心底说道:"是你们逼我的,可别怪我。"

2

这种状况也是秦夕始料未及的,也是他不愿看到的。按理说,以他的智商及他的口才,完全可以反驳住孙玉谷,而不伤自己的颜面,可自己偏把自己引起了一条死胡同,大概还是因为他心中还念念不忘一个人吧!

他决定去找柯米,他所认识的世界里,也只有她一个人能让他反败为胜了。他知道林联棋已经出差了。

本着良心讲,单单为了这四千块钱,他也不想去麻烦柯米,而且这还不是一件小事。他一开始和孙玉谷较上劲,就故意在自己的话中留一个破绽,让孙玉谷去发现。而他这个故意,也不是他故意做出来的,而是不自觉的一种潜能。表面上看,是孙玉谷把他逼进了死胡同,可实际上是他自己主动退进了这条死胡同,就像一个男孩跟一个女孩初吻时,表面上是男孩强行吻了她,她也在反抗,实际却是女孩自愿的,因为这个女孩比男孩长得还要强壮。

同样，以秦夕的智商，如果不是他自愿，孙玉谷怎么可能激怒得了他？怎么可能吻得了他？

他为什么要这么做？他自己也没考虑过这个问题。他现在把这件事所有的责任都推卸在孙玉谷和赵尉成两个人身上。他只是在想，我不想这样，是你们逼我的。可是他却不愿意承认，是他自己激怒了自己，为的就是能找一个接近柯米的理由，而这个理由让彼此看起来也不用那么暧昧，那么难为情，顺便也能试探出自己在她心目中的分量。

他还是不死心。

秦夕在往办公楼走去时，心中吹过一丝悔意，这可不是一件小事啊！她会答应吗？自己是不是有点高估了自己？

转念又想到，管它呢！不答应就算了，不就是四千块钱的事嘛！

柯米的办公室设在销售科里面，去她的办公室，必须要经过销售科。他刚准备推门，却被柯米的秘书叫住了，她一直就坐在柯米办公室门外的第一张办公桌边。她站起身客气地问道："请问，你找王总有事吗？"

待秦夕转过脸来，她蓦然想起他就是上次奚落她跟王总的那个电工，不由得没好气地大声说道："你又来干什么？我又没通知你来修什么！"

秦夕笑道："小姑娘，几日不见，脾气还是那大，小心嫁不掉呀！"他说的很大声，就是想让柯米也听到，要不然他一时还真找不出好的理由来搪塞这个小秘书。也正因为他说得太大声了，销售科里的所有人都抬起头来好奇地看着他，盯得他脸上火辣辣的。

那秘书想起上次受的无妄之气，不禁恼火了："我告诉你，你别不知好歹，上次是王总可怜你，怕你找不到工作，才没开除你。你别得寸进尺！"

柯米坐在办公室里听到好像是秦夕的声音，心猛地提到了嗓子眼，扑通扑通地跳着。她以为是自己听错了，屏住呼吸听她秘书的口气，像是针对秦夕的。"不管是不是，先过去看看。"她想。

打开门时，果然是秦夕站在她秘书的桌前，她怀中的小鹿乱撞着。秘书也住了口，眼神中寻求着柯米的帮助，说道："王总，这个人又来捣乱。"

柯米淡淡地说道："他是我的朋友！"又看着秦夕，笑道，"你进来吧！"

秦夕进屋后，瞠目结舌了办公室外那些销售科的人，特别是柯米的秘书，更是觉得匪夷所思。"朋友？"她喃喃地说着。

"他什么时候成了王总的朋友了？我没听错吧？他上次不还得罪了王总

吗，怎么这么快又成了朋友了？"她绞尽脑汁的想着，却百思不得其解，如同美国人不愿相信珍珠港已被偷袭那般难以置信。

而销售科其他的人更不愿接受这个现实。就他那副德性，一个烂电工而已，怎么可以是王总的朋友？几乎每个人都这样嫉妒地想着，似乎柯米的朋友就得是有头有脸的社会名流。

看着秦夕缓缓地关上门，柯米按捺住激动的心情，镇定着表情指着墙边的沙发，笑道："坐！"看着秦夕在沙发上坐了下去，她屁股倚在办公桌上，双手按着桌面，笑着又道，"今天怎么想起来找我了？是不是有什么事？"

秦夕身体体前倾，肘部支在腿上，双手合十，笑道："还真让你给猜对了。"

"什么事，你说吧。你帮我那么多忙，也该我还一点人情了。"柯米笑道。

秦夕皱了皱眉头，犹豫道："怎么说呢？"

"有什么话你就直说吧，只要我能解决的，一定会尽力帮你的，咱们不是朋友吗？"柯米说道。

秦夕又思忖片刻，厚颜说道："是这样的，我想让你给全公司明天放一天假，不知道可不可以？"

"明天给全公司放一天假？"柯米以为自己听错了。

"对，是不是太为难你了？"秦夕说道。

柯米不能理解，疑惑道："是你有什么事吗？如果你有什么事的话，我批你几天假就可以了，也犯不着全公司都放假一天啊？"

"不是我有什么事，不过如果你不放假的话，那我就真的有事了。"

"我不明白，你能说清楚吗？"

于是秦夕将他跟孙玉谷打赌的事跟柯米说了一遍，但他隐瞒了四千块钱的赌注，却跟她说，如果他打赌输了，第二天自己将会主动提出辞职，永远不会再在这一座城市出现。秦夕在叙述时，心跳超过了思维的节奏，他觉得这一场赌博，对手不是孙玉谷跟赵尉成，而是他自己。

柯米犹豫了。如果秦夕真的输了，以她目前对他的了解，他肯定会遵守他的诺言，主动提出辞职。这当然是她不愿看到的，她不想他离开这座城市，这座城市在她眼里因为有他才变得热闹。可公司这么多年来从未无缘无故放过假，自己用什么理由来开这个先河呢？她非常清楚放一天假对公司意味着什么？虽然林联棋跟林贝儿去广东考察分公司的厂址了，但自己也不能一手遮天哪！

想起林联棋，她不禁想到他前天走的时候，自己有意跟他一起去广东玩玩，散散心，可他却以公司需要有人管理为由，带着林贝儿去了广东。表面上是留下她管理公司，无非是不想让她参与林家的发展计划罢了。

想到此，柯米心里就堵得慌。她咬了咬牙对秦夕说道："我答应你。"

秦夕双眼放出光来，这一惊对他着实不小，如同陈圆圆听到吴三桂为了她引清兵入关，甘愿背上卖国求荣的骂名那般惊讶感动。谁说只有红颜是祸水，须眉也不落巾帼后。

秦夕不禁快活起来，这份快活决计不是四千块钱所能买得到的。他真想冲过去拥抱下柯米，但理智克制住了冲动。他站起身来，对柯米笑道："王总，真谢谢你！以后有用的着我的地方，尽管开口。"

"咱们不是朋友吗？就不要说这些了，太见外了。"柯米说道。

"那别的话我就不多说了，大恩不言谢。那我先走了，拜托你了！"秦夕搓动着双手说道。

"要不坐坐再走？"

"不了，再不走都快下班了，就来不及了。"

"那好吧，你就等我的消息吧！"

"万分感谢，拜拜。有空请你吃拉面！"秦夕笑道。

柯米笑了笑，说道："那好。"

出了柯米的办公室，秦夕全身血管都舒畅了起来，四肢百骸盈满能量。销售科所有人的目光再次齐刷刷地盯住了他，他们用另一种眼神重新诠释着他。柯米的秘书也一样，目不转睛地看着他。

秦夕对她笑道："小姑娘，今晚请你吃宵夜，有没有空？"

秘书撇了撇嘴，直勾勾地望着他，没有说话。

柯米听到秦夕从室外传来挑逗的声音，不禁笑着摇了摇头，想起了上次在医院里的那个小护士。

秦夕刚走，柯米便拿起电话，让管理部的李经理跟制造部的薛经理到她的办公室来。

没几分钟，李经理跟薛经理就急急忙忙地赶了过来。等俩人到齐，柯米便开门见山地说道："李经理，薛经理，你们俩人通知下去，明天全公司放假一天。"

俩人都惊住了，李经理不敢相信地轻声问道："王总，怎么想起来放假了？"

柯米说道："你没看到强冷空气来了吗？明天又要下雨，一定会很冷，我想让员工在家里休息一天。"

俩人面面相觑。李经理皮笑肉不笑地说道："可是以前冷空气也经常来的呀！"

柯米理亏，也不跟他争辩，只是说道："让你放你就放吧！"

李经理犹豫了好一会，才说道："那好吧！董事长知道吗？"

"这我会跟他讲的！"

薛经理说道："可是公司有几批货赶得很急的，我想留几个小组下来临时加班，要不然货赶不出来，公司损失就大了。"

"那你就少留几个小组吧！"

两个经理也不再相劝，公司放假，他们也是渔翁得利，可以美美地在家休息一天，何乐而不为呢？反正天塌下来，还有柯米给他们顶着。

再说秦夕回到维修科，钱华良正在那里等他。见到他便迫不及待地说道："秦夕，你脑子坏掉了，还是嫌工资高了，花不完了？我早上开会的时候也没听说要放假，你怎么回事啊？"

秦夕笑着拍了拍他的肩膀，笑道："你看我像工资花不掉的人吗？你一定要沉住气，把心态放好，好戏还没开始哩！"

"现在都快三点钟了，再有两个多小时就下班了，我看你到时连哭都哭不出好听的声音来。"

"别人笑我太疯癫，我笑他人看不穿。奈何，奈何？"秦夕摇头晃脑地又拍了拍钱华良的肩膀，走开了。

钱华良给他气得也没有办法。维修科一组的人基本上都到齐了，听说有好戏看，都待着不走了。这下全部围住了秦夕，七嘴八舌地劝他忍一口气就算了，四千块钱可不是个小数目啊。

可秦夕哪会听？

几分钟后，海洲跟赵尉成就回来了。海洲是开摩托车去的。

秦夕拿着厚厚的一沓钞票，紧紧地看了一会儿，摇头对海洲笑道："海洲，你说奇不奇怪？好好的四千块钱马上就变成八千。要不你也参一股，赢了我跟你平分。"

海洲笑道："秦师傅，就我那点工资，哪敢赌啊？"

"那你可别后悔哦！以后可别说秦师傅我没给你机会。"秦夕笑道。

海洲笑道："不会的。"

孙玉谷拿到了钱，生怕秦夕会反悔似的，迫不及待地说道："秦夕，你说这钱放在谁那里好呢？"

秦夕笑道："你看你那猴急的样子，难道我还会反悔不成！"他想了想，又道，"就放在我们组长身上吧，你们没有意见吧？"

"这样最好！"孙玉谷说道。

钱华良却不同意了，对秦夕说道："你这不是让我为难吗？"

"这有什么为难的，谁赢了你就给谁呗，难道我还会耍赖不成。喏，拿着。"秦夕不由分说地便将钱塞给了钱华良。

钱华良也只好勉为其难了，又接过孙玉谷递过来的钱。

孙玉谷又回工作台边绕电机了。他们也只是挂个绕电机的名罢了，看俩人开心地窃窃私语，猜都不用猜，肯定是在议论分赃后该怎样去挥霍这笔意外之财了。这可把其他的同事羡慕死了，他们围在一起，疾恶如仇般地诅咒孙玉谷跟赵尉成俩人泯灭了良心，不应该拿这笔钱。可他们自己心里怎么想，谁又知道呢？

维修科是机动部门，有活就干，没活那么多人聚在一起也是家常便饭。看着那么多人聚在那里窃窃私语，钱华良也没说什么。

泥鳅跟夏芷雪自从秦夕进来后，一直都坐在工作台旁，冷眼看着眼前的一切。秦夕走过来，按着泥鳅的肩膀，俯身笑道："怎么了？生气了？"

泥鳅瞪着他说道："你怎么就聪明一世糊涂一时呢？"

秦夕笑道："我不是跟你说了吗？鹿死谁手还不一定呢？"

泥鳅看着他自信的笑容，忽然灵光闪过，指着他眯眼笑了起来，说道："噢，我知道了！我怎么就没想起来，你说我怎么就没有想起来呢？我怎么会忘了你还有一个你欠她一条裤子的朋友呢？没想到你跟她的关系已发展到了这种地步，不简单哪！"说着，他又附在他的耳边小声地问道，"你刚才就是去找她了吧？"

"知道就好，保密要紧！"秦夕把手指放在嘴旁嘘了一声，笑道。

"你放心吧，天知地知，你知我知。可现在已经快三点钟了，我怕来不及了吧。"

夏芷雪坐在边上听糊涂了，扯了下泥鳅的衣服，问道："你们在说什么呀，我怎么就听不懂。"

"没什么，我们只是就战争赔款问题，两国交换一下意见，你听不懂也是理所当然的！"泥鳅笑道。

"不说就算了，没一句正经话。"夏芷雪不高兴地说道。

这时，钱华良接了个电话就出去了。

他一走，维修科的议论声就更大了，几乎都是抱怨秦夕今天怎么就那么傻，四千块钱就这样白白打水漂了。

过了四点钟，也没有放假的消息，孙玉谷跟赵尉成更加得意忘形了，他们已不再窃窃私语，而是大声地磋商了。他们尽谈些这两天要到哪里去按摩，哪里去洗脚，哪里去吃火锅，哪里去喝咖啡，仿佛秦夕那四千块钱已经揣在他们的兜里了。

除了泥鳅跟夏芷雪外，所有人更加替秦夕愤愤不平起来，更加憎恨那两个恬不知耻，剽窃别人劳动成果的家伙。其实在他们憎恨的情绪中，夹杂着更多羡慕的目光。

秦夕也开始担心了，再有半个小时就下班了，怎么还没有放假的消息？难道是柯米改变主意了？还是她遇到了什么困难？

3

秦夕的担心是多余的。下午四点四十几分，钱华良终于在他的企盼中满面春风地回到维修科。一瞬间，秦夕忽然觉得维修科那破旧的大门有了法国凯旋门的影子。钱华良刚进门，气也来不及调匀，就迫不及待地大声说道："各位！向你们宣布一个好消息！"

他像一块磁铁，顿时吸引了所有人的目光，每个人都被他吊足了胃口。他们都有一种预感，他是来证实秦夕的预言的。果不其然，钱华良满足地看了一圈每个人渴望的面孔后，得意地接着说道："由于这次强冷空气的到来，管理部临时决定，明天全公司放假一天。"

钱华良站在那里等待员工们的雀跃欢呼，可是他意外了，每个人对他那震惊的消息置若罔闻，只是平静的将集中在他身上的目光，游移到秦夕跟孙玉谷，还有赵尉成三个人身上。虽然他们一分钟前还坚信是秦夕必输的结局，可现在钱华良间接地宣布秦夕胜利时，他们却并不觉得意外，心底突然都浮出另一个想法：我就说嘛，秦夕怎么会愚蠢到那种程度？

孙玉谷跟赵尉成脸上的肌肉慢慢僵硬了，还残留着希望破灭前的那一丝喜悦，蜕变成似笑非笑的痉挛。说他们在笑，其实比哭还要难看。

秦夕还是那般稳妥地坐着，只是嘴角活泛出一丝甜甜的笑容，这个笑容无言地稀释了同事们心中对他的嘲笑。

这时，赵尉成站起身来，想在痉挛的脸部肌肉上模拟出几许无所谓的笑容，可并未成功，他耷拉着脸说道："钱组长，你不是在开玩笑吧？"

钱华良看了看他，笑道："你看我像在开玩笑吗？如果你不相信，你可以到公司的公告栏去看看，现在已经公布出来了。"

赵尉成无语，钱华良便把身上的八千块钱拿了出来，挥着钱说道："你们说这钱怎么办吧？"虽然是秦夕赢了，但毕竟这笔钱对打工仔来讲也不是小数目，不征得他们同意，他也不敢自作主张。

他话音刚落，秦夕便走了过来，一把抽过钱华良手中的八千块钱，笑道："你用不着问他们的，他们已经没有这个权力来指手画脚了。"他转过头看着孙玉谷笑道，"你们说是不是？"

孙玉谷铁青着脸，挥手急促地说道："你拿去花吧，反正这钱我原来也是准备捐给精神病院的，现在给你也是一样。"

秦夕笑道："那就谢了，大慈善家！"他又转过身巡视了一番周围的同事，大声说道，"大家听好了，今晚六点钟，湘味海鲜大酒楼，不醉不归，怎么样？"

同事们这才雀跃欢呼起来，纷纷围了过来，无不称赞他消息灵通，就连钱华良也拍着他的肩膀笑道："没想到你小子消息比我还灵通！"

"哪里？运气好而已！"秦夕笑道。

在敷衍同事们的同时，秦夕又想起了柯米，自己让她帮的这个忙是不是太为难她了呢？林联棋会骂她吗？自己是不是有点太自私了呢？

他找不到胜利后的快感。

却说放假的消息刚公布出不久，远在广东的林联棋便收到了消息。在柯米的意料中，她接到了林联棋打来的电话。她拿着手机，躺在办公椅里犹豫着。当电话铃声第二次熟悉地响起时，她还是接通了。她只"喂"了一声，就听到林联棋在电话那头劈头盖脸地质问："柯米，你怎么回事？你为什么要给公司放一天假？谁让你这么做的？你知不知道这样做，公司要损失多少钱？"

柯米本来还觉得愧疚的，听他发怒的原因又是为了钱，不悦中便又理直气壮起来，她一直认为，自己在林联棋心中的地位就是被金钱取代掉的，钱就是她的情敌。她淡淡地说道："我没算过，但我知道这么冷的天，员工需要休息！"

林联棋冷笑道："员工？我告诉你，员工不是来享受的。我给他们钱，他们就得给我卖命！如果每个人都像你这么想，那公司就不要开了！"

柯米毕竟理亏，一时语塞。这时，她模模糊糊地听到电话中林贝儿的声音，不过，她只听清楚了一句："我看她存心想把我们林家搞垮掉！"

柯米听到"我们林家"，胸口又堵塞了。这时，林联棋在电话中忽然缓和了语气说道："柯米，我想你可能是太累了，所以忍不住同情员工。我看从明天开始，你就好好在家里休息吧，让你一个女人家来承受这样的重担，我心里也过意不去，公司的事有我一个人就可以了。"

柯米冷冷地说道："不必了，我不想再回你们林家休息了。我看我们根本不是同一个世界的人，我们离婚吧！"

说完她就挂上了电话，原以为会自责，后悔，愧疚，没想到自己却如释重负般长长地吁出了一口气，心中太平静了。这句话她已经深埋在心底好久了，只是她一直不敢去挖掘它，想把它腐烂在心底自以为肮脏的思想垃圾里。可这个念头早已变成一颗发了芽的种子，在不自不觉中慢慢地长大，终究会开花结果。果实也终究会落入大地，生出另一颗芽。

雨，像一个诉不尽衷肠的寡妇，在婆婆的泪水中窸窸窣窣地哀怨了一夜，还意犹未尽。第二天清晨，柯米在这阴霾的天气中慢慢醒转，朦胧中忽然感觉到身边多了一个人，她惊吓中猛地坐了起来，扭头竟然是林联棋，正吟吟地对着她笑。她惊魂未定地说道："你什么时候回来的？"

"就在两个小时前，我见你睡得很香，就没吵醒你。"林联棋还是那副笑容。他昨天在柯米挂完电话关机后，就心急火燎地赶了回来，回来时天还没亮，便在柯米身边悄悄地睡了下去。

柯米被他笑得心都酥了，憋在喉咙里的那句话怎么也鼓不起勇气再说出来，她又开始不忍抹杀他伪装出来的天真。

接下来的一整天，虽然连绵的细雨仍然蔓延在城市的每一个角落，却没有潮湿掉林联棋的热情，执意拉着柯米喝咖啡，逛商场，打保龄球，看电影。他始终没有提起昨天所发生的一切不愉快的事，企图把昨天在浪漫中变成一段被遗忘的历史。

可他的一厢情愿并没有再次成功地打动柯米。柯米很被动地跟着他,有时真想甩他而去,她不再相信那种重复的欺骗。她已经厌倦了这种哄小孩的伎俩——当一个棒棒糖奏效时,下次又是一根一模一样的棒棒糖。她已经不是小孩了,她需要的也不再是哄骗。可她心里虽这么想,也准备这么做——甩他而去,却怎么也做不出来。每次当慢慢积蓄起的勇气准备实施这个想法时,肯定有另一个莫名其妙的念头迅速阻止了这起阴谋。她需要在这起阴谋中加一点催化剂,或者说是一根导火索,她多么希望林联棋能打她一耳光或者骂她一句,那她便会义无反顾地离开他,可他没有让她得逞,他总用笑容可掬的强颜脸孔包涵了她的冷言冷语。

柯米恨自己的懦弱。虽然她没再提到离婚的事,但她自己明白,这只是时间的问题,这种充当花瓶的日子她是一天都不想再过了。当她放纵这种想法时,却不再觉得这种想法伤风败俗。她的心境也豁然开朗起来,看到了婚姻外另一片美丽的天地。婚姻不是人生的全部,况且他们的婚姻已经没有了灵魂。

她心中暗暗决定,就算没有他——那个勾起她对美好生活再次憧憬的男人,她也会这么做。

她在酝酿着……

4

后来两天,柯米没有去上班,这正合了林联棋的心意,以为是她想通了,就没有相劝。

可就在这两天里,公司却炸开了锅。先是内销科的一些人向外人散布着一个新闻:你们知不知道?维修科有一个叫秦夕的电工,竟然是王总的朋友,这是王总亲口说的。你没看到王总前天看到他的表情,开心得都合不拢嘴了。她说他们是朋友,哼,谁相信哪?我看那个叫秦夕的,倒也有几分人样,八成是她养的小白脸。

接着又有某些维修科的人迎合了这个新闻:不会吧?他跟王总是朋友吗?他前天还找过王总?前天?你们知不知道,就是在前天,他还跟我们科的两个人赌了四千块钱，他说昨天肯定会放假！咦？没想到昨天真的就放假了。当时我们就纳闷了，我就说事情没有那么简单，我都来好几年了，公司也没有无缘无故放过假，昨天怎么会因为一场冷空气而放假呢？原来是他找王总了。你说王总竟然为了他给公司放了一天假，我看他们之间的关系不简单哪！

后来，跟秦夕同住在一个村且认识秦夕的人又融合了这两条消息，在此基础上又添加了新的线索：怪不得？我上次在我们村子里还看到了王总的车。当时她的车好像就停在秦夕租的那幢房子的楼下。那时我还觉得奇怪，王总到我们村子里来干吗？原来是来找秦夕的。我看他们之间八成是勾搭上了，你看秦夕长得多帅气啊，比董事长不知要好看多少倍，王总能不动心吗？

这条爆炸性的新闻在公司的影响力是可想而知的，公司的每一个角落几乎都在谈论着同一个话题。先从一个人的嘴里传到另一个人的耳朵里，再从另一个人的嘴里添了一点油加了一点醋传到了第三个人的耳朵里，如此反复，以讹传讹，最后演变成另一个局面：有人看到过他们俩在一起喝过咖啡；又有人看到过他们俩一起看过电影；还有人看到过他们俩一起散过步；更有人看到过他们俩在某一个黑夜的路边接过吻；更有甚者，竟然有人看到过他俩在某一家酒店里开过房间。说得都是有鼻有眼，不容置疑。

真是众口铄金，谣言像滚雪球一样越滚越大，最后埋葬了雪球最真实的核心。虽然只是两天工夫，但谣言已在公司里传得尽人皆知，估计连公司的机器都已经知道了这件事。

公司有两个男人沉住了气，一个是林联棋，另一个就是秦夕了。林联棋点滴收集这条消息的途径都是林贝儿透露的。他并没有去质问柯米，却是不动声色地默默观察着。他敏锐地嗅出了这就是柯米提出离婚的症结所在。

被谣言围起的高墙中，秦夕始终保持着一副不置可否的沉默，既不承认也不去辩解。当有人问起时，他只是简洁地回答一句：没那回事！

他明白这种事你就算有一百张嘴也休想解释清楚，他纵有千只手，也难捂万人口。

当谣言排山倒海席卷而来时，秦夕后悔了，事情的发展出乎了他的意料，自己倒无所谓，可这让柯米如何承受得起？自己对她是有些想法，可他们之间并未做出苟且之事，这样白白地冤枉了柯米，除了怨他还能怨谁呢？

他想给她道歉，可又不敢踏进她办公室的门，他现在才切身地感受到所谓柔软的舌头能折断骨头的滋味。他多想见她一面,苦于没有她的手机号码,又不敢打听,只能着急地替她忧虑着。

　　放假后的第三天是星期天。

　　星期一晚上,秦夕下班吃过晚饭后,就无精打采地躺在床上,公司的谣言压得他有些透不过气来。他已经没有心思再去看书了,就这样睁着眼在那里胡思乱想着。

　　直到晚上八点多钟,忽然传来几声他期盼已久的敲门声,连忙坐了起来,激动地问道:"谁啊?"

　　"我!"

　　是一个陌生男子的声音,让好不容易爬上崖顶的秦夕又重新跌入无底的深渊。他不免有些恼火,气呼呼地穿起衣服打开了门,他怔住了。

　　门外站着的竟是董事长林联棋先生。秦夕迅速明白了他此行的目的,镇定了骚乱的心情,明知故问道:"你找我吗?"

　　"是的!你叫秦夕吗?"林联棋双手插在裤兜里冷冷地说道。

　　"我是秦夕,你找我有事吗?"他知道来者不善,虽然是他的上司,但也没有得到他较为友好的语气。他不知道为什么,看到他就很不舒服,心头窜出嫉妒的火苗,在认识柯米之前,他从未有过这种感觉。

　　"我可以进去吗?"林联棋说道。

　　"当然!"秦夕拉开门让出身说道。

　　林联棋走进屋里,顿时被他满屋的枪支弹药给惊住了,微微变了脸色,也不知道是真的还是假的,心中悔意顿生。秦夕见此,得意地笑道:"这些都是仿真的!"

　　林联棋"噢"了一声,这才静下心来,在秦夕搬给的凳子上坐下后,说道:"你知道我为什么找你吗?"

　　"不知道!"秦夕干脆地回答道。

　　"就我们两个人我也不想跟你绕弯子了,我来就是要告诉你,请你以后离柯米远一点!"林联棋恨恨地说道。

　　他的语气直接把他当成了奸夫,秦夕无法忍受,加重语气说道:"我跟王总只是普通朋友关系,你没有权力来限制我的自由!"

　　"普通朋友?"林联棋"哼"了一声,"如果是普通朋友,她会为你放一天的假?"

秦夕无言以对，这更坚定了林联棋对谣言的认同，盯着他继续说道："以前的事我也不想再追究了，说吧，你想要多少钱？"

"我不明白你的意思！"

"我给你五十万，请你明天离开这座城市，永远也不要再回来，更不要再跟柯米联系了！有了这五十万，你随便到哪里打工都可以养活你一生了。"林联棋板着脸指着他自信地说道。

秦夕不屑地笑道："哼，五十万，你还真大方，我跟你说，你不应该把我想成是那种人……"

"你不要说那么多废话了，我再加你五十万，你明天就走吧，我也不想再见到你了！"林联打断他的话，不耐烦地摆手着。

秦夕火了，厉声说道："你就是把你的公司全部给我，我也不会稀罕的。你别以为有钱就什么事都可以办到。你看看你，连自己那么好的老婆都不相信，你除了钱你还能相信什么？我告诉你，我跟王总是清白的，你信也好，不信也罢，我只不过是她一个比较谈得来的朋友而已，希望你不要相信公司的谣言。王总是个好女人，只要你对她关心一点，我相信她是不会离开你的。感情是要用心来培养的，用钱买来的肥料是根本养不活的。"

林联棋抽搐着脸，从凳子上弹起来怒道："你凭什么来教训我？"

"我是不教训你，我只是想告诉你一个做人的道理！"

"你给我闭嘴。"林联棋喝道。

"那你走吧，我看我们之间根本就没有共同语言。你已经完全被金钱埋葬了，在金钱砌起的坟墓里，你已经死了好久好久了。终有一天，你会后悔的。"

被秦夕抢先下了逐客令，林联棋脸上也挂不住，恨恨地说道："你明天不要来上班了！"说完便朝门外走去。

"这不劳您费心了，我明天会去辞职的。"秦夕说道。

一百万竟然没能俘获一个人，林联棋觉得匪夷所思。钱，又在另一个人身上失去了诱惑力，他不得不重新定位金钱在他心目中的价值。

林联棋走了，秦夕又躺到了床上，不过是几分钟的工夫，他的命运却发生了转折，他不得不面临着重新选择人生。

明天就要离开公司了，这让他始料未及，一下子踌躇起来。自己辞工以后该何去何从？是否还要留在这座城市？这座城市还有值得让他留恋的东西吗？他不由得想起了柯米，想到她，秦夕狠抽了自己一耳光：秦夕啊秦夕，到这个时候了，你还要想着别人的女人，刚才你那一番慷慨激昂的豪情哪里去了？

秦夕越想越乱，头越痛，索性不去想了，等明天辞完工再说，船到桥头自然直。虽这么想，可他却根本睡不着，又起身喝完了上次跟泥鳅喝剩的二两白酒，闹钟也没有开，就沉沉地睡去了。

也不知睡了多长时间，他被一阵厌烦的手机铃声给吵醒了，摸起手机，睁开朦胧的双眼，见是泥鳅打过来的，便接通无力地"喂"了一声。

电话那头传来泥鳅炒豆似的声音："秦夕，你怎么还没来？钱华良都问我几遍了，是不是睡过头了？"

"我今天要辞工了！"秦夕说着，看了看柜子上的闹钟，已经九点多了。

"你别开玩笑了，你有什么事，要不要我帮你请一天假？"

"你不要请假了，我马上就过来。"

"那你快点，国家需要你。"

"我知道了！"秦夕无力地挂了电话。就要跟泥鳅分别了，心头涌上一阵莫名的伤感，酸酸的，酸得几欲落泪。

秦夕起床洗漱完将自己细心地装饰了一番，又将以前公司分发的几套工作服工整地折叠起来放进一个塑料手提袋中，顺手拿起桌子上的刷卡便出去了。

泥鳅正坐在维修科跟夏芷雪在那里聊天，见到秦夕穿得很排场地提着工作服，惊愕的站了起来，等秦夕走近，不敢相信地试探道："秦夕，你不会真的准备辞工了吧？"

秦夕微笑道："你以为我骗你呀？"

夏芷雪站起来说道："你真的要辞工？怎么没听你说起过啊！在这里做得不是好好的吗？是不是家里出了什么事？"

"没有，只是想换个环境！"秦夕笑道。

泥鳅见又有人要围过来，便硬拉着秦夕向维修科外走去。在大门口不远处的一个厂房拐角里，泥鳅小声地问道："如果你还把我当做兄弟的话，你就跟我说实话，是不是因为这几天公司在传你跟王总的事？"

秦夕深吸了一口气，说道："差不多吧！"

泥鳅急道："你管他呢！别人说就让他们说吧，你一个大男人怕什么？"

"事情不是你想的那么简单！"秦夕拍着他的肩膀说道。接着他就把林联棋昨晚找他的经过跟泥鳅详细地说了一遍。

泥鳅听后沉默了片刻，良久，才苦笑道："一百万？你竟然没有动心，不简单哪！"

秦夕微微一笑，没有作答。

泥鳅又道："那你有什么打算？"

"目前还没有。现在都快过年了，我想先回老家再说，留在这里也不是个事，一切等过完年再说吧！"秦夕幽幽地说道。

"那你过完年还过来吗？"

"到时候再说吧！如果家里介绍对象的话，说不定这次回家就要结婚了。你看为师过完年都二十七岁了，不能再玩了，也该回家把正事给办了，再不结婚我父母都急死了！"秦夕无奈地笑道。

"你也相亲？"

"不好吗？在外面见的女人多了，就想在家里找一个本分一点的。过日子嘛，实在就行！"

"这有点不像你的性格。"泥鳅挠了挠鼻尖说道，又忽然问道，"我这两天一直有个问题想问你，你喜欢王总吗？"

这个问题，秦夕也经常问自己，答案总是肯定的。他舔了舔风干的嘴唇，苦笑道："喜欢又有什么用？"

"你可以跟她说嘛，现在不是提倡婚姻自由吗？她既然愿意为你放一天的假，那她肯定也喜欢你。"

"就算她喜欢我，又能怎么样？好了，不跟你说了，我要去辞工了，还有那么多的部门要跑，再过一会儿都吃午饭了。"秦夕看了看表说道。

"那好吧，我陪你一起去！"泥鳅搂着秦夕的肩膀说道。在向维修科走去时，他又说道："等以后你找到工作了，给我挂个电话，我也把这边的工作辞了，到你那边去混！"

"你疯了，跟着我跑能有什么出息？"秦夕嘴上虽这么说，心中却感动不已。

"我也不想在这里干了，我都不知道你走了以后，我在这里干着还有什么意思！"

"你不是还有夏芷雪吗？"

"爱情永远也替代不了友情，友情也永远替代不了爱情！"泥鳅叹了口气说道。

秦夕再没说什么，心中又惆怅起来。

工辞得很顺利，虽然维修科的同事以及何中弘一再诚心挽留，可他们却都不了解他已别无选择。

一上午，他多么希望在公司里有意无意间能见到柯米，作为朋友，他也应该跟她告别一声，可事总与愿违，他带着深深的憾意离开了公司。

Chapter 13
柳暗花明

1

下午，秦夕无限感伤地回到住处，心里总觉空落落的，前途迷茫，不知道自己下一步该踏向何方。真的要如自己对泥鳅所说的那样，收拾东西回老家吗？这里难道真的没有值得让自己留下的理由吗？

秦夕头枕着双手横躺在床上，一筹莫展，怎么也理不出个头绪。他烦躁得抓起枕头向床头的墙上扔去。他顺着枕头落下的方向望去，偶然看见原先枕头压着的几封信。

信都是周梦情寄来的，秦夕心头一亮：对了，自己不是曾答应过她要去看她的吗？现在刚好有时间，也好去散散心，一切等回来再说。

为了怕自己后悔，秦夕立马起身，到火车站买了一张去四川的火车票。

秦夕刚买到火车票没几分钟，就接到了泥鳅打来的电话。他告诉他，他请了半天的假，现正在秦夕住处的门口，问他人到哪里去了。

秦夕甚是意外，忙回答他在火车站，让他稍等一下，几分钟就回来。

泥鳅正在他楼下院子的门口等他，他刚下出租车，泥鳅就急不可耐地问道:"你这么急干吗?迟两天回去不行吗?"

"谁说我急着要回去了?"秦夕迟疑道。

"那你去买火车票干吗?"

"噢——"秦夕恍然大悟,搂着泥鳅的肩膀,笑道,"我不是买回家的火车票。我只是趁现在有点时间,想明天去四川看看周梦情,我答应过她的。"

"周梦情是谁?"

"就是那个小女孩,你脑子怎么笨得跟猪一样,她寄过来的信你不是都看过吗?"

"对,对,我想起来了,不好意思!"泥鳅笑道。

进屋后,泥鳅便在床边坐了下来,问道:"你明天就去吗?"

"对啊,火车票已经买好了,是明天上午十点三十五的车。"秦夕坐到凳子上说道。

"你辞工王总现在知道吗?"泥鳅冷不丁地问了一句。

秦夕浑身激荡了一下,似笑非笑道:"不知道!"

"那你为什么不告诉她呢?就算她只是你的一个普通朋友,你也应该跟她说一声吧!"

秦夕沉吟道:"我跟她的事已经闹得满城风雨了,如果我再去找她,不是连累了她吗?我已经很对不起她了。"

"怕什么?身正不怕影子斜,反正你跟她又没做出什么见不得人的事!"

"兄弟,人言可畏啊!"

"那你可以打她的手机嘛!"泥鳅说道。

"如果我有她的手机号码,也不用你教我了。"

"不会吧?你跟她那么熟,还没有她的手机号码?"泥鳅有些不信。

"这有什么好奇怪的,我没向她要,她也就没好意思给。"

"真搞不懂你们。那要不你在下班的路上等她,离公司远一点,就不会有人看到了。"泥鳅说道。他却不知道柯米已经几天没有上班了。

秦夕深吸了一口气,说道:"算了,以我现在的心情去见她,我怕我真的会控制不住!"说完,他又觉得纳闷,自己怎么会说出这样一句莫名其妙的话，难道这真的是自己的由衷之言？

泥鳅推开双手说道："控制不住不是更好吗？一切问题不都解决了吗？有情人终成眷属！"

秦夕摇了摇头说道："泥鳅，你不会明白的。有的时候，人活着真的很无奈，你要知道，这首先是一件非常不道德的事。再说了，就算我愿意，你就敢肯定她喜欢我不是一时冲动吗？说不定她现在已经想通了，她又没有向我表达过，我们只是自作多情地去猜测而已。"

"你可以试一下呀，不试怎么会知道呢？"

"她是一个有家室的人，你让我怎么跟她说？难道我跟她说我爱你，我喜欢你，你嫁给我吧，这不是白痴嘛！"

泥鳅叹了口气说道："秦夕呀，花开堪折直须折，莫待无花空折枝啊！"

秦夕沉默了许久，似乎在斟酌泥鳅的话。

明天就将远行了，晚上，秦夕久久不能入睡，事情变化得太快，让他手足无措，虽然找到一个可以回避的理由，却无法回避内心的挣扎。柯米的影子始终不断地在他脑海里徘徊，逐之不开，就像一条跟路的狗，你越是驱赶它，它越是撒娇地摇着尾巴黏着你。想着想着他却笑了，笑自己太傻，柯米的影子也越来越虚幻起来，仿佛不同存于同一片天空，是那样的遥不可及。

第二天，他在昏昏沉沉中睡醒时，都快十点钟了。他看了下闹钟，惊吓地从床上弹了起来，慌乱中粗略地收拾了下自己的衣服，又忙不迭整理起乱七八糟的行李，再也没心思去考虑其他的事了，只恨昨晚没开闹钟。

他提起背包急匆匆地往楼下跑去。刚冲出院子的大门，却见一辆出租车在门口停了下来，不由心中暗喜，也不用担心赶不上火车了。

"真是天助我也！"他看着缓缓停下的出租车，心中乐滋滋地想着。

静静地等了片刻，却没见车上的乘客有下车的动静，秦夕有些不耐烦了。这时，却见出租车后窗玻璃摇了下来，探出一个熟悉的脑袋，笑吟吟地说道："是不是要去火车站啊？"

秦夕电击似的怔住了，木木地盯住那张朝思暮想的脸蛋，忘记了呼吸，继而全身的血液高速流淌中转了心脏，压迫着它紧张地跳跃着。他难以抑制住欢快的笑容，喜道："你怎么知道我要去火车站？"说完又觉得后悔，语气平淡中不够热情。

那人正是柯米，她推开车门，笑道："是就上车吧！还愣着干吗？"

秦夕倒有些忸怩起来，虽心中欢喜，上车时却还是惴惴不安。事情发展得太过意外，秦夕短暂的局促不安后，又从容地恢复了镇定，看到了一直在他心中虚幻的东西现在又慢慢真实清晰起来。

柯米腿上也放着一只鼓满的背包，车子移动后，秦夕便疑惑地问道："你也要出远门吗？"

柯米笑道："我也想去看看周梦情，不知跟你是不是同路？"

秦夕惊诧道："你怎么知道我要去看周梦情？"

"是你徒弟告诉我的！"

"泥鳅？"

这一切的确出自泥鳅的自作主张。

今天早上，他刚上班不久便去了柯米的办公室，可她的秘书告诉他，柯米已经好几天没有来上班了。他思来想去，索性一横心，直接去了柯米的别墅。

当时是李婶给他开的门，见是泥鳅，便问道："小泥鳅，你来干吗？是谁让你来的？这里又没坏什么东西。"

泥鳅赔笑道："我想见王总！"

李婶目光扫视了他一番说道："你发烧了？王总是你想见就能见的吗？你赶快回去吧，有什么事等王总上班了再说。"

"李婶，我找她真的有很要紧的事，麻烦你跟她说一声，她认识我的。"

"认识你也不行，每个人都像你这样，王总还要不要休息了？你赶快走吧，被王总看到了也不太好。"李婶说着便准备关门。

泥鳅用脚抵住了快要掩上的门，问道："那董事长有没有去上班？"

李婶只道他找不到王总便准备去公司找董事长，便道："他早就去公司了，不在家里！"

泥鳅见董事长不在，胆便壮了不少，扯开喉咙叫道："王总——王总——"洪亮的声音在寂静的空气里刺耳地划过。

Chapter 13 柳暗花明

李婶吓得失了主见，连忙用手去捂泥鳅的嘴，却也是徒劳的。情急中，她又使劲地准备再度将门关上，可泥鳅却从门缝里闪了进来。李婶小声骂道："你这个小混球，你赶快出去，你不想做了？"说完又将他往门外拉扯。

柯米这几天心中再次燃起了人生的希望，心情也舒展了许多，正坐在客厅里看电视。依稀间，只觉听到有人在叫她，只道是听错了。她屏住呼吸，竖起了耳朵，确实是在叫她。

她起身走到门口，见李婶正在院子里拖拉着泥鳅，说道："李婶，你让他过来。"

李婶松开了手，泥鳅拍了拍并未被拉皱的衣服，抬头说道："王总，我想对你说件事！"

"那你先进屋吧！"柯米站在屋前的台阶上笑道。意外地见到泥鳅，柯米甚是欢喜，就像八十年代分隔两地的情爱男女，见到邮递员来到家里那般喜悦。

"不了，我也就只有几句话，我说完了就走。"泥鳅微笑道。

"那什么话你就说吧。"

李婶还呆呆地站在一边，泥鳅冲她笑道："李婶，你能不能先回避一下，我有很重要的事对王总说。"

李婶看了看柯米，见她没有反对，便默默地进屋去了。直到看不见她的身影，泥鳅才接近柯米轻声地说道："王总，我来就是想告诉你，秦夕辞工了。"

"什么？他辞工了？"柯米不敢相信地反问道。

"对，是昨天上午辞的工，都是给董事长逼的。"

"林联棋找他麻烦了吗？"柯米惊道。

于是，泥鳅便将前几天公司如何传他俩谣言，以及前天晚上林联棋找秦夕的事一股脑全抖了出来，特别是将林联棋用金钱诱惑秦夕的情节添油加醋地描述得淋漓尽致，犹如亲临现场一般。

末了，他见柯米阴郁着脸怔怔地看着他，又小声地试探了一句："王总，有句话我想告诉你，也不知道该不该说？"

"没关系的，你说吧。"

泥鳅说道:"我师傅跟我说,他很喜欢你,只是不敢跟你说,怕你会拒绝他。"

柯米脸红了起来,满足在羞涩中蔓延,她闪躲着泥鳅的目光,小声地说道:"你别瞎说,我跟你师傅只是朋友关系。"

泥鳅满意地笑道:"王总,那我先走了。我师父他今天准备去四川看望周梦情,就是你也曾经接济过的那个小女孩,他是上午十点三十五的火车,如果你也能一起去的话,我相信周梦情一定会很开心的。"说完,也不等柯米回话,便径直去了。

"十点三十五?"柯米喃喃自语道。

她抬手看了看表,已经快十点钟了,时间已容不得她犹豫了。思维一瞬间的转动,却做了一个大胆的选择。虽然只是一个瞬间,却成了一个人生的转折。

2

俩人兴致勃勃地坐完火车又坐汽车,不知转了多少车,也没算过走了多少路,终于在星期五的下午风尘仆仆地到达离周梦情家最近的一个小镇上。劳累不堪的俩人,心中却都是热腾腾的。

为了能对得起自己这几天来的长途跋涉,俩人在镇上最豪华的一家旅馆住下了,也不过每人五元人民币。

第二天,天刚刚有些亮,秦夕就到隔壁房间叫醒了沉睡中的柯米。

清晨中的山,烟雾缭绕,苍苍莽莽地蜿蜒着,看着它,便觉自己渺小了许多,生出几许敬畏。

山很静,只听见俩人踏在青石板上发出嗒嗒的脚步声和彼此沉重的呼吸声。几天来的朝夕相处,相互间又磨合出几许融洽。

太阳不知不觉地高上正空,已经是中午了。柯米坐在路边的青石上喘息着。她从包里拿出饮料贪婪地喝了几口,就抬头望着秦夕,问道:"还要多长时间才能到啊？"这个问题，她自己也忘了问过多少遍了。

秦夕也喝了几口水，在她对面的一块石头上坐了下来，笑道："像你这样的速度，估计天黑之前是到不了了！"

"啊？天黑之前都不会到？你刚才不是说快到了吗？"柯米惊道。

"水水你不行吗？"秦夕笑道。

"你究竟哪一句话是水我的？真的是快到了吗？"柯米急道。

"早哩，我刚开始只是想给一点信心给你，像你这样走三步歇两步，天黑之前真的是到不了了。"秦夕笑道。

"那怎么办？我们不会就在这荒山野岭过夜吧？"柯米试探道。

"你怕吗？"

"我不知道。"柯米嘟起嘴不情愿地说道，她又忽然站起身来说道，"那我们快走吧，争取在天黑之前走到周梦情家。"

"嗯，那好。"秦夕起身拍了拍屁股上的灰尘，笑道。

俩人并肩刚走出没几步，柯米又问道："你是怎么找到这么荒僻的地方的？"

"我不是跟你说过吗？是一个导游小姐带我过来的。"

"你第一次走这么远的山路就是为了周梦情吗？"

"不是的，当时那个导游小姐跟我说，在这座山里有一个温泉，所以我才跟她过来的。那天我们就是在周梦情家里吃的饭，要不然我也不会认识周梦情了。"

"你说周梦情家附近有温泉吗？"柯米好奇地问道。

"对呀，这也是我这次来这里的一个动力之一。等到了她家后我带你去看看，那个温泉很漂亮，保证不会让你失望的。"

"好啊！你说那个温泉开发了吗？"

"还没有，要不然周梦情家也不会那么穷了！"

"咦？既然这样，那个导游小姐怎么会知道这么偏僻的地方会有温泉呢？"

"这你就不知道了吧。周梦情就是那个导游小姐的表妹，换句话说，周梦情的爸爸是那个导游小姐的二舅，她能不知道那里会有温泉吗？"秦夕笑道。

"噢——"柯米恍然大悟，点头又道，"她就带你一个人去的吗？"

"对呀！"秦夕笑道。

"那你肯定付给她很高的导游费喽？"

"那倒没有，她一分钱都不收的。"

"噢，我明白了，就是因为你帮助了她的表妹。"

"你又猜错了，那时我还不认识周梦情。算了，你也不要猜了，这样跟你说吧，她是因为喜欢我。我这样说，你信吗？"秦夕目不转睛地看着她说道。

柯米看他认真的样子，笑了一声，说道："这有什么不信的？"

"我怕你又会以为我是个自恋狂！"秦夕笑道。

"我从来都没有这样想过，都是你自己说的。"柯米笑道。

俩人说着走着，终归是柯米身体娇弱，虽然她强打起精神，可仍然无力一鼓作气走完这段漫长崎岖的山路，走走歇歇。赶了快一天的路，却只遇到不足十个路人，见到他俩，总是用异样好奇的眼光打量着，哪怕走出去好远好远，也不忘再回头补上一眼。他俩跟这座大山太不协调了。

夕阳西沉，跌在地平线上红着脸挣扎着。柯米又找了一块干净平滑的石头坐了下来，叹了一口气，有气无力地问道："还要多长时间才能到啊？"

秦夕看了看天色，笑道："大小姐，估计天黑之前真的是到不了了。"

"我们今晚不会真的要在山里过夜吧？"

"可以这么讲！"

"我有点怕！"柯米乞怜地望着他。

"你是怕我还是怕这座山？"秦夕笑道。

"都怕。"柯米笑了起来。

"怕就赶快走吧，天就要黑了。"

柯米轻揉脚踝，苦色道："我实在走不动了，我两只脚走得好痛。"

"要不要我背你？"

"不用了，我还是自己走吧。"她又勉强地站起身来，笑道。

"我看你也实在累得不行了,咱们还是到前面找一个地方休息一夜吧?"

"随便你。"柯米又弯腰揉了揉脚踝,直起身来说道,一副豁出去的表情。

夜,悄无声息地吞噬了太阳残留下的光明。惨白的月光倾泻在这片寂静的山林,愈发显得诡异。

秦夕在天黑前已找到一处理想的栖息地——一个背风的山洼。山洼里一堆篝火烧得正旺,映红了俩人俊美的脸蛋。树枝在烈火的淫威下,噼哩啪啦地反抗呻吟着。

柯米双手抱着膝盖,静静地坐着看着火苗发呆,思绪随着火焰一起跳动着,原来火也会这样温柔美丽。她有用手搅动火焰的欲望。

秦夕又向火中添了几根树枝,偏头看着她问道:"还冷吗?"

"不冷!"柯米头摇得跟拨浪鼓似的,不但身体不冷,心里也暖和了。

"你现在是不是很后悔跟我到这么偏僻的地方来?"

"不会啊!我觉得挺值得的。我长这么大,还第一次在野地里过夜。你看这火多好看,一跳一跳的,像个小孩子似的。"

"那你刚才还说害怕?"秦夕笑着摇了摇头。

"我没有想到会有火嘛。我原以为就这样瞎灯瞎火的在这里坐一夜,那样多吓人哪,又黑又冷的,我可受不了。"柯米颤抖了一下,想着都觉寒心。她顿了顿,又道:"我现在最担心的就是去过周梦情家以后,该怎么回去。想想还要走这么长的山路才能返回,心里总觉得害怕。"

"如果你不想走的话,那你就住在山里好了,在周梦情家边上盖间房子,在那里无忧无虑地过一辈子。"秦夕开玩笑道。

"你别说,还真的挺好的。这里空气又新鲜,还可以经常泡泡温泉,虽然是粗茶淡饭,但起码活得自在,无拘无束的,挺好的。"

"你现在想得挺好的,等你在这里真的过了两天以后,你就会开始怀念山外面的别墅了。"秦夕笑道。

柯米脸色阴沉了下来,轻声说道:"你还是不了解我。"

秦夕没有接口,俩人又默默地坐了好长一段时间。柯米的眼神渐渐呆滞了,秦夕也打了个欠伸,问道:"你困不困?"

柯米转过头看着他,点了点头说道:"有点!"

"困那你就睡吧,明天还要赶路哩!"

"就这样睡吗?"

"对,千万不能躺着睡,要不然你明天肯定要感冒。"

"可是我怕我睡着了以后,还是会倒下去的,像这样坐一夜多难受。"

秦夕蹙着眉头想了想,说道:"如果你不介意的话,你就倚在我的肩膀上睡吧,这样就不会倒下去了。"

柯米的脸蛋被火烤出了另一种别致的红楚,小声说道:"这不好吧?"

"出门在外就不要讲究那么多了,难道你还不相信我?再说了,男人的肩膀就是给女人需要帮助的时候用的,不用也是一种浪费。现在国家不是正在大力宣传吗?什么节约光荣,浪费可耻。"

柯米笑了起来,想以此来掩饰内心的尴尬,她没再坚持,闭着眼将头斜了过来,倒在秦夕的肩膀上,睡了。

劳累了几天,柯米很快进了梦乡。

不知过了多久,一阵寒意将她从酣睡中迷糊起来,意识中忽然觉得自己正趴在一个温软的物体上。她半睁开惺忪的眼睛,惊慌地坐了起来——那个温软的物体竟是秦夕的大腿。

秦夕看着她,笑道:"醒了?"

柯米迅速绯红了脸,一件衣服从她身上滑落,是秦夕的外套。她捡起衣服,难为情地说道:"你还没睡啊?"

"睡不着!"秦夕笑道。

柯米清楚是因为自己趴在他腿上,妨碍他无法入睡。她将手中的衣服递给他,满脸歉意地说道:"真对不起,你赶快睡吧,我来看着火。"

秦夕接过衣服,边穿边笑道:"还睡?你看看天。"

天已经发白了,柯米仰着头喃喃道:"天亮了?"她深深自责了,又道,"你为什么不叫醒我?"

"没事,小意思。"秦夕笑道。

她偶然注意到秦夕身边一地的烟蒂,惊道:"你昨晚抽了这么多烟?"

"带来的烟都抽完了,看样子以后几天得熬着了。"秦夕笑道。

柯米想象得出他是怎样默默地坐在这里,面对着无情的烈火独自煎熬了一夜,她微微潮湿了眼眶。

秦夕注意到了她的表情,打岔笑道:"既然你醒了,那我们就出发吧,免得今天中午连午饭都赶不上,那就亏大了,我可不想再吃面包了。"说完便准备起身,可屁股刚离地却又重重地坐了下去,抬头对柯米笑道:"腿太麻了。"

一个不起眼的关怀,却彻底震撼了柯米,她再也顾不得那么多,动容地要给秦夕搓揉起腿肚子,想帮他活血通络,嘴里还抱怨道:"你怎么那么傻呢?"

没想到她刚碰到秦夕的腿,秦夕却"哎呀"一声大笑起来,他拉开了柯米的手,哭笑不得地说道:"你别碰我的腿,难受死了。"

柯米微微一怔,随即便明白了,自己有时腿麻的时候,轻轻一碰,都觉奇痒难当,便笑道:"对不起!"

几分钟后,秦夕双腿便恢复常态,他站起身来,提起地上的两只背包递给柯米,笑道:"麻烦你先拿着包到路上去等我,我随后就到,我要用水彻底熄灭这堆火,免得引发森林火灾。山林防火,人人有责嘛!"

"可这里哪有……"话到这里戛然而止,她本想问这里哪有水的,可她倏忽间却明白了他的意思,红着脸接过背包,轻声道:"你真没素质。"说完便提着包转身离去。

"哼!我没素质?这是国家提倡的,要充分利用好每一滴水资源。"秦夕不以为然地在她身后嘀咕道。

柯米听了,笑着加快了脚步。

Chapter 14
恩将仇报

1

中午时分,柯米终于可以踏实地站在山头上,远远地眺望着周梦情的家了。整个偌大的山坳里,稀稀落落地只看见三户人家,坐东朝西地一字排开,每两间房子却间隔了几十米远,像是三座可以互相火力照应的碉堡。山坳里炊烟袅袅,青雾腾腾,已到了做饭的时间了。

秦夕告诉柯米,这三户人家分别是周梦情家和她大伯家,还有他三叔家。最北边的那家便是周梦情家了。

周梦情家门口静悄悄的,走近才隐隐听到屋里铁器碰击锅灶的轻微声响。北墙边忽然冒出一只色彩艳丽的花红大公鸡,见到两个陌生人,便趾高气扬地冲了过来,在柯米面前蹲下鸡身,蓬开脖上的羽毛,大有跳起啄人之势。柯米吓得尖叫了一声,忙躲到秦夕的身后,紧紧攥住秦夕的衣服。

秦夕笑了笑,手伸到身后,拉开了攥他衣服的柯米的手,眼疾手快地俯身按住了那只还未展开攻势的公鸡。他将它的两只翅膀拉开,交叉拢在鸡背上,鸡便不再动弹,匍在地上咯咯地叫着。

屋里听到动静,周梦情便跑了出来,前脚刚踏出门槛,就惊愕住了眼神,随即便把头扭向屋里叫了起来:"爸,是秦夕哥哥来了,你快过来呀!"说完就冲了出来，喜出望外地拉住秦夕的手，天真地笑道："秦夕哥哥，我不是在做梦吧？没想到你真的来看我了，你知不知道，我天天都在想你？"

秦夕用另一只手拍了拍她的头，笑道："我也想你呀！"说着，指着柯米对她说道，"这个就是我在信里跟你说的柯米姐姐。"

梦情松开了拉秦夕的手，向柯米深深地鞠个躬，抬头说道："你好，柯米姐姐，谢谢你！"

柯米笑着刚准备开口，却被从屋里出来的梦情的父亲周均衡打断了思绪。周均衡激动地说道："原来是恩人哪，赶快进屋坐吧，梦情刚刚还在念叨你，没想到你就来了。"

梦情拉过柯米的手，对她父亲不满地说道："爸，这个是柯米姐姐，也是我们的恩人哪。"

"对，对，都是恩人，都是恩人。"均衡憨笑道。

柯米倒不好意思起来，自己不过只给了他们家两千块钱那一点点的恩惠，人家却自矮三分真心诚意地尊重她，她有点受之有愧，不自然地笑道："大叔，你就不要叫我们恩人了，你就叫我柯米好了。"

"一样的，一样的，来，进屋坐啊！"均衡局促地笑着，盯着梦情又道，"梦情，你去叫你大伯跟你三叔就不要做饭了，让他们到这边来吃，也好陪恩人喝两杯。"

秦夕连忙阻拦道："我们随便吃一点就可以了，就不用那么麻烦了。"

梦情快活地笑道："秦夕哥哥，这你就不用担心了，我上次写信不是跟你说过吗？等你过来的时候，我爸就把大公鸡杀了来招待你们。我们山里人也是说话算话的，偌，就是这只公鸡，是不是很大？我三叔早就想吃了，可是被我爸骂了一顿，他说这只鸡是留给你来吃的。"说完就手舞足蹈乐滋滋地朝他大伯家跑去通报喜讯了。

那只鸡还是可怜地趴在那里动也不动。

见梦情走远，均衡转头对他俩说道："我先去磨刀把鸡给杀了，你们走了这么远的路也一定饿了，你们先进屋坐一会，我马上就好。"

"大叔，不用杀鸡了，我们随便吃一点就可以了，你这样，我们真有点不好意思了。"秦夕说道。

"我们山里也没什么好招待的，也就只有这只鸡了。你们也别站在外面，赶快进屋吧！"

等柯米跟秦夕进屋坐下后，周均衡便到厨房磨刀去了。厨房是附在主体房屋北面的一小间屋子，跟主房是相通的，隔了一个连门帘都没有的门框。

破旧的屋子里被古老的油烟熏得黑黢黢的，腻腻的让人感到沉闷。柯米有点坐不住，提议秦夕到外面去晒太阳。俩人各搬了张凳子走出门外，却见那只仍然斯文地趴在那里的公鸡。秦夕放下凳子，走过去将公鸡两只自己锁住自己的翅膀解了开来，那鸡如遇特赦，头也不回惊恐地跑掉了。

柯米手中拿着凳子，笑道："你不想吃鸡吗？"

秦夕笑道："想啊。但我不想吃他们家的鸡，这只鸡对我们来讲，那是家常便饭再普通不过了，可对他们家来讲，却有可能是……"他翻了几番白眼，也想不出好的形容词，便拂手笑道，"反正是君子有所为有所不为。"

柯米笑了起来，放下凳子坐下后说道："你的理论倒还挺新鲜的——不吃鸡是君子，那吃鸡就是小人喽！"

"你完全可以这样理解。我以后还准备写一篇论文来陈述这件事情，就写我秦夕如何能抵挡住鸡的诱惑，在鸡的面前，表现得是何等的大义凛然，不计前嫌，以德报怨。你现在是不是觉得我很伟大？"秦夕说笑着，在柯米身边也坐了下来。

这时，梦情欢喜着脸孔跑了回来。秦夕便问道："你大伯跟你三叔过来吗？"

"马上就到。" 梦情笑道，说完就进屋也搬了张凳子在柯米跟秦夕中间坐了下来。

柯米看着她就想起自己小时候失去母亲的酸楚，不由多了几亲切。她拉起梦情的一只手放在手心里，细细地搓揉了一番，看着她问道："你今天不用上课吗？"

"今天是星期天！"梦情斜脸盯着她说道。

"噢，你们学校离这里远吗？"

"不太远，就在山的东面，走四个多小时就可以到了。"

"这还不远？"柯米吃惊道，"你每天都要走这么远的路吗？"

"我是住在学校的，一个星期才回来一次。本来今天下午就该回学校了，不过我今天不想去了。我马上跟我爸说一下，我明天再去。"

"那怎么行，学生是不能逃学的。"

"没事的，柯米姐姐，我成绩很好的，缺一天的课我会补上去的。"

秦夕插嘴道："你这家伙，什么时候变得跟秦夕哥哥一样，这么自恋。"

梦情迷惑地眨了眨眼睛，问秦夕道："秦夕哥哥，你是在夸我吗？什么叫自恋哪？"

天真的表情，却让秦夕感到难为情，不知该怎样解释，询看着柯米，她正吃吃地笑。他最后只敷衍道："秦夕哥哥只是想告诉你，以后学习千万不能骄傲，谦虚才能使人进步，知道吗？"

"噢！"梦情似懂非懂地点了下头。

不一会儿，梦情的伯父伯母及她的三叔都到齐了。现在年关已近，外面也几乎无事可做，便都早早地回来准备过年了。虽然身上同流一人的血，兄弟三人却让人产生三种不同的直观印象。梦情的父亲憨厚老实，给他们的感觉跟这座山一样恬静淳朴；梦情的三叔均松却截然相反地生着另一副面孔，仿佛他天生的责任就是来衬托他二哥的，长得獐头鼠目，一双斗鸡眼贼溜溜地乱转，嘴唇薄得只以为是上帝吝啬地只用刀子划开了一条缝。过了年他都三十了，可至今仍是光棍一条。柯米从他的神态中，悟出了他打光棍的理由。

大哥均平总是深沉着脸孔，喜怒不形于色，大有泰山崩于前而不乱的气势。似乎只有从他心灵的窗户才能感到他内心的骚动，两只阴幽的眼球像两颗算盘珠子在精细地拨动，仿佛每动一下都得算出等值的思维。可他千算万算也没算出他老婆为何跟他结过婚的十多年里，却没能为他生下一嗣半子的原因。后来，他只是逢人便说，他们家的风水有问题，要不然他们兄弟三人为何都如此苦命，要么有婆娘没孩子，要么有孩子没婆娘，要么婆娘孩子都没有。每每夜深人静时，他总是用事实来证实他的推测。

那只公鸡虽然被秦夕放了，却终未逃脱它悲惨的命运，一个小时后，它以另一种优美的形态被赤裸裸地摆在了桌子上。陪同它的还有一盘白菜烩肉，肉是家里腌制的。除了这两道荤菜以外，剩下的几个菜便都是屋前房后种的蔬菜了。

放菜的桌子油得发亮，渗透出隐隐的黑，污垢磨平了木头原本的粗糙。手摸在上面，像是抹了一层快要风干的胶水。碗碟也失去了起始的光泽，有的裂开年岁久远的缝中，变成一条黄色的年轮，虽仔细擦洗过，却仍洗不出无瑕的白。

柯米看着手中两根已经老得直不起腰的筷子，不知出自哪个年代，一头在与嘴唇多年的亲密摩擦中，变得尖圆光滑。她觉得反胃，刚才饥肠辘辘的感觉早已烟消云散。虽然她也是农村长大的，但她家里比这里不知干净多少倍。何况这几年来，她已融入了高层次的生活水准，如是沿海村庄里长大的人，从小就吃惯了略咸的地下水，却也觉得清冽甘爽，待吃得一年半载的净化自来水后，井水咸苦得再也无法下咽。

再看看秦夕，他似乎早已忘记了刚才对鸡的承诺，正畅快地跟梦情的叔伯们喝着烈酒，吃着鸡肉，毫无勉强之表情。柯米便来了决心，闭起心中的眼睛，狠命地夹起一块菜放进嘴里咀嚼起来。他能做到的事，她也一定能做到。

酒足饭饱，已经快下午三点钟了。梦情的叔伯也都回去了。周均松走的时候把梦情的父亲也拉走了，说是有事跟他商量。秦夕问柯米要不要去泡温泉，却换来柯米拨浪鼓似的摇头，她实在太累了，脚痛得一步山路也不想再走了。

他俩便在屋前晒起了太阳，梦情也还是坐到了他们中间。没聊几句，秦夕便被冬日那暖洋洋的阳光晒倦了神经，倚着墙壁打起盹来。柯米心疼他一夜未曾休息，就拉着梦情坐到离他远远的地方，轻声地聊着。

一个囫囵觉还未睡足，秦夕就被周均衡沉重的脚步声给惊醒了，看看天，太阳已经粘在树梢上了。只见均衡耷拉着脑袋忧心忡忡地从他大哥家走来，在经过秦夕面前时，秦夕顺口问了一句："大叔，你怎么了？出了什么事了吗？"

均衡转头看了他一眼，又迅速转了回去，仿似在逃避他的眼神。他匆匆地说道："没什么，我现在就给你们做饭去。"说完，头也不回地进屋去了。

秦夕跟坐在不远处的柯米心中都画起了问号。

晚饭很快做好了，菜还是中午的剩菜热了一下。周均衡自从他兄弟那里回来以后，像是变了一个人，郁郁寡欢起来。秦夕偶尔问一句，他也是慌慌张张地敷衍一句，低着头狼吞虎咽地扒着饭。刚放下饭碗，也不等秦夕跟柯米吃完，匆匆忙忙地到里屋收拾下床铺，接着简单的交代下梦情就到他兄弟家睡觉去了。

屋里只有一张床，平时梦情跟她父亲就同睡在上面。今晚，梦情跟均衡都将到她叔伯家去睡，将床留给秦夕跟柯米，想必是把他们当成男女朋友了。以梦情家的条件，能腾出一张床给他们睡已经相当不错了，秦夕也没好意思开口再让铺一张床。

柯米帮梦情刷好锅碗后，梦情便也走了，临走时还懂事地关照他俩要早点休息，只留下秦夕跟柯米不尴不尬地站在屋里。

昏暗的煤油灯下，秦夕在桌边坐了下来，对柯米笑道："你先进去睡吧！"

柯米使劲地搓了搓因洗碗而冰冻的那双手，瞅了他一眼，笑道："我看你真的想做神仙了，你不困吗？"

"不困，下午不是眯了一会儿吗？"秦夕笑道。

柯米在他桌子对面也坐了下来，说道："你昨晚抽了一夜的烟，今晚你打算抽什么呢？"

"这你就不用管了，山人自有妙计。"

"你就不用装了，我知道你很累。你进去睡吧，昨晚我睡了一夜，今晚怎么说也该轮到你睡了。"柯米笑道。

"那你怎么办？"秦夕问道。

"我就趴在这桌子上睡吧！"柯米转着眸子说道。

"你认为我能做出这种给全世界男人丢脸的事吗？"

"这有什么好丢脸的？反正我今晚就坐在这里了。"柯米固执的说道。

俩人就这样相持不下地争执了好一会儿，也没寻出个良策。

过了一会儿，梦情却推门而入，门是虚掩着的，谁都没好意思把它闩上。

梦情满脸挂着断了线的泪珠，柯米忙起身，拉过梦情，用手替她擦拭着泪水，小声问道："梦情，你怎么哭了？是不是爸爸欺负你了？"

梦情拉着柯米的手，拖着哭腔细声道："柯米姐姐，你跟秦夕哥哥赶快走吧，我爸跟大伯三叔要杀你们了！"说完，泪水又叭嗒叭嗒地流了下来。

柯米微微变了脸色，似笑非笑道："你听谁说的？你爸怎么会杀我们呢？"

这时，秦夕也冰冷着面孔站了起来。

梦情用衣袖抹干了泪水，哽咽道："是真的，柯米姐姐。我三叔说你脖子上的项链和你手上的戒指，还有手表要值好几十万块钱。他们正在我大伯家里磨斧头，我刚刚在门外听到的，我大伯说等你们睡着以后过来杀你们……"

原来，周均松曾在县城的珠宝店里做过保安，耳濡目染中，好学的他对钻石珠宝还有些粗浅认识。今天偶然发现，柯米脖子上的钻石项链及手上的金表钻戒，眼睛便贼亮了起来。周均平得知，贼心也蠢动了，他这么多年来，无时不在希望有朝一日能赚足一笔钱，跟他老婆到省城的医院里去瞧瞧，也好续上周家的香火。

下午，当周均平跟梦情的父亲说了这件事，且意图贪为己有，周均衡却死活没有同意，指责他们不该这样恩将仇报，可却换来他大哥言简意赅的训斥：

"均衡，你不要跟我满嘴的仁义道德，这些道理我也懂，我也不想这样。可你有没有想过我们兄弟三人现在活得像什么样子？均松到现在连个老婆都还没有，难道你做哥哥的就一点责任都没有吗？你还记得咱妈死的时候，都是睁着双眼含恨而去，还不是因为我们兄弟三人无能，没能让她老人家在生前抱上孙子。你再想想，如果真的如均松所说，那个女人的项链戒指能值好几十万，那均松还愁娶不上媳妇吗？有了这笔钱，你也可以再娶个老婆，我也可以带着你嫂子到省城的医院去看看了，你真的就打算让周家的香火断在我们兄弟三人的手上吗？"

周均衡被噎得半晌无语。

周均松也在一旁劝道："二哥，你就不要那样死心眼了，要怪只能怪那两个人命苦。大不了每年的忌日，我们兄弟三人到坟上给他们多烧点纸钱。二哥，你也要为我跟大哥想想，毕竟我们是亲兄弟，这也是老天爷给我们兄弟三人的机会。没有女人的日子我是一天都不想过了。"

周均衡彷徨了。

在晚上磨斧头的时候，周均衡又打起了退堂鼓，那兄弟二人便又苦口婆心地规劝起来，没想到此时周梦情正站在门外。

秦夕跟柯米在梦情娓娓哭诉中了解了大概。柯米转头求助地望着秦夕，还残抱着一丝侥幸，略带着颤音问道："你说他们真的会杀我们吗？他们就不怕犯法吗？"

秦夕整理了一下思绪，冷笑道："犯法？这个山洼子里只住了这三户人家，就算我们喊破嗓子也不会有人知道我们在这儿。把我们杀了以后随便找个地方埋了，谁又能知道？就算日后有人找来，他们只要说我们早走了，那你又能拿他怎么样？"

柯米惊慌起来："那怎么办？"

秦夕咬牙道："撤，越快越好，我们不是那三把斧头的对手。"说完，就拉着柯米的手往门口走去。

梦情拦住他们说道："秦夕哥哥，你们不能走大门出去，会被大伯他们看到的，你们还是走厨房的后门走吧。"

秦夕想想也对，如果走原路返回，就算走时不被发现，到时他们知道他俩逃脱，一定会顺路追下去的。

"那我们该怎么走？"柯米急道。秦夕感到柯米的手在他手中微微抖动着。

"先逃出这里再说。"秦夕拉着柯米向厨房后门走去。

厨房的门是朝北开的，出得门没几步便是山了。秦夕拉着柯米向北边的山林中狂奔而去。不经意的回头，梦情正战栗地跪在门槛外的月色中。

2

皓月当空，烁星点缀，苍茫巍峨的大山在朦胧月色的辉映下，呈现出一个雄伟的轮廓。可如此诗意的画境中，却多出两个狼狈的人儿。

秦夕跟柯米也顾不得说话，艰难地往山上爬去，沉重的呼吸声及脚步声被自己猛烈的心跳声所淹没。可祸不单行，就在爬到半山腰时，柯米却踩到了一块松动的石头，重重地摔在地上。秦夕忙驻足扶起她，急道："你没事吧？"

柯米又痛苦地呻吟着坐了下去，双手捧着那只踩到石头的脚，呲着牙轻轻地转动着脚踝，喘着粗气说道："秦夕，我的脚崴了，疼死了。"

秦夕刚要开口，却见梦情家屋前有三个人影迅速地往山脚下移来。最前面的还拿着手电筒，远远的都可以听见周均平恶魔般的号叫划破长空："秦兄弟，你在哪儿？怎么不说一声就走了？是不是我们兄弟招待不周啊……"

周家兄弟好像看见了他们似的，不偏不倚地正朝他们所待的地方走来。

秦夕急忙将柯米扶起，问道："试一下，看看还能走不？"

柯米受伤的脚刚触地便又轻轻地呻吟了一声。眼看三人已快到山脚下，秦夕急道："我背你。"也不等她同意，便将她的双手揽在自己的脖子上，颤颤巍巍地背着她往山上爬去。

柯米伏在他背上，小声地说道："你放下我，先走吧。你这样背着我，马上就被他们追上了。"

"你这说的是什么话？我既然把你好好地带进来，就要把你好好地带出去。"秦夕喘着粗气说道。

"可你这样背着我，我们俩可能都没有出去的希望了。"

"你别说了，我不会丢下你的，要出去，也要两个人一起活着出去。"

柯米泪水夺眶而出，沙哑着嗓子说道："要不我把戒指项链给他们，让他们放了我们，我们不报警就是了。"

"看你平时在公司里还挺成熟的，现在怎么变得这么幼稚？你认为他们会信吗？如果换成是你，你会信吗？"秦夕说着，又轻声笑了起来，"怎么？你吓哭了？"

"我不是被吓的！"柯米说道。

快到山顶了，眼看手电筒的光亮在树隙间穿梭得越来越近，秦夕看着右边的一块巨大的石头，便不再走了，怕脚踩在树叶上发出的窸窣磨擦声会惊觉他们。考虑再三，他背着柯米在石头后面匍了下去。

柯米附在秦夕耳边小声地问道："你说他们是不是看到我们了？"

"应该不会吧？这么多树他们怎么会看得见？"

"那他们为什么会一直跟着我们呢？"

"不知道！"

"说不定他们已经看到我们躲在这块石头后面了。"

"赌一把吧。如果真的看到了我们，到时候你就趴在这里别动，我跑出去引开他们。"

"那怎么行……"

"嘘——"秦夕用手捂住了她的嘴。

周家兄弟越走越近，终于在石头边停了下来。秦夕跟柯米大气也不敢喘一口，只恨起心脏不知趣地乱跳着。柯米在轻微地颤抖着，秦夕便又攥紧了些手中柯米的手。

只听得石头另一边的周均平大声喘息道："均松，你是不是真的看到两位恩人往这边跑来的？你有没有看错？"

"没错，当时我在屋后撒尿，确实看到有两个人影往这边跑来的，后来回去一看，两位恩人就不在了。"

"那就怪了，我们再追一段看看，千万不能让两位恩人就这样走了，要是被乡里乡亲知道了，还不被人家笑死。我们也不知道哪个地方得罪了恩人，让他们就这样不说一声说走了。"周均平说得很大声，寂静的空气中，声音传出去很远，秦夕跟柯米听得清清楚楚。

忽听周均衡说道："大哥，既然恩人已经走了，那就算了吧，我看这一定是天意，我们还是回去吧。"

周均平"哼"了一声，小声地说道："肯定是你跟那两个人说了，要不然他们怎么会知道？"

"我什么都没跟他们说过啊！"周均衡急道。

"不是你也是梦情，走，一定要追上他们。"周均平恶狠狠地说道。

三人的脚步声刚刚离开，秦夕便小心翼翼地从石头边探出头来，看到了三人背后腰间寒光闪闪的斧头。

看着周家兄弟偏西北渐渐走远，秦夕便背着柯米折东北而行。

他俩就这样磕磕绊绊，走走歇歇，爬了一夜的山。也不知爬过多少个山头，走了多少路，到天亮时，也没有看到一户人家。看到的，除了山还是山，除了树还是树。

太阳渐渐爬上了山头，秦夕和柯米坐在一根挣扎出地面的树根上，衣服已经被晨露和汗水潮湿了，脸部肌肉也疲倦了，死板死板的失去了生气。

柯米又抬起那只受伤的脚，用手托着轻轻地转动着，口中说道："你说他们现在应该找不到我们了吧？"

"如果真的还能找到我们的话，除非他们上辈子都是狗投胎的，而且一定是警犬。"

"那他们找不到我们，那岂不是连狗都不如了？"柯米斜头说道，她实在恨透了周家兄弟。

"对！"秦夕也怒气难消地应了一声。

"既然这样，那你找个地方睡一觉吧，你已经两夜没有睡了。"

提起睡，秦夕困意马上就袭上心头，他忙站起身，使劲眨了眨眼睛，说道："我不能睡，我现在又困又累，一旦睡下去，到天黑之前还不一定醒来，那我们又要在这里待上一夜了。假如今天一天不吃东西的话，到明天我们根本就没有体力了。趁我们现在还能挤出点力气，看能不能找到人家把肚子先填饱，然后再考虑其他的事。"说着他将手伸到柯米面前，又道，"来，我背你。"

"我不用你背了，你帮我找根树枝过来，我自己能行的。"

"别那么多废话了，脚肿得跟馒头似的，还自己走？"说着，不由分说便将她揽到他的背上。

柯米心头又潮湿了一片，说道："秦夕，我这次拖累你了。"

"那你就不知道了吧。爬山的时候，背一个人重心才会稳一点，这样还可以有利于血液循环，促进新陈代谢，我应该感谢你才对呀！"秦夕打起精神笑道。

"你到现在还有心思开玩笑？"

"既然哭不能解决问题，那为什么不笑呢？"

"那既然笑也不能解决问题，那干吗还要笑呢？"柯米也跟他开起了玩笑。

"你说得好像也有点道理哦！那咱们就哭吧！"秦夕笑道。

俩人说笑着，渐渐地，秦夕再也没有多余的精力来谈笑了。柯米说一句，他只是含糊不清地应付一句。后来俩人就缄默无语了，天地间只听到自身跟大自然摩擦出的声音。

明显感到秦夕的体力下降了，走的没有歇的多，柯米有好几次要求自己拄杖前行，都被他拒绝了。

拖着疲惫不堪的身躯勉强走了一天，却还是没有遇到一户人家，连一个人影都没有看到，唯一能证明这座山还有些生命迹象的，只有枝头上偶然跳跃过的麻雀。这个世界似乎已经遗忘了他们，偶尔发泄地吼叫一声，也只有大山给他们冷漠的回应。满山都是丰收的黄色，却找不出一颗丰收的果实，心中呈现的只有萧条的黄。

眼看着白茫茫的太阳慢慢地变黄变红，俩人心头那份期望也慢慢地凉了。

黑夜来临时，俩人找了一处背风的山洼，在厚厚的落叶堆上沉沉地躺了下去。风也开始婆娑起来，刚刚还皎洁的明月，被薄薄的乌云遮拦得若隐若现。

秦夕双手枕在头下，对着天空问道："你饿不饿？"

"有点，你呢？"柯米躺在他身边接应道，其实她的胃早被折磨得隐隐生疼。

"还能撑得住。"

"我听见你肚子叫了。"

"不管它，想叫就叫吧，跟我又不相干。"秦夕挤出点笑声说道。

"你背着我走了一天一夜，一定饿坏了。"

"还行，你冷不冷？"

"不怎么样。"

"我打火机忘在包里了，今天晚上可能就这样冻一夜了。"

"没关系的，你说我们明天能走出这座山吗？"

"应该可以吧，我们已经走了这么远的路了。"秦夕的声音明显低了下去。

"万一明天还像今天这样呢？"柯米问道。

秦夕没有回答，他已经沉沉地睡去了。柯米满足地看了他一眼，舔了舔干燥的嘴唇，裹了裹外套，便也睡去了。

Chapter 15
情定末日

1

第二天，休息了一夜的两个人，精神却并没有因此而饱满起来，且比前一天更加落魄了。秦夕再也背不起柯米，自己走起路来都举步艰难。好在柯米的脚微微好转，拄着秦夕的胳膊也能勉强前行了。

他们相互安慰着，想着说着出山后要做的事。说着说着，俩人又缄默了，实在提不起精神说这些废话了，也没有心思去说了。

日已当空，站在一处山尖上，放眼望去，还是一片绝望的黄，直延伸到他们的心里，枯萎了每一根神经。柯米深深地叹了口气，说道："秦夕，怎么一户人家也看不到？我们是不是走到大山的中央了？"

秦夕一时也没了主意，山连着山，何时才能走到头？偏嘴上说道："有可能人家都让树给遮住了。现在还早嘛，说不定再翻过一座山就能看到人家了。"

"可我现在真的是走不动了，这只脚痛死了！"柯米坐到地上，搓揉着那只受伤的脚说道。

"那就歇一会儿再走吧！"秦夕说着也坐了下来，再也挤不出昨天背她的气魄了。

"你说我们会不会就困在这山里出不去了？"柯米问道。

"你不是说你喜欢在这山里过一辈子吗？"秦夕努力挤出点笑容说道。

"那跟这不一样，我怕我们会死在这里。"

"你怕吗？"

柯米没有回答他，而是恨恨地说道："我现在恨死那三个人了，我们对他们那么好，他们却恩将仇报。就算我死了，我做鬼也饶不了他们。"

"不要说那么丧气的话，天无绝人之路嘛。面包会有的，牛奶也会有的。"秦夕拍了下她的肩膀说道。

"我倒不想吃牛奶跟面包，我现在心里饿得发慌，我想吃拉面了。"柯米望着他，那种眼神似乎秦夕身上藏着拉面似的。

提起拉面，秦夕狠咽了一口口水，说道："还拉面，现在连屎都拉不出来了。"

柯米撇了下嘴，蹙眉说道："你说话真的好恶心，不理你了。"

"生气了？"秦夕笑问道。

"嗯！"柯米嘟起干燥的嘴唇点了下头，又惨淡地笑了。

歇了片刻，还得打起精神赶路，可太阳西移的速度比他们走的还要快。不知不觉，太阳又悬到山头上了，俩人心中都开始惊慌起来，只是都没有说出口。秦夕忽然听到柯米口中传出微弱的哼唧声，忙转过头，只见她一只手按在乳根上的肚皮上轻揉着，苍白的脸孔痛苦得变了形状。

秦夕忙将她扶坐到地上，问道："胃疼吗？"

柯米紧咬着牙关点了下头。

秦夕也早就疼了胃，只是强忍着痛楚，强装无所谓罢了。柯米的痛苦，他无能为力，只能跟她一起痛苦着。想给她搓揉安慰吧，可她偏偏疼的不是地方。好在胃部的疼痛总是一阵一阵地袭来，好一会儿，柯米脸上又恢复了平静。可要想生存，路还是得走下去，大自然是最温柔的刽子手。

太阳调皮似的开起了玩笑，在他们的担心中慢慢地变了脸色，在瞳孔中映出一片绝望的红。他们已经两天两夜滴水未进了，又连续走了四天一夜的山路，已经将身体内残留的体能都消耗殆尽了。今天晚上再躺下去，不知道明天还能不能站得起来。他们明显感觉到，身体的所有器官都开始不听使唤，违背他们的意志了，就连眨一下眼睛，都在给他们的身体机能雪上加霜。

俩人并肩坐在厚厚的落叶上，默默地看着烧红云朵慢慢冷却，黑了下去。

有了缺陷的明月偷偷地从他们身后升起，挂在树梢上。

好久好久，秦夕偏头带着沉重的呼吸声对柯米说道："柯米，我们可能真的出不去了。"

"我知道！"柯米淡淡地说了一声，声音又沙哑了许多。

"你恨我吗？"

柯米迟疑地转过头，说道："我恨你干嘛？我恨周家的兄弟三人。"

"如果我不把你带过来，你也不会遇到这件事了，我真的有点对不起你。"

"应该是我对不起你才对，如果没有我，也不会有这些事了。"

"你真的不怪我吗？"

柯米没有说话，只是在月光中看着他摇了摇头。

"你知不知道我们可能要死在这里？"

"我知道！"

"那你怕吗？"

柯米转过身来，看着月亮，双手抱着膝盖，半晌才说道："怕！"

由于体力严重匮乏，短短几句话，俩人便急促的喘息起来。俩人默默无语，良久，柯米忽然又冒出一句："你怕吗？"

秦夕也挪过身，对着月亮，干干地笑了一声，说道："有什么好怕的，人生自古谁无死？"说实在的，他心里也怕的很，倒不是因为他要面子，只是他知道他现在是她唯一的精神寄托，他有一种责任。

"你说我们真的就走不出这座山了吗？真的要死在这里吗？"柯米心有不甘的又问了一句。

"也不一定，说不定山那边就有人家了，我们明天翻过去就有救了。"秦夕说道。他除了安慰她，真不知道还能做些什么。

柯米似乎也信了他的话，不再言语了。

虽然身体像散了架似的没有半丝力气，可俩人坐在那里却毫无睡意，被死亡的阴影笼罩得有些透不过气来。

柯米又开始胃疼了，双手捂着胃部抵在膝盖上，忍不住轻声呻吟起来。秦夕赶忙扶住她的肩膀，小声问道："胃又疼了吗？"

"嗯！"柯米痛苦的应了一声。

片刻的犹豫之后，秦夕猛地将柯米揽入怀中，紧紧的抱住她，问道："这样好些了吗？"

柯米的双臂被他拥挤的生疼，却没有挣扎反抗，软软的瘫在了他的怀里。皎洁的月光下，一对男女浪漫的相拥着，却有说不出的惨淡。

漫长的一夜在他们痛苦的煎熬中结束了，阳光又再一次的洒入这片寂静的丛林，可并没有唤起俩人心中的希望。

只是在求生的欲望中，俩人又拼了命的走了半日的路，最后腿再也抬不起来了。当太阳悬挂在最高处时，俩人已经躺在一个陡坡下的一块巨大光滑的石头上，动也不动，任由多事的阳光晒在他们身上。

太阳便也无趣地开始偏西了，俩人又重新坐了起来，倚着陡坡看着太阳一点点地远去。俩人的脸色像被火炙烤过的白纸，腊黄中透着一丝苍白，没有一点血色。嘴唇上都翘起一层薄薄透明的膜皮，像是两条快要蜕皮的蛇。

秦夕指着太阳，有气无力的说道："这一次太阳下去了，我们可能就看不到它再升起了。"

"我们真的要死在这个荒山野岭吗？"柯米说道，声音像蚊子哼唧着。对于死亡，秦夕这两天没给她少做思想工作，可不管磨破多少嘴皮，也消除不了对死亡天生的恐惧。

"那你还有力气走吗？"

柯米摇了摇头说道："我连说话的力气都没有了。"说着，她又吃力地坐直身子，脱掉鞋袜，只见精巧玲珑的脚上多了好几个暗紫红色的血泡子。她回头望着秦夕又道，"你看，我是一步都不能走了，疼死了。"

秦夕全身顿时起了鸡皮，惊道："怎么这么多血泡？你怎么也不跟我说一声？"他想起身捧着她的脚仔细心疼心疼，可全身实在没有多余的力气来管这闲事了，只是倚在那里同情地看着她。

"我怕连累你，就没有说，现在看你也走不动了，才给你看的。"柯米又开始穿着鞋袜说道。

秦夕不禁潮湿了眼眶，叹了口气说道："我对不起你。"

柯米费了平生的力气，才勉强再将鞋袜穿好，又软软的倚在陡坡上，说道："这不怪你。"

秦夕忽然抓起柯米的手，问道："柯米，有句话我一直憋在心里，没敢跟你说。现在我知道我们都快死了，我不想带着遗憾离开这个世界。你喜欢我吗？"

柯米一下懵了，苍白的脸上爬上一堆潮红，哆嗦着双唇说道："我是一个结过婚的人。"

"我不介意，我只想问你，你喜欢我吗？"

"我们都快死了，说这个还有什么用？"柯米低着头怯声说道。

"没关系的，只要你喜欢我，我们现在就结婚。我不想一个人到地府里去晃悠。有你做伴，我便死也不怕了。"秦夕喘着粗气说道。

"现在？"柯米疑惑道。

"对，现在咱们就拜天地，结为夫妻，也好光明正大地到阴间去。"

柯米略一沉吟，羞涩地点了下头。

"太好了！"秦夕来了点精神，没想到在悲惨的人生末尾，还有幸福的见证为他送行。为了紧凑自己剩余的生命，连忙又道，"事不宜迟，那我们现在就开始吧！"

"怎么开始啊？"柯米羞涩道。

"你听我的就可以了！"秦夕说道。

他们只简单的商量了几句，便起身面朝西吃力的迎着太阳跪着，准备迎接他们的幸福时刻。秦夕转头对柯米说道："我念什么你记着，待会你就跟着念。"

"嗯！"柯米使劲的撑住快要倒下的身体，点了下头说道。

秦夕使出全身的力气，用力喊道："天为父，地……"

"你等一下。"柯米打断他的话说道。

"怎么了？"秦夕不解地问道。

柯米没有理他，朝天竖起两指，大声地的说道："我王柯米对天起誓，从现在起，正式跟林联棋解除婚约，天地为证，如违此誓，天诛地灭。"

秦夕满足地看着她欣慰地点了下头，好久，才继续念道："天为父，地为母，太阳为媒，我秦夕今日跟王柯米正式结为夫妇，不求同年同月同日生，但求同……不对不对，这不是成了结拜兄弟了吗？"秦夕不好意思地看了柯米一眼，大口喘着粗气又道，"对不起，我太紧张了，我重新来一次。"

柯米"扑哧"笑出声来。

秦夕哼了哼嗓子，又喊道："天为父，地为母，太阳为媒，我秦夕今日跟王柯米正式结为夫妇，愿与她永结同心，白头偕老。"缺少水分的嗓音从无力的喉咙里挤出，像卡了带的放音机，沙沙的不清晰。

说完，他便期待地看着柯米，柯米在心里听的清楚，便照他念的也念了一遍，由于羞怯，声音低的也只自己听的清楚了。

秦夕等她念完，喊道："一拜天地！"俩人迎着太阳跪拜下去；

他又喊道："二拜高堂！"俩人再次跪拜下去。

他再喊道："夫妻对拜！"俩人吃力的转过身来，相对拜了下去。虽然这场婚礼像儿时的过家家，没有宾客，没有礼堂，有的只是两个行将就木的体内烧着的两颗火热的心，可他们却觉得无比的庄严，婚礼在肃穆的进行着，那一刻，他们忘记了死亡的威胁，或者说在蔑视死亡。

当秦夕喊完"送入洞房"后，俩人又倚在陡坡上相视笑了起来，笑得那么灿烂。秦夕搂着柯米笑道："对不起，娘子，为夫无能，今晚可能没有力气跟你洞房了。"

"我生气了！"柯米嘟起嘴说道。

秦夕笑着搂紧她一点，沧桑地说道："我们结婚，倒让我想起一个人来。"

柯米在秦夕的怀里，抬起头看着他问道："谁啊？"

"希特勒！"

"他是谁？哦，我想起来了，他是不是发动第二次世界大战的德国法西斯？"

"对，你懂的还不少嘛。"

"这谁不知道，你怎么想起他了？"

"因为他跟我们一样，也是在临死的前一天跟他的情妇爱娃结婚了，而且第二天爱娃也为他殉情了。虽然他是一个杀人不眨眼的大魔头，不过他们的爱情挺感人的。"秦夕说道。一口气说了这么多话，他又大口大口喘息起来，现在大自然唯一能毫不吝啬供给他们身体做养份的，也只有氧气了。

提起死亡，柯米又伤感起来，刚才兴奋劲支撑起她精疲力竭的身体拜了天地又说了这么多话，现在软软地躺在秦夕怀里再无力说话了。

太阳又开始慢慢地粘上树梢了，这一次再沉下去，可能永远都不会再升起了。柯米躺在秦夕的怀里细细地看着它，忽然说道："夕阳真美！"

秦夕看着她，没有开口。

柯米又问道："秦夕，你说我们今天夜里会不会死掉？"

"不知道，不死也撑不过明天了吧。我们已经三天三夜滴水未进了，又走了这么多的路。"秦夕叹了口气说道。

柯米捡起落在石头上的一片树叶，天真地看着秦夕说道："要不你吃几片树叶吧,说不定吃饱了就有力气了。"

秦夕苦笑道:"亏你想得出,我又不是山羊。这树叶吃下去,根本就消化不掉,这不是自己折磨自己嘛!再说了,我们现在最紧缺的是水。"

"那你说我们俩个谁会先死呢?"柯米问道。

"这我怎么知道。如果我先死了,你守着我的尸体会不会害怕?"秦夕问道。

"不会,不过我估计肯定是我先死,因为你身体比我好。如果我先死了,你就吃了我的肉吧,我的肉肯定能消化的。死一个总比死两个强吧?"柯米认真地说道。

"你说什么傻话,我跟你结婚就是要跟你永远地呆在一起。要生,咱们就一起走出这座山,要死,咱们就一起死在这里。"秦夕盯紧着她说道。

"你真的不怕死吗?"柯米问道。

"怕,谁会不怕死呢?对这个世界我也有许多不舍,我还有好多事情没有做,我不甘心就在这荒山野岭死了,暴尸荒野。但既然天意如此,横竖都是死,窝窝囊囊是死,轰轰烈烈也是死,那我何不死的勇敢一点,开心一点。何况上天也还算照顾我,在我临死前,还把你赐给了我,我应该感到满足。你有没有听过这样一句话,死亡并不可怕,可怕的是垂死挣扎。如果有来世的话,十八年后我又是一条好汉。"连续激昂的说了一大篇话,秦夕呼吸又急促起来。

柯米也被他感染了,眼中放出异彩说道:"对,不就是个死嘛,没什么好怕的,能死在你的怀里,我也不怕。"

"好,今天是我们大喜的日子,我们要开开心心的,不要说那些不吉利的话,我们要让剩下的每一秒都活的开开心心的。"

"嗯!"柯米冲他点了点头,笑了,苍凉的笑了。

太阳真的落了,在他们的心底落了,落入了另一个宇宙。温度也开始落井下石般下降了,光滑的石头在他们身上散出镇人的凉。俩人便又费了九牛二虎之力从那块巨大的石头上滑了下来,在柔软的落叶堆上躺了下来。

俩人相拥着聊着,到最后说话的力气也彻底耗费了,便开始默默地聆听死亡的脚步声了。不知熬了多久,俩人在幸福的恐惧中睡去了。

2

　　一阵剧烈的胃部疼痛，让秦夕慢慢的又恢复了知觉。他无力的睁开眼睛，周围的一切晃动着模糊。他轻轻摇了摇胀痛的脑袋，使出吃奶的力气才使自己勉强坐了起来。

　　柯米还静静地躺在他的身边，一脸的安详，在露水侵蚀中又水嫩了几分。秦夕一只手撑在地上抵住他摇摇欲坠的身体，另一只手伸到柯米的鼻孔处，呼吸还在，不过已如游丝般泄露着。他轻轻的推了推柯米的肩膀，沙哑着嗓子叫道："柯米——柯米——"

　　叫了几声她都没有答应，秦夕知道她真的睡着了，而且永远都不会醒了。睡着了也好，免得醒来徒受折磨。

　　秦夕低头看着昔日俏丽的脸孔现在如腊肉般僵硬，无限感伤用那只颤栗的手温柔地抚摸着。一滴泪水在柯米的额头上溅开了，秦夕俯下身去，亲吻着那滴心中落出的泪，无限柔情。他又吻了吻她的鼻尖，最后吻住了那冰凉的双唇。俩人的嘴唇干燥的像两张砂纸，沙沙地摩擦着。他伸出尚有一点水分的舌头，仔细的舔了几番，柯米的嘴唇果然红润了许多。秦夕笑了，笑容凄美了整个山谷。

　　许久，他又在柯米的身边躺了下去，把她揽在怀里，喃喃地说道："亲爱的，你一定要等着我，我也快来了。"

　　就在他意识渐渐模糊时，好像听得一阵歌声传入他的耳畔，只道是临死前的幻觉，可歌声却偏偏明显起来。

　　没错，的确是有人在唱歌，是从后面的坡上传来的。一种求生的潜能让秦夕颓废的身体竟摇摇晃晃站了起来。他想大声求救，却怎么也喊不出声来，便发疯似的往一处浅坡上冲去，使出了透支的体能，连滚带爬的地歌悠闲的朝他这边走来。

　　看见蓬头垢面的秦夕，那老者惊愕地停住了脚步。秦夕又勉强走了几步，倚着一棵树喘着重气，断断续续地说道："大，大爷，求求您，救，救救我们……"

　　老者听他并非当地口音，警觉的向四周看了看，又仔细地打量了他一番，才问道："你怎么了？"

　　秦夕顺着树滑坐在地上，说道："我们，几天都没有，吃，吃东西了……"

老者似乎这才放下心来，走到他身边，将篮子放在地上，篮子里装满了鸡蛋。他扶住秦夕的肩膀，说道："你是怎么到这里来的？来，我扶你起来，到我家去吃点饭吧！"

秦夕无力的摇了摇头，说道："大爷，我老婆，还，还在坡下，她已经，昏过去了……"秦夕上气不接下气地往柯米躺着的方位指去。

老者顺着他手指的方向往坡边走了几步望过去，坡下果然躺在一个女人。他又来扶住秦夕说道："那你先跟我回去吧，我再叫村里的人来接你婆娘。"

秦夕倚着大树，又摇了摇头，说道："不，大爷，我答应过她，要，要跟她，一，一起出去……"

老者紧盯他看了一会儿，说道："那你们在这里等一会儿，我现在就回去找人，我把鸡蛋放在这里，如果你饿得实在受不了，就先将就着吃吧！"

"谢谢您……"

"那你在这里等着，别乱动，我一会儿就回来。"

那老者说完便起身小跑着消失在山林里。

秦夕看着老者留下的那篮鸡蛋，心中欢叫起来，也顾不得腥气，一口气在嘴里连磕了十一个，满手、满嘴、满身都是蛋黄蛋清。

他想把剩下的鸡蛋给柯米提过去，可怜自己连站起都很困难，便一手拿了两个鸡蛋向坡下匍匐爬去。遗憾的快到坡下时，人却骨碌碌地滚了下去，鸡蛋碎了一身。

他含泪爬到柯米的身边，抱起她的头，将手上的蛋清涂抹在她的嘴唇上，又摇着她的肩膀，声泪俱下的喊道："柯米，你醒醒啊，我们有救了，你不要丢下我一个人，我们……"撕心裂肺的喊声随着他的身体一起瘫软了下去。

他失去了意识。

当他再次有些感觉时，是给一泡尿给憋醒的。睁开双眼，一片花花绿绿映入眼帘。图案渐渐清晰，花花绿绿的竟是塑料彩纸拉起的吊顶。他忽然想起发生了什么事，慌乱地找寻起柯米。

他陡地坐了起来，发现自己正睡在一张陌生的床上，盖着一床绣着鸳鸯戏水的大红棉被，踏实的看到柯米在睡在他的边上，只穿了一套粉红色的内衣，跟他盖着同一床被褥。秦夕试了试她的鼻息，呼吸均匀，便放下心来。再看看自己，也只穿着一套内衣，不过不是自己的。他暗自纳闷起来，这是什么地方？

他轻轻地摇了摇像灌了水银的脑袋，用手推了推柯米，叫了两声，柯米没有答应。他只觉尿憋得难受，偏偏又渴得厉害。他四处张望着自己的衣服，却一无所获。

这时，他听得一阵细碎的脚步声，一个老者挑开门帘，进屋便笑道："小伙子，你醒了！"

秦夕认得他是在山上遇到的老人，倏忽间明白发生了什么事。他感激的望着老者，点头说道："大爷，谢谢您救了我们。"

"只要醒了就好。"老者还是乐呵呵的说道。

"那我老婆他会不会有事？"秦夕急切的问道。

"医生刚走没一会儿，昨天给她吊了几瓶药水，今天又给她吊了两瓶。医生说应该没什么大碍，你也不要担心。"

这时，又听得一阵急促的脚步声走了过来，一个老太婆进得门来。刚见秦夕，便嚷嚷道："哎呀，你终于醒了，把我跟中南吓死了，你现在饿不饿？"

秦夕湿润了眼睛，看着老妪说道："谢谢您，大娘！"

"谢什么呀，你这孩子，怎么跑到山里去了？幸亏我昨天早上让中南送点鸡蛋给亲家母，要不然你俩可真够呛的。"老太婆絮叨完，又道，"你饿了吧？我先给你煮几个鸡蛋去。"

说完，她刚准备掉头，秦夕忙叫住了她："大娘，我不饿，只是有点渴。"

"那我给你倒点水去。"说完便掀开门帘出去了。

秦夕又觉得尿憋得厉害，快到了崩溃的边缘，水肯定是喝不下去了，便对中南说道："大爷，我们衣服放在哪了？我想出去方便一下。"

中南笑道："你跟你婆娘的衣服太脏了，我婆娘就都给洗了，现在还在外面晾着哩！你等着，我给你找件我儿子的外套。"说完，便又在屋子里的一个衣柜里翻腾了起来。

"真对不起，真的给您添麻烦了。那您儿子昨晚不是没有地方睡了吗？"秦夕说道。他估计他现在睡的这张床便是老头儿子的床了，心中愈加愧疚。

老太婆从外面端了一碗水走了进来，接口说道："我儿子跟儿媳妇都出去打工了，这间屋子一直都是空着的。"边说边把手中的碗递给了秦夕，又道："水烫，慢点喝。"

秦夕接过碗，水并不怎样烫，但自己尿憋的厉害，又不敢喝，不知自己睡着了给那可恶的医生吊了多少瓶葡萄糖，带来如此麻烦。他将碗放在床头的窗台上，笑道："那我等一下喝。"

老太婆见老头子在折腾着衣柜，便也过去帮忙了。不一会儿，终于在他们儿子遗弃的衣服里找出两件像样的，一件已斑驳的像世界地图的皮夹克和一条皱巴巴的西裤。

秦夕也不及挑剔，马虎的穿上它，问清厕所的方位，便撑起虚弱的身体，扶墙向外面走去。

外面阴沉着天，看天时应该是下午了。在屋内看着还可以的装饰，原来也是一座古老的青砖瓦房，座落在一处四面环山的山坳里。屋子的周围还零零散散的布落着十多户人家。

一直到吃过晚饭，柯米才幽幽的醒来，秦夕寸步不离的坐在床边守着。死里逃生，俩人无限感慨地相拥着落了几滴泪水，恍如隔世。

此后的几天里，俩人一直在这里休养着，两位半百老人也乐呵呵的侍候着他俩，没抱怨过半句，他们似乎刚好缓解了他们儿子走后的寂寞。

临走的那一天，柯米蜕下手指上的那枚钻戒送给了两位老人，并说明了价值。两位老人没有怀疑，吓傻了眼，怔住半天没有说话，继而滚落下黄豆般的泪珠。

3

又是一个美丽的早晨，太阳又恬不知耻地悬上半空，开始炫耀它的功劳。一阵沁心的凉风掠过山头，扇动树枝的节奏，摩擦出悦耳的乐章。

迎着炫眼的阳光，山坡的小路上出现两个依偎的身影。

"你说我们会不会再迷失在大山里？"

"不会的，听大爷说，他们村跟镇上只隔了这一个山头。你看，我们马上就可以到山顶了，那样就能看到小镇了。"

"真不想到我们还能活着走出这座大山。"

"我不是跟你说过吗？面包会有的，牛奶也会有的。"

"我不也跟你说过吗？我对面包牛奶不感兴趣，我出去第一件事就是要去吃拉面。"

"我对拉面倒是提不起兴趣,我出去还有更重要的事情要办。"
"什么事呀?"
"我要到镇上先找一家旅馆,把我们的婚事办实际一点,先洞房再说。"
"我生气了,不理你了。"
"你后悔了?"
"嗯,呵呵……"
俩人相拥沐浴着阳光,说着笑着消失在山的边缘……